KB267020

외인계

외인계 1

황기록 新무협 판타지 소설

초판 1쇄 찍은 날 § 2003년 1월 20일
초판 1쇄 펴낸 날 § 2003년 1월 30일

지은이 § 황기록
펴낸이 § 서경석

편집장 § 문혜영
편집 § 장상수 · 권민정 · 이종민
마케팅 § 정필 · 강양원 · 이선구 · 김규진

펴낸곳 § 도서출판 청어람
등록번호 § 제1081-1-89호
등록일자 § 1999. 5. 31
어람번호 § 제2-0170호

주소 § 경기도 부천시 원미구 심곡1동 350-1 남성B/D 3F (우) 420-011
전화 § 032-656-4452 팩스 § 032-656-4453
E-mail § eoram99@chollian.net

ⓒ 황기록, 2003

값 7,500원

ISBN 89-5505-587-0 (SET)
ISBN 89-5505-588-9 04810

※ 파본은 본사나 구입하신 서점에서 교환하여 드립니다.
※ 저자와 협의하여 인지를 붙이지 않습니다.

외인계

황기록

新 무협 판타지 소설

外人界

1

1부

여위열기지옹 (女爲說己者容)

도서출판 청람

목차

第一部 여위열기자용(女爲說己者容)

작가의 말

　참 많은 사연과 함께 '외인계' 1부를 끝냈다. 처음으로 인터넷을 통한 연재도 해보고, 제목이 이상타 하여 다시 바꾸기도 했다. 그렇게 이제 겨우 절반을 끝냈다. 완결까지는 아직도 더 멀고 험한 길이 남아 있음은 물론이다.

　그래도 돌아보면 캄캄하기도 하고 아찔해지기도 한다. 지금까지의 길이 힘들었다는 의미만은 결코 아니다. 여기까지 오면서 온 사방에 묻혀둔 나의 체취 때문이다. 그것도 별로 향기롭지 못한…….

　그런 의미에서 나는 참으로 모자라도 한참 모자란 인간인가 보다. 한 질의 책을 끝낼 때마다 조그만 성취감보다는 실망감이, 주위에 계시는 분들의 기대에 부응하기보다는 그분들께 폐만 끼치니 말이다.

　이 '외인계'도 마찬가지다. 아니, 주위에 계신 분들께는 훨씬 많은 빚을 이 책을 쓰면서 졌다.

　먼저 전작인 '귀역'에 이어 이 책도 선뜻 출간을 허락해 주신 서경석 사장님께 나는 많은 빚을 지고 있다. 출간 얘기가 아니다. 말 그대로 빚이다.

　개인적으로 엄청나게 힘들었던 때가 있었다. 그때 일면식도 없던 내게 서 사장님은 조금의 망설임도 없이 도움의 손길을 내밀어주셨다. 그 은혜를 나는 평생 잊지 못한다. 설혹 지나친 아부라고 손가락질받는 한이 있더라도 말이다.

　또한 장상수 대리를 비롯한 편집부 직원들께도 감사드린다. 배움이 일천해 문장은 험하고 오타도 많았을 원고를 그나마 세상에 내놓을 만하게 다듬기 위해 그분들은 몇 날 밤을 지새웠을 것이다. 감사드리지 않는다면 인간이 아니다.

　GO! 무림의 식구들도 고맙기 한량없다. 처음으로 해보는 통신 연재라 어색하고 서툴기만 했는데, 많은 분들이 못날 글에 댓글로, 혹은 추천으로 힘을 실어주셨다.

　GO! 무림을 만들고, 또 지금도 꾸려가시느라 노심초사하고 계시는 금강님을 비롯, GO! 무림을 찾는 모든 분들의 앞날에 행운만이 가득하길 기원해 본다.

　물론 용문의 식구들도 예외는 아니다.

　또 이 자리를 빌어 특별히 감사드릴 분들이 있다. 세계거합검도총연합회 산하 영주수련관 김명숙 관장님과 안동 수련과 임상현 관장님이 그분들이다.

　이분들은 자칫 나태하고 흔들리기 쉬운 나의 정신과 육체를 엄격한 수련과 자상한 격려로 항상 제자리를 지킬 수 있도록 해주신 분들이다. 이분들이 안 계셨더라면 나는 지금까지도 이 책의 절반도 쓰지 못했을 것이다.

　같이 땀 흘리며 수련하고, 수시로 격려를 아끼지 않는 동료 관원들에게도 감사드린다.

　쓰고 보니 작가의 말이 아니라 감사 인사처럼 되고 말았다. 하지만 개의치 않는다. 돌이켜 생각해 보면 감사하다는 말밖에 달리 할 말이 없기 때문이다. 이 감사—바꾸어 말하면 내가 감사함을 느끼는 분들의 희생—가 있었기에 나는 이 글을 쓸 수 있었다. 결코 나 혼자 잘나서 쓴 글이 아니란 얘기다.

　물론 떨리지 않는 건 아니다. 걸음마도 떼지 못하는 갓난아기를 큰길에 혼자 내보낸 것과 같은 심정은 데뷔작을 낼 때나 지금이나 별반 다르지 않다.

　늘 그랬듯이 이번에도 종아리를 걷고 독자 분들께 회초리를 내미는 수밖에 없다. 피가 나도 좋으니 매서운 매질을 아끼지 마시길…….

2002. 12. 9 새벽.

黃琪 拜上.

요약하면 이렇다.

一. 남궁세가(南宮世家)는 짐(朕)이 처음 몸을 일으켰을 때부터 고락을 함께했던 개국 특급공신이다.

二. 원(元)과의 대소 전투에 모두 참전하였고, 짐을 위급에서 구해준 것도 수십 차례에 이른다.

三. 이에 나라가 선 지금 그 공을 치하하여 복건성(福建省) 소재 연평부(延平府), 천주부(泉州府), 장주부(漳州府)의 삼부를 봉지(封地)로 하사한다. 또한 봉지 내에서의 조세와 부역, 형벌을 면제한다.

四. 이를 자손만대에 전해 한 치의 어김도 없게 하기 위해 철권(鐵券)에 적어 남궁세가에 하사하노라.

이상이 태조(太祖) 홍무제(洪武帝)가 개국 공신인 남궁세가에 하사한 단서철권(丹書鐵券)의 내용이다. 복건성 삼 개 부를 공식적으로 남궁세가령(南宮世家領)으로 인정한다는 내용이었다.

그게 외인계(外人界)의 시작이다.

*

"에구, 다리야. 사람이 너무 많아!"

"왜 이리 늦었어, 이 영감탱이야? 시켜둔 음식이 다 쉬어 빠지겠다."

"말도 말게. 용차(用車)를 잡는 데만 이각이 넘게 걸렸네. 길은 또 얼마나 막히는지 융화로(隆華路)에 들어서자 아예 꼼짝도 않더구먼!"

"하긴, 이 주루만 해도 내가 일찍 와서 자릴 잡지 않았다면 오늘 점심은 어디 길바닥에서 먹어야 했을걸? 어이, 점소이! 여기 얼른 술 한 병 더 가져오너라."

"에구, 다리야. 우리 같은 늙은이들은 얼른 죽어야 젊은 사람들이나마 좀 편히 살 텐데……."

"다리 때문에 고생이 많구먼. 요즘 더 심해진 건가?"

"오늘처럼 궂은 날씨면 견디기 어렵다네. 오십 년이나 지속됐는데 도무지 익숙해지지가 않네그려."

"벌써 오십 년이나 지났나?"

"그때가 열다섯 살이었으니, 딱 오십 년이 지났군."

"첫 싸움에서 부상당했었지?"

"맞네. 재수가 없었지."

"그런 소리 말게. 그때 우린 자네가 얼마나 부러웠는지 모르네. 싸움터에 나갈 때마다 자넨 늘 후군(後軍)에 남았지 않았나!"

"대신 공을 세우지 못해 이렇게 비참한 노후(老後)를 보내고 있지 않나!"

"뭐, 이등공훈(二等功勳)에 봉해진 나라고 나은 게 뭐 있나? 그저 살아 있는 걸 다행이라 생각하고… 아, 술이 왔구먼. 자, 한잔 들게!"

"크으, 역시 이 집의 탁주(濁酒) 맛은 일품이야! 그나저나 요즘 세가령의 분위기가 왜 이런지, 금방이라도 무슨 일이 터질 것 같으니…….'"

"뭐, 듣자니 무림맹이 되지도 않는 요구를 해왔다더군."

"자넨 공훈이 있으니 그런 얘기도 다 듣는구먼. 나 같은 늙은이야 그저 빨리 죽어야 되는데…….'"

"그런 소리 말게. 자네나 나 같은 늙은이들이 목숨 걸고 싸우지 않았더라면 이 세가령은 벌써 오십 년 전에 없어지고 말았을 걸세."

"근데 무림맹에선 또 무슨 소릴 했다던가?"

"한자리 줄 테니 입맹(入盟)해 달라고 우리 영주(領主)님께 애걸을 했다더군!"

"영주님께서 허락하실 리가 없을걸?"

"당연하지. 대뜸 노발대발하시니깐 무림맹 놈들 태도를 싹 바꿔서 무림맹주의 딸과 우리 소영주님의 혼사를 들고 나왔지."

"아, 그 일이라면 나도 들었네. 뻑적지근한 청혼사(請婚使)가 왔다고 내가 있는 장원에까지 파다하게 소문이 났던걸?"

"아, 그 일이라면 나도 들었네. 뻑적지근한 청혼사(請婚使)가 왔다고 내가 있는 장원에까지 파다하게 소문이 났던걸?"

"정말 요란했지! 하지만 정작 볼 만했던 건 그놈들이 도로 쫓겨나다시피 했을 때였지. 행렬이 화려하니 더 가관이더군!"

"우리야 그런 꼴을 재미있게 볼 수 있지만, 그 수모를 당하고도 무림 맹이 가만있겠나?"

"그러니 요즘 젊은이들이 뒤숭숭한 거 아닌가? 이번에 영주께서 삼 대호가와 잡성가의 핵심 가신(家臣)들을 모두 불러들인 것도 다 그것 때문인 것 같던데……."

"이번에도 설가(薛家)에서 선봉을 맡겠지?"

"선봉이야 늘 설가지만 정작 죽어 나가는 건 잡성가(雜姓家) 사람들이겠지!"

"에그, 오십 년 전의 그 싸움 때에도 영민(領民)의 남자들 중 절반 이상이 죽었는데, 이번엔 또 얼마나 많은 생목숨들이 죽어 나갈까?"

"……."

"에그, 생각하면 뭐 하겠나? 그만두고 술이나 드세. 자, 한잔 쭈욱!"

제1장

불청객(不請客)

"어이, 용차(用車)!"

혀 꼬부라진 목소리가 불렀지만 독고향(獨孤香)은 무시하고 지나쳐 버렸다. 저렇게 취한 손님을 태우면 십중팔구는 마차 안에서 구토를 한다. 몇 푼 벌자고 그 더러운 오물을 치울 수는 없는 노릇이다.

뭐라고 욕을 퍼붓긴 했지만 그래도 취객은 더 이상의 행패는 부리지 않았다.

저만하면 점잖은 편이다. 어떤 자들은 마차를 걷어차기도 하고 간혹 말을 때리는 자들도 없지 않았다.

철썩!

목에 들러붙는 모기를 손바닥으로 때려잡으며 독고향은 느긋하게 주변을 둘러보았다. 밤이지만 일 장 거리마다 가등(街燈)이 훤하게 밝혀져 있어 전혀 어둡지 않았다.

저 앞에 또 한 남자가 손을 번쩍 들었다.

그러나 독고향의 미간이 다시 찌푸려졌다. 손을 든 자 옆에 서 있는 여인 때문이었다.

'낮엔 괜찮더니, 오늘 밤은 손님 꼴이 왜 이 모양이냐?'

여인은 창기임이 분명했고, 저들을 태우면 온갖 해괴망측한 꼴을 보게 된다.

그렇다고 일일이 입에 맞는 손님만 태울 수는 없는 노릇, 독고향은 그들 앞에 마차를 세웠다.

"장락로(長樂路)로!"

마차에 오르면서 남자는 짤막하게 목적지를 말했다. 연평부 제일가는 홍등가(紅燈街)였다.

"삼십오 문(文)이오!"

퉁명스런 어조로 독고향은 운임을 요구하며 어자석(御者席) 옆에 매달린 등불을 검은 천으로 가렸다. 손님이 탄 마차라는 의미였다.

동시에 다른 손으론 등불 아래 대롱거리며 매달려 있는 장부를 집어 들었다. 손님이 탈 때마다 일일이 기록을 해둬야 한다. 혹시 적지 않거나, 또는 운임을 낮춰 기재했다가 들키면 그 길로 이 짓을 그만둬야 한다. 경우에 따라선 한쪽 팔이 잘리는 병신이 될 각오까지 해야 한다.

어자석으로 통하는 창이 열리며 동전이 건네졌다. 오십 문짜리였다.

"잔돈은 필요없네!"

큰 선심이나 쓰는 듯한 남자의 말에 독고향의 눈꼬리가 확 찢겨져 올라갔다. 이런 놈들은 기분 나쁘다. 몇 푼 던져 주면서 흡사 제 종처럼 사람을 깔본다. 비슷한 나이로 보이는데도 함부로 반말이었다.

그러나 어쩔 수 없는 일.

"이랴, 하앗!"

독고향은 마차를 빨리 몰았다. 이곳에선 평범하게 살면서 돈을 벌 수 있는 수단이 별로 없다. 그 몇 안 되는 것 중의 하나가 이런 용차의 마부였고, 이나마 구하지 못해 안달을 하는 사람이 많은 걸 감안하면 이 정도는 참아내야 한다.

그래도 이런 자들은 빨리 내려놓는 게 상책, 독고향은 말에 연신 채찍을 가했다.

이미 축시(丑時)에 접어든 시각이라 거리는 거의 텅 비다시피 했다. 만약 낮이었다면 연평부(延平府)를 관할하는 잡성가 소속 황건대원(黃巾隊員)들의 눈에 걸려 곤욕을 치렀을 것이다. 이 정도 속도로 마차를 몰다 걸렸다면 은자 한 냥 정도의 과납금(過納金)을 물어야 했을는지도 모른다.

마차 안에서 남자의 목소리가 들려왔다. 너무 빨리 달린다고 타박하는 것 같았지만 이마저도 독고향은 무시해 버렸다.

불빛이 휘황한 장락로의 초입에 들어서서야 독고향은 고삐를 당겨 마차의 속도를 떨구었다.

"다 왔소!"

퉁명스런 독고향의 말이 끝나기도 전에 남녀가 흐트러진 모습으로 내렸다. 자기들끼리 살을 부벼대느라 그런 것도 있었겠지만, 그보다는 폭주하는 마차에 시달린 탓이 더 컸으리라. 모퉁이를 꺾어 돌 때마다 이리저리 부딪쳤을 테니까.

"무례한 놈이로군. 내 넉넉히 행하(行下 : 팁)를 집어줄까 했다만, 네 놈의 불손한 말투 때문에 허사가 된 줄 알아라!"

제법 근엄하게 이른다.

대꾸도 하지 않고 독고향은 마차를 돌렸다. 저런 아니꼬운 인간들은

어다나 있기 마련, 일일이 마음 상해하다가는 속이 썩어 견디지 못할
터였다.

"아, 아니, 저런 무례한 놈이 있나? 안 되겠다. 내 날이 밝는 대로 황
건대에 고변을 해야겠다. 사십사호(四十四號) 용차지? 저런 놈에게 용
차를 몰게 하다니……!"

뒤에서 남자가 고래고래 악을 썼지만 독고향은 조금도 신경 쓰지 않
았다. 저렇게 고함만 요란하게 지르는 놈은 절대 고변하지 못한다.

진짜 무서운 건 여자들이다. 어느 유복한 집의 내당에서 세상 부러
울 것 없이 살 수 있을 것만 같은 그녀들은 눈을 새초롬이 뜨고 마차가
지저분하네, 마차를 너무 거칠게 모네 하면서 트집을 잡는다. 더러는
노골적으로 유혹의 손길을 뻗치고, 그게 거절당하면 다른 엉뚱한 꼬투
리를 잡아 고변을 하기도 한다.

실제로 불과 며칠 전에 그런 일을 겪기도 했었다. 어느 유복한 집의 버
림받은 첩실임이 분명해 보이는 사십 대 여인을 한 명 태웠었다. 그냥 성
밖으로 한 바퀴 돌고 싶다며, 신나고 달리자고 해서 처음엔 거절할까도 생
각했었다. 하지만 그날따라 손님도 없었기에 태우고 성 밖으로 달렸었다.

외성(外城)을 빠져나가 십리정(十里亭)에 이르렀을 때 갑자기 마차
안에서 그녀가 비명을 질렀다. 배가 아프니 잠깐 세우고 들어와 보살
펴 달라는 거였다. 상투적인 수법이었다.

그래서 좋은 말로 달래며 원래 그녀를 태웠던 곳에 내려다 줬었고,
다음날 곧장 황건대의 호출을 받았었다.

물론 황건대에서도 그런 사정을 환하게 꿰고 있다. 그래서 대충 조
사하는 시늉만 하고 지나치지만, 그래도 불려가서 좋을 건 없다. 당장
영업 손실만도 무시하지 못한다. 황건대원 중에선 일부러 마부들을 오

래 붙들고 있으며 돈냥이나 찔러주길 바라는 악질도 있으니까.

손님이 내렸으니 등불을 가렸던 천을 벗겨야 했지만 독고향은 그러지 않았다. 대신 그는 가등(街燈)이 비추지 않는 한적한 골목길로 마차를 몰아넣었다.

어차피 이런 시각에 손님을 기대하기는 어렵다. 출출한 배나 채우고 말도 좀 쉬게 해줄 필요가 있다.

어자석을 들어 올린 독고향은 우선 말에게 먹일 콩깍지를 넣어둔 통을 꺼냈다.

"주인을 잘못 만나 네가 고생을 하는구나. 많이 먹어라! 네놈이 튼튼해야 이 짓도 해먹고 살 수 있으니……."

콩깍지를 먹는 말의 갈기를 몇 번 쓰다듬어 준 후에야 독고향은 자기가 먹을 만두를 꺼냈다. 용차를 모는 마부들이 애용하는 단골 반점에 특별히 부탁해서 만든 거라 한 개가 어린애 머리통만했다.

덥석, 독고향은 크게 만두를 한입 베어 물었다. 늘 그렇듯 딱딱하게 굳어져 버렸고, 기름이 줄줄 흘렀지만 한 번도 맛이 없다는 생각은 하지 않았다. 뭐든 먹을 수 있다는 건 그 반대의 경우보다 훨씬 행복한 것이다.

"히야!"

"하아앗!"

대로 쪽에서 왁자한 소란과 함께 말을 탄 한 무리의 젊은이들이 달려가는 게 보였다. 그들은 극명한 대비를 이루는 두 부류의 사람들이었다. 고삐를 잡고 달리는 자들과 화려한 옷을 입고 말 위에 올라앉아 한껏 기분을 내고 있는 자들……

'이곳이 그렇지 뭐.'

독고향의 입가에 쓸쓸한 미소가 떠올랐다. 부실한 가등의 불빛, 얼굴의 윗부분을 거의 가려 버린 머리카락으로 인해 이가 유난히 새하얗게 보이는 그런 웃음이었다.

여기 남궁령(南宮嶺)에 사는 사람들은 딱 두 가지 부류로 나누어진다. 부유한 자와 그렇지 못한 자, 전자는 방금 본 것처럼 화려한 의복을 입고 말 위에 타고 달리고, 후자는 고삐를 쥐고 그 앞에서 숨이 턱으로 차 올라 넘어도 달려야만 한다. 실제로 그러다 죽은 자들도 있다는 얘기도 심심찮게 들렸었다.

또한 여기서 가진 자들은 정해져 있다. 남궁령이라는 또 하나의 왕국 주인인 남궁세가와 삼대호가의 식솔들이다. 나머지는 그들의 부속물에 불과할 따름이다. 심지어 세가령의 모든 실무를 받고 있는 잡성가 소속 사람들까지도 예외가 될 수 없다.

독고향도 마찬가지다. 하루 열두 시진 마차를 몰아 번 돈 중 일정액은 소속된 마운사(馬運社)에 내야 한다. 말은 자기 소유지만 마차는 대여받은 것이기 때문이다.

그 돈은 다시 남궁세가의 삼대호가 중 한 군데인 여가(呂家)로 들어간다. 마운사뿐만 아니라 연평부에서의 장사로 남긴 이득 중 정해진 일정액은 정확하게 그들의 손으로 들어간다.

다시 한 개의 만두를 집어 들던 독고향의 눈빛이 미세한 파문을 일으켰다. 그러나 이내 아무렇지도 않은 듯 먹는 데 열중했다.

만두를 다 먹고 말이 먹은 콩깍지 통까지 제자리에 치웠을 때,

"다 끝났나?"

느닷없는 말소리가 마차 안에서 들려왔다. 지긋한 나이를 느끼게 하는 창노한 음색이었다.

"누, 누, 누구요?"

당혹스럽게 물었지만, 기실 독고향은 그렇게 놀라지 않았다. 은밀하게 마차로 스며드는 기척은 조금 전에 이미 감지하고 있던 터였다.

"내가 이름을 댄다고 자네가 날 알겠나? 그보다는 어디로 가는지 묻는 게 옳지 않겠나!"

다시 독고향의 눈매가 살짝 굳어졌다. 이건 예사 인물이 아닌 것 같다. 그저 신고하지 않고 무단으로 남궁령으로 들어온 무림인이라 여겼었는데 아닌 모양이다.

"도대체 언제 타신 거요? 사람을 이렇게 놀래키다니…… 휴우, 십년 감수했네!"

필요 이상으로 겁먹은 모습을 연출하며 독고향은 고삐를 잡았다.

"어디로 가시오?"

"진화궁(盡華宮)으로 가자!"

"아니, 거긴 내성(內城)이 아니오? 거긴 갈 수 없소. 이 시간엔 문도 열어주지 않을 테고……."

사실이었다. 진화궁은 남궁령의 주인인 남궁세가의 일족들이 모여 사는 곳으로서, 그중에서도 가주(家主)가 머무는 곳이다. 설사 미리 약속이 되어 있다손 쳐도 이런 시각에 찾아가면 내성으로 통하는 문을 열어줄 턱이 없다.

"말을 들어보니 이런 시각에 가본 적이 있는 것처럼 들리는군!"

여전히 느물거리는 듯한 말투에 독고향은 전신의 피가 왈칵 머리로 몰리는 걸 느꼈다. 한편으론 피부 위에 오슬한 소름이 돋는 경고음도 고막을 울리는 듯했다.

'조심해야 한다!'

만약 이게 의도적인 접근이 아니라면 독고향은 오늘 괴인을 하나 만난 셈이다. 적어도 남궁령 안에서는 남궁세가의 중심부로 가자는 말을 이처럼 당당하게 할 수 있는 사람이 없다고 해도 무방한 것이다. 비로소 상대가 어떤 사람인지 궁금해진 독고향은 어자석 뒤의 작은 창을 열었다.

"이보시오. 누구 목 없는 귀신이 되는 꼴을 보고 싶으시오? 빨리 내리시오!"

짐짓 큰 소리를 치면서 창으로 머리를 디밀어 안에 타고 있는 사람을 바라보았다. 예상대로 예순은 훨씬 넘었을 듯한 깡마른 노인이었다.

"자넨 지금 승객의 요구를 거부하고 있네. 황건대가 그리 호락호락한 곳은 아닐 텐데, 만약 이 늙은이가 고변이라도 하면 어쩌려고?"

놀리는 것처럼 느물거리는 말투였지만 노인의 표정에서 장난기는 전혀 찾아볼 수 없었다. 오히려 심각하게 보였다.

독고향은 지그시 노인을 바라보았다. 금방이라도 쓰러질 것처럼 앙상하게 마른 늙은이였지만 조금 전 마차로 스며들 때의 기척으로 미루어보면 상당한 고수임에 틀림없다.

"노인은 세가(世家)에 계시는 분이오?"

질문을 던지면서 독고향은 내심 아차 싶었다. 왜 진작 이 생각을 하지 못했나 하는 자책감에서였다. 이 시간에 이처럼 태연하게 진화궁으로 가자는 사람이라면 세가의 식솔일 가능성이 농후했다.

"그게 무슨 상관인가? 날이 밝고 난 뒤에 황건대에 끌려가 치도곤을 당하기 싫으면 어서 가세!"

"은자 한 냥은 받아야겠소. 목 없는 귀신이 될지도 모르는 위험을 감수하느니만큼, 그 이하로는 못 가겠소!"

"두 냥을 줌세!"

말이 채 끝나기도 전에 독고향의 눈앞으로 은엽(銀葉) 두 장이 내밀어졌다. 한눈에도 여가(呂家)의 직인이 찍힌 걸 알아볼 수 있었다. 삼대호가의 일원인만큼 신빙성은 충분했다.

장부를 집어 든 독고향은 기재란에 동전 칠십 문이라고 적었다. 곧이곧대로 은자 두 냥이라고 적었다간 미친놈 취급받기가 십상이다. 적당한 금액이니만큼 속였다는 의심을 받을 염려는 없다.

"내성으로 들어가지 못하는 건 내 책임이 아니오! 입구에서 진화궁까진 그리 멀지도 않으니, 노인의 걸음으로도 한 식경이면 도착할 거요."

미리 못을 박아두고 나서야 독고향은 마차를 출발시켰다.

이상한 생각이 독고향의 뇌리를 스친 것은 내성으로 곧장 통하는 향일대로(向日大路)에 접어들었을 때였다. 노인 정도의 무공이라면 이따위 마차를 이용하는 것보다 훨씬 빨리 진화궁에 갈 수 있을 터였다. 번거로운 말다툼이나 은자 두 냥이라는 거금을 쓸 것까지도 없는 일이다.

'뭐, 세상엔 별별 사람이 다 있으니깐!'

독고향은 가볍게 생각하기로 했다. 원칙적으로 용차는 어디든 갈 수가 있다. 매일 이익금의 일정액을 가져가는 만큼 설가는 최대한 영업을 원활하게 할 수 있도록 보장을 해준다. 어디까지나 원칙일 뿐이지만 말이다.

남녀 한 쌍을 태웠을 때와는 달리 일부러 독고향은 마차를 천천히 몰았다. 이 늙은이를 마지막으로 오늘 장사는 끝낼 작정이었다. 마운사에 낼 것을 제하고도 근 한 달 수입에 해당하는 돈을 오늘 하루 사이에 벌었으니, 잠자기 전에 술 한잔 해도 좋을 터였다.

"서라! 어딜 가려는 것인가?"

내성문을 지키고 있던 무사들이 창을 교차시켜 마차를 세우며 고함을 질렀다. 이마에 은색 두건을 두르고 있는 걸 보니 은건대(銀巾隊) 소속인 모양이었다.

"진화궁으로 가는 길이오."

"뭣이? 정신 나간 소리 마랏! 이 시간에 어딜 간다고?"

어이가 없다는 듯 수문위사는 언성을 더욱 높였다. 그러나 정말 화가 났다기보다는 무료하던 참에 이상한 놈이 걸려 재미있다는 표정들이었다.

"정말이오. 뒤에 타신 노인 분이 진화궁으로 가자고 하셨소."

"허어, 그렇다면 네놈이 정신 나간 게 아니라 어디서 미친 늙은이를 태우고 왔다는 말이렷다. 좋다. 마차의 문을 열고 그 미친 영감을 끌어 내라!"

"예!"

수문장(守門將)인 듯한 자의 명이 떨어지자마자 수문위사들은 우르르 마차에 달려들어 문을 열었다.

"이, 이보시오! 이러지 않아도……."

"아무도 없습니다!"

위사들의 거친 행동을 제지하려던 독고향은 그만 입을 다물어야 했다. 대신 황급히 창을 열고 안을 들여다보았다.

위사의 말은 틀리지 않았다. 분명히 있어야 될 노인네의 모습이 보이지 않았다.

'어, 언제?'

독고향은 당혹스러웠다. 마차에 탈 때는 분명히 느꼈었던 노인의 기척을, 그러나 사라질 때는 전혀 감지하지 못했었다. 그 늙은이가 상상 이상의 고수라는 의미였다.

"이거 정말 미친놈 아냐? 사람이 어디 있다고 사람을 태워 왔다고 하느냐? 하긴 이 시간에 진화궁으로 가자는 놈이 어디 있으랴마는……."

“수상한 놈이로구나. 면증(免證)을 보자!”

장난치는 듯한 말 뒤에 나온 면증 제시 요구에 독고향은 자기가 진정으로 곤란한 지경에 처했다는 걸 새삼 인식했다. 꼼짝없이 손님을 모시고 왔다 속이고 진화궁으로 접근하려던 불손한 자로 오해받게 되었다.

독고향은 순순히 면증을 제시했다. 손바닥 반만한 장방형(長方形) 죽패(竹牌)로서 용차를 몰아도 좋다는 내용이 적혀 있었다. 이 역시 여가에서 발급해 준 거라 신분증명용으론 더없이 좋은 물건이었다.

“신원은 확실한 놈이군.”

수문장이 면증에 적힌 독고향의 인적 사항을 근무 기록부에 적어 넣으며 혼자 중얼거렸다.

“좋다. 지금은 밤이 깊었으니 일단 돌려보내 주겠다. 그러나 내일 미시(未時)까지 황건대 제오분소(第五分所)로 출석해 지금의 일을 해명하라. 알겠느냐?”

“예, 감사합니다.”

이번에도 독고향은 순순히 고개를 숙일 수밖에 없었다. 생각할 시간이 필요했다.

“이만 돌아가도 좋다. 너희들도 교대할 준비를 해라!”

“예!”

위사들이 부산하게 주변을 정리하는 사이로, 독고향은 느릿하게 마차를 몰고 성문 앞을 떠났다. 마침 위사들의 교대 시간이라 쉽게 풀려난 것은 여간 다행한 일이 아니었다. 그러나 개똥 위에 주저앉은 듯한 찜찜한 기분이 끈적하게 눌어붙었다.

아무래도 한 잔 술로는 턱없이 부족할 것 같다.

　서고(書庫)로 들어서던 설도(薛導)는 매캐한 책 먼지에 미간부터 찌푸렸다. 그러나 이내 탁자에 앉아 굵은 황촉 아래에서 책을 읽고 있는 여빙운(呂氷雲)을 발견하고는 이내 미소와 함께 말을 건넸다.

　"아무래도 자넨 오래 살긴 틀렸네! 또 밤을 새운 게로군. 그래, 지금은 또 무슨 책을 보고 있나?"

　대답을 기다리지도 않고 설도는 여빙운이 보던 책을 확 당겨 표지를 보았다. '남궁세가약사(南宮世家略史)'라 적혀 있었다.

　"여기 사는 사람들은 모두가 아는 사실인데 또 뭐 하러 읽나? 정 읽으려면……."

　말꼬리를 흐리며 설도는 책을 돌려주었다. 그리고는 몸을 돌려 서가로 걸어가 무슨 책인가를 열심히 찾았다. 그때까지 여빙운은 한마디도 하지 않았다. 촛불을 정면으로 받고 있었지만 그의 얼굴은 이름 그대로 얼음을 깎아놓은 것처럼 차가운 냉기를 띠고 있었다. 그러나 인세에서 다시 보기 힘든 미남자라는 건 부정할 수 없었다.

"이런 좋은 책을 봐야지!"

서가를 뒤적거리던 설도가 한 권의 책을 여빙운 앞에 가볍게 던졌다. 중간 부분이 펼쳐지며 남녀가 기묘한 자세로 얽힌 그림이 불빛 아래 드러났다. 바로 춘화집(春畵集)이었다.

"아무리 우리 세가령에 들어와 살고 싶다지만, 저런 걸 그려 바치는 자는 도대체 어떤 놈일까?"

그런 책을 찾아낸 게 스스로도 민망했던지 설도는 여빙운의 맞은편에 앉으며 너스레를 떨었다.

"어쩌면 상당히 영악한 자였는지도 모르지."

굳게 닫혀져 있던 여빙운의 입이 비로소 열렸다. 차가운 어조는 아니었지만 고저(高低)가 없어 마치 책을 읽는 것처럼 들렸다. 이렇게 얘기하는 사람의 말속에서 그 내용의 진위를 가린다는 건 무척이나 어려운 일일 것이다.

"영악하다고? 음탕하겠지. 아니면 색마(色魔)거나. 직접 해보지 않고서 어떻게 이런 그림을 그리겠어?"

"적어도 이런 그림을 그려 바쳐서 손해 볼 건 없지."

"어?"

놀란 듯 설도의 입이 조금 벌어졌다. 그제야 영악하다고 했던 여빙운의 말뜻을 이해할 수 있었다.

"하하하하! 정말 무공을 바치는 것보다는 훨씬 손해가 적겠군. 근데 왜 이런 율법(律法)을 만들어서 이따위 것들까지 바치게 했을까? 이런 건 없어도 되는데……."

"그 율법 덕에 지금까지 우리가 살아남아 있는 거야."

"그건 또 무슨 소리야?"

설도는 또다시 어리둥절하다는 표정을 지었다. 섬세한 편인 여빙운에 비해 그의 얼굴은 평범 그 자체였다. 다만 사내다운 강인한 인상만은 나무랄 데가 없었다.

"설마 본가(本家)와 우리 삼대호가(三大護家)만으로 지금의 성세를 누리고 있다고는 생각지 않겠지?"

"안 될 게 뭐야? 본가는 예외로 치더라도, 우리 설가(薛家)의 무력(武力)과 자네 여가(呂家)의 지모(智謀)와 정보력, 또 궁가(弓家)의 손재주면 못할 게 뭔가? 본가의 시조께서도 우리 삼대호가의 이런 장점으로 태조를 도와 공을 세웠지 않았던가?"

설도의 어조가 점차 격해졌다. 호승심이 강한 성격인지라 여빙운의 말을 전혀 수긍하지 못했다.

"그때의 적은 북방 오랑캐들이 세운 원(元)이었네. 그러나 지금은 달라. 우리와 같은, 아니, 어쩌면 우리보다 몇 배는 강할지도 모르는 무림인들이야. 그들이 우리를 항상 노리고 있다는 걸 잊어선 안 돼. 또 하나."

여빙운은 잠시 말을 멈추었다. 그 한 가지만으로도 서고 안은 정적에 짓눌려 찌이 하고 타는 황촉불 소리가 오히려 크게 들릴 지경이었다.

"세월이 흐를수록 이 단서철권의 내용도 빛을 바래고 있어!"

파락!

말과 함께 여빙운은 남궁세가약사의 첫 장을 펼쳐 손가락으로 가리켰다. 태조로부터 하사받은 단서철권의 내용이 적힌 쪽이었다.

"오십 년 전의 계유혈사(癸酉血事) 때도 무림인들이 연합해서 우리를 공격했었지. 이 단서철권의 권위를 그들이 인정하지 않는다는 얘기지."

탁, 소리가 나게 여빙운은 남궁세가약사를 덮었다. 흡사 그 소리가 세가령의 역사 자체를 단절시키는 것같이 서고에 공명되었다.

"우리가 아주 조그마한 틈이라도 보인다면, 지금은 가상에 불과한 모든 적들이 일제히 개 떼처럼 덤벼들겠지. 딱히 굶주리지 않아도 개들은 늘 먹이를 찾아 헤매니까."

"그럼 자네는 우리가 지난 이백 년간 무사히 버틴 세월이 모두 이것들 덕이라는 건가?"

양팔을 들어 한 바퀴 크게 돌려 서가를 빽빽이 채운 무공비급들을 가리키며 설도는 재차 물었다. 조금 전보다 어조가 확실히 더 커졌다.

"확실히. 하지만 지금부터는 이것들도 쓸모가 없어질 테지."

여전히 확신에 찬 여빙운의 대꾸. 그러나 설도는 콧방귀를 뀔 듯한 표정으로 고개를 가볍게 저었다. 이런 자기 비하적인 말에는 더 이상 관심이 없어진 탓이었다.

"그래?"

시큰둥하게 되물으며 설도는 제 손으로 가져온 춘화집을 뒤적거리기 시작했다. 딱히 보고 싶어서가 아니라 여빙운의 말을 무시한다는 표시였다.

"굶주린 개 떼들이 형체를 드러내기 시작했으니까."

눈을 들어 천장 한곳을 더듬으며 대꾸하는 여빙운의 어조에는 여전히 높낮이가 없었다. 피식, 설도는 싱거운 미소를 지었다. 항상 느끼는 거지만 여빙운은 만사를 너무 심각하게 생각하는 게 흠이다.

'감히 누가 덤빈다고?'

이백 년 전 처음 단서철권을 받았을 때도 적수가 없을 정도로 남궁세가는 강했었다. 세월이 흐를수록 그 힘은 더해져, 이젠 나라를 상대로 전쟁을 벌여도 승패를 쉽게 입에 올릴 수 없게 되었다. 그야말로 '남궁세가 만만세'인 것이다. 적어도 설도의 생각에는 그랬다.

"그 개새끼들이 어디 있는데? 얘기만 해. 우리 애들 풀어서 된장을 확 처발라 버릴 테니."

"무림맹."

"아하, 무림맹! 알았어. 그 새끼들을 그냥, 뭐? 무림맹?"

한 손으로 코를 후비며 무료하게 대꾸하던 설도가 화들짝 놀라며 자세를 바로했다.

"방금 너 뭐라고 했어? 무림맹이 우리 남궁세가를 노리는 개새끼들이라고?"

여빙운은 말없이 고개를 끄덕였다. 그 무감동한 태도의 이면에는 남들은 다 아는 사실을 왜 너만 모르느냐의 책망이 담겨져 있었다.

"뭔가 오해하고 있는 거 아냐? 그놈들은 우리에게 입맹(入盟)해 달라고 애걸복걸하다가 주공(主公)에게 쫓겨나다시피 했잖아!"

"또 올 거야. 틀림없이."

"내 말은, 우리를 치겠다는 놈들이 연합을 제의하러 왔다는 게 이상해서 그래."

"한 덩어리로 묶여서 발밑부터 무너뜨리자는 속셈이지. 친구보다 적을 더 가까이 두라는 말도 있잖아."

"뭐가 그리 복잡해? 모름지기 싸움이란 이 편 저 편 쪽 나눠 서서 '시작' 하면 우당탕 부딪치는 거지! 이게 사나이들이 하는 싸움이야. 이 궁리 저 궁리를 다 해서 정작 승부는 엉뚱한 곳에서 나버리는 싸움 따위는 계집들이 하는 걸로도 충분해!"

"힘으로 싸우는 것은 저급한 것이다, 설도."

"저급? 웃기는 소리! 싸움에 고급, 저급이 어디 있어? 일단 뽑아 들고 나서면 그때부턴 모가지가 걸리는 거야! 저급 같은 소리 하고 자빠졌네."

툭, 옆구리에 매달려 달랑거리는 칼을 슬쩍 치면서 설도는 한껏 목소리를 높였다. 싸늘한 미소가 여빙운의 입가에 물려 나왔다. 설도는 저 단순함이 커다란 장점이자 단점이었다. 두 살이나 연상이면서도 그걸 내세우지 않는 것도 저런 성격 때문이었다.

돌연 설도가 목소리를 낮추었다.

"근데 무림맹과 싸우려면 여기 있는 비급들이 더욱 필요해질 텐데 곧 쓸모가 없어진다는 말은 또 뭐야?"

이제 여빙운의 얼굴엔 완전히 설도를 한심스럽게 여기는 표정이 떠올랐다.

"여기 있는 비급들 중에서 쓸 만한 거 있으면 열 권만 골라봐라."

"그야 간단하지!"

말이 떨어진 것과 설도가 몸을 움직인 것은 동시였다. 그리고 그는 서가를 쭉 훑어 나가기 시작했다. 차가움에 더해 여린 비웃음까지 배어 문 채 여빙운은 지켜보기만 했다. 설도가 아무리 눈에 불을 켜도 쓰레기만 모아둔 여기서 쓸 만한 비급 열 권을 찾는다는 건 불가능할 터였다.

예상대로 설도는 머쓱한 표정을 지으며 돌아왔다. 서가 세 개를 꼼꼼하게 훑은 뒤였고, 그의 성격상 이건 놀라운 인내였다.

"없다. 세 개를 뒤져도 안 보이니 다른 데도 마찬가지겠지. 근데 언제부터 이 비고(秘庫)가 이처럼 쓸모없게 됐나?"

"처음부터 쓸 만한 비급들은 본가로 다 가져갔어."

"어참, 그랬었지."

쑥스러움을 어설픈 질문으로 무마해 보려던 설도는 오히려 더 무안

해져 버렸다. 만회할 길이 마땅치 않자 별일 아니었다는 표정으로 콧구멍을 후볐다. 잠깐 동안 침묵이 흘렀다.

찌이이, 초가 타는 소리가 선연해졌지만 창을 통해 들어온 햇살 탓에 그 빛은 여려지기만 했다. 이 정적이 설도는 갑갑했다. 게다가 얼음으로 깎은 것처럼 표정없는 여빙운을 보니 짜증까지 치밀었다.

"얼음장 같은 놈! 네놈을 열나게 하는 건 도무지 없는 거냐?"

"내 머리 속은 늘 열을 내고 있어. 지금도 주공께서 왜 우리들을 불러들이셨나를 생각하고 있는 중이지."

"뭐, 전례가 없었던 일도 아니잖아."

"이번엔 좀 다를 것 같아서."

"그래, 그 열나게 돌린 머리 속에서 무슨 생각이 떠오르던가?"

촛불을 불어 끄며 설도는 시큰둥한 어조로 물었다. 깨닫고 보니 벌써 날이 훤하게 밝은 뒤였다.

"밤새 생각했지만 두 가지 경우밖에는 생각나는 게 없다."

"고작 두 가지? 밤새 생각해서 고작 두 가지뿐이라면 그런 생각은 나도 하겠다!"

설도는 다시 콧구멍을 후비기 시작했다. 어릴 때부터의 해묵은 습관이라 주변의 많은 면박에도 불구하고 도무지 고쳐지지 않았다.

"그래, 그 두 가지 생각이란 건 뭔데?"

손가락 끝에 묻어 나온 코털을 불어 날리며 설도는 물었다. 태도는 건성적이었지만 아까보다는 신중해진 어조였다.

"주공의 은퇴!"

쏘듯이 한마디 하고는 곧장 또 말을 이었다.

"아니면 부인을 가질 생각이던가……."

"뭐? 부인?"

은퇴라는 말에는 비교적 담담하던 설도가 부인이라는 말에는 표정을 신중하게 굳혔다. 겨우 두 가지밖에 생각지 못했느냐고 타박은 했지만 여빙운을 신뢰하고 있다는 반증이었다.

"이건 예사로 들을 얘기가 아니로군. 작은 주공이 저 모양이니 설마 벌써 은퇴하시지는 않을 테고, 그럼 자식을 하나 더 보시겠다는 말인가? 어디 설명해 봐!"

설도는 부하를 다루는 듯한 말투로 여빙운에게 독촉했다.

여빙운의 이마에 파란 힘줄이 돋았다. 설도의 말투가 유난히 예민한 신경을 자극한 탓이었다. 그러나 잠깐 동안이었을 뿐 부글거리는 신경질을 진정시켰다. 남의 감정까지 배려하며 얘기하는 설도가 아니었다. 그래서 다루기가 더 쉬운지도 모른다.

"자웅쌍로(雌雄雙老)에게 들은 얘기다. 요즘 주공께서는 죽로각(竹露閣)에 자주 발길을 하신다더군."

"죽로각이라면… 아, 그 동영(東瀛)에서 왔다던 그 여자가 하는 찻집? 그 나라 어딘가의 영주(領主) 딸이랬지?"

기억을 떠올리며 얘기하던 설도의 표정이 홱 바뀌었다.

"아니, 그럼 주공께선 그 여자를 부인으로 생각하고 계신단 말이야?"

"꽤 오래된 이야기인 것 같다. 주모(主母)께서 살아 계실 때부터 권하신 일이라더군."

"어쨌든 이건 말도 안 되는 일이야!"

"왜?"

"생각해 봐. 소문으로만 영주 딸이랬지, 근본도 모르는 이국 여자를 주모로 부를 수는 없어!"

한마디 한 설도는 자기가 너무 흥분했다고 느꼈는지 싱긋이 웃으며 손가락을 다시 콧속으로 집어넣었다.

"설마 주공께서 그런 생각을 하고 계실려고! 그 여자가 몇 살이야? 겨우 우리 또래 정도로 보이던데……. 지금 작은 주공의 나이가 나와 동갑이야. 설마 주공께서 아들과 비슷한 나이의 여자를……."

"나이는 젊을지 몰라도 단련이 잘된 여자다. 제 나라에서도 몇 번이나 죽을 고비를 넘겼고, 겨우 시녀들 몇 명만 거느리고 왜구(倭寇)들 사이에 끼어 여기 처음 도착했을 때만 해도 빈손이나 다름없었다. 그런데 지금 죽로각의 하루 매상이 얼만지 아나? 은자 백 냥에 가깝네. 그 정도로 억척스럽고 강인한 여자라면 후세를 보기 위해선 가장 적당하다고 생각지 않나?"

"그럼 우리들은 왜 불러 모은 거야? 내놓고 자랑할 만한 일도 아닌데, 주공 혼자서 후닥닥 해치우지 않으시고……."

"거기에 대해서도 또 두 가지 생각이 있는데……."

말꼬리를 흐리며 여빙운은 설도를 바라보았다. 짜증을 내고는 있었지만 한편으론 궁금해서 못 견디겠다는 표정이었다.

"첫째는 우리 삼대호가가 모두 모인 자리에서 부인을 맞겠다고 하면 작은 주공은 권위가 현격하게 떨어지지. 주공께서 새 부인의 몸에서 아들이라도 낳게 되면 다음 후계자는 누가 될지 아무도 알 수가 없어. 주공께서는 그 점을 노리신 것 같다. 아무래도 지금은 작은 주공께 너무 힘이 실리고 있거든."

"하긴……. 작은 주공이 어디 이만저만한 괴짜라야 말이지. 하는 짓이라곤 도무지 얼간이 같기만 하니……."

설도는 순순히 여빙운의 말을 수긍했다. 그렇더라도 작은 주공을 얼간이라고 매도하는 말을 너무 스스럼없이 해버렸다. 이런 건 정말이지 다른 누구도 감히 하지 못하는 일인 것이다.

"두 번째는, 이건 좀 우습기도 한 건데…… 주공은 그 여자를 무척이나 사랑하시는 것 같다."

"뭘 보고 그런 소릴 해? 그것도 자웅쌍로가 얘기해 주던가?"

"후후후!"

상체를 바짝 디밀고 묻는 설도를 보며 여빙운은 그저 웃기만 했다. 그로선 드물게도 소리를 낸 웃음이었다.

"중이 제 머리 깎는 걸 봤나? 주공은 우리 삼대호가에 이번 혼례의 중매를 서라고 하실 것 같다."

"뭐? 우리더러 중매를?"

"그래야 그 여자의 권위가 한껏 설 수 있을 테니까. 우리 삼대호가가 중매를 설 정도라면, 대외적으로 그녀는 왕후장상 이상으로 보일 테지."

"못해!"

탕!

강하게 탁자를 내려치며 설도는 몸을 일으켰다.

"주공의 매파(媒婆) 노릇이나 하자고 우리 삼대호가가 있는 게 아냐!"

"매파라니, 그건 너무 심하군. 그래도 주공이 명을 내리면 어쩌겠나. 따라야지."

"따르긴 뭘 따라! 모름지기 자기 불알의 때는 자기가 닦는 거야. 당장 주공에게 가서 이 말을 해주고 우리 설가는 돌아가겠어!"

말투만큼이나 거칠게 설도는 몸을 돌렸다. 그냥 두면 그는 정말 주공을 찾아가 틀림없이 똑같은 말을 주공에게 할 것이다.

알면서도 여빙운은 말리지 않았다. 그렇게까지 저변에 깔려 있을 주공의 심리를 설명해 줬음에도 알아듣지 못하는 설도가 답답하기도 했지만, 그런 말을 들었을 때 주공이 보일 반응이 재미있을 것 같아서였다.

그러나 설도는 밖으로 나가지 못했다. 그보다 먼저 서고로 뛰어들어온 한 사람 때문이었다.

"궁자엽(窮紫葉)이 아니냐? 뭐가 그리 급한 일이 있다고 이토록 허둥대냐?"

자기가 서두른 건 생각지도 않고 빠른 발길로 들어선 궁자엽만 나무라는 설도였다.

"혀, 형님들! 크, 큰일이……."

평소 과묵했던 그답지 않게 궁자엽은 지나치게 허둥거렸다. 말까지 심하게 더듬고 있는 것이다.

평소와 다른 점은 그뿐만이 아니었다. 태어날 때부터 유난히 얼굴이 붉어 조부께서 지어주신 '자엽'이란 이름이 무색할 정도로 온통 창백하게 질린 표정이었다.

"혀, 형님들, 주, 주공께서, 시, 시해(弑害)당, 아, 아니, 별세하셨습니다!"

워낙 더듬거리는 궁자엽의 말투라 처음에 설도와 여빙운은 제대로 알아듣지 못했다.

그러다가 이내 그들도 궁자엽처럼 얼굴이 핼쑥하게 질려갔다.

"어디 계시나?"

질문을 던졌지만 대답을 기다릴 필요는 없었다. 누가 먼저랄 것도 없이 서고 밖으로 달려나온 그들의 발길이 향한 곳은 진화궁 쪽이었다.

빠그작, 찌익, 챙그랑!

연속적으로 들려오는 소음에 독고향은 눈을 떴다.

욱신.

머리의 왼쪽 반을 베어낸 듯한 통증이 느껴졌다. 숙취였다.

그러나 숙취나 달래고 있을 여유가 없었다. 곧장 침상 위를 굴러 벽으로 세차게 부딪쳐 갔다.

스륵!

부딪치자마자 벽은 가볍게 밀려들어 가 독고향을 받아들였다. 그리고는 다시 원래대로 돌아갔다.

벽 속의 공간치고는 제법 널찍했다. 바닥은 침상의 연장이었고, 설 때 허리를 조금 굽혀야 한다는 불편만 감수한다면 한 사람 정도는 충분히 생활할 수 있을 것 같았다.

바닥에 배를 붙인 채 독고향은 방금 자기가 들어온 벽의 자그마한 구멍에 눈을 갖다 댔다. 조금 전까지 누워 자던 방의 전경이 낱낱이 보였다.

그 방으로 한 사람이 들어서는 게 보였다. 경장에 바지 차림으로 남장을 했지만 한눈에도 여자임을 알아볼 수 있었다.

독고향은 고개를 갸웃거렸다. 불청객이 여자라서가 아니었다. 남녀를 불문하고 여기까지 찾아올 사람이 아무도 없었기 때문이다.

"제대로 찾아온 것 같은데, 어딜 나갔나? 독고 노형(獨孤老兄), 독고 노형!"

문 앞에서 방 안을 살피며 몇 번인가 불러보던 여자는 스스럼없는 발길로 걸어 들어왔다.

삐이걱, 삐잇, 짜작!

그녀가 발길을 옮길 때마다 벽 속에 있는 독고향의 귀는 자극적인 소음에 시달려야 했다. 하지만 여자의 귀에는 전혀 들리지 않게끔 장치가 되어 있었다.

조금 괴롭긴 했지만 독고향은 조금도 짜증 내지 않았다. 집을 이렇게 만들기 위해 엄청난 돈을 쏟아 부었다. 한마디로 방금의 그 귀에 거슬리는 소음은 경보 체계인 셈이다.

그냥 소리만 나게 하는 것은 쉬웠다. 정작 어려운 것은 특별한 장소에서만 그 소리를 들을 수 있게 만드는 일이었다. 안에 있는 사람이나 밖에서 들어오는 침입자나 모두 그 소리를 들어서야 별 소용이 없는 것이다.

그렇게 따지고 보면 지금 독고향이 있는 이 작은 공간이야말로 이 집에서 가장 중심부인 셈이다. 여기 있으면 집 전체의 소리는 물론 이렇게 벽에 뚫어놓은 여러 개의 작은 구멍들을 통해 전경을 내다볼 수도 있다.

물론 전혀 소리를 내지 않고 집 안을 돌아다닐 수도 있다. 그건 독고향과 또 한 사람만이 알고 있다.

"밑에 말이 있는 거나 이부자리를 보면 아직 일하러 간 것 같지는 않은데……."

그 말을 끝까지 듣지도 않고 독고향은 비밀 통로를 통해 밖으로 나왔다. 불쑥 찾아든 모르는 여자를 만날 생각은 추호도 없었다. 그녀가 비록 보기 드문 미인이었지만 어차피 상관없는 일이었다.

독고향이 빠져나온 곳은 연평부의 외성 벽 안이었다. 집 자체를 그 성벽에 기대 지었고, 그랬기에 벽 속의 공간이 그렇게 넓을 수 있었다.

아마 이런 사실을 남궁세가에서 안다면 당장에 독고향을 죽여 버리거나, 아니면 추방시킬 터였다. 애써 쌓은 성벽의 속을 파내 그 견고성을 현저하게 떨어뜨렸으니 그냥 둔다는 게 오히려 이상할 터였다.

어떻게 그녀가 자기가 있는 곳을 알고 찾아왔는지는 궁금하지 않았다. 이 집이 여기 있다는 걸 아는 사람은 많지만 그 안에 독고향이 살고 있다는 걸 아는 사람은 한 명뿐이다.

'입술 가벼운 놈 같으니라구!'

이런 생각을 떠올리다 독고향은 푸웃 하고 웃었다. 방금 속으로 욕을 했던 사람은 기실 벙어리였다.

그러나 벙어리라고 해서 속에 든 말을 못하는 건 아니다. 특하나 방금 욕했던 맹묵(孟默)은 그 재주가 뛰어났다. 입술이 움직이는 모양만 보고서 상대가 무슨 말을 하는지 모두 알았고, 교묘한 손짓으로 하고 싶은 말을 다 했다. 그걸 알아보기 위해서는 특별한 훈련이 필요했지만 일단 알아보는 사람 앞에서 그는 세상에 다시없는 수다쟁이가 된다.

"맹묵 못 봤나?"

성벽에 게딱지처럼 다닥다닥 붙어 있는 집들 사이를 지나며 독고향은 발가벗은 채 뛰놀고 있는 아이들에게 물었다.

독고향의 집에 설치한 경보 장치는 모두 맹묵의 손길에 의한 것이었다. 그럴 만큼 손재주가 뛰어났고, 동네 아이들에게 이것저것 장난감을 잘 만들어줬기에 인기가 좋았다.

"아까 보긴 했는데……. 근데 돈 좀 가진 거 없어?"

당돌하게 말을 놓으며 아이들은 때가 꼬질꼬질하게 낀 손을 독고향의 코앞에 디밀었다.

"너희들, 나를 아냐?"

뻔한 대답이 나올 걸 알면서도 독고향은 물었다. 늘 반복되는 일이다.

"몰라!"

대답은 예상대로였다. 그리고 사실이기도 했다.

이 꼬마들은 기본적으로 타인들에게 관심이 없다. 발가벗은 맨살을 부벼대며 같이 뛰노는 친구들도 만약 내일 다시 이 자리에 나오지 않는다면 잊어버릴 것이다.

그게 빈민가의 삶이다. 밤새 갑자기 열이 올라도 의생을 데려올 돈이 이들에게는 없다. 그대로 방치했다가 살면 다행이고, 죽으면 그냥 거적에 말아 적당한 곳에 묻어버리는 곳이다.

그렇게 아이들은 어제의 친구 하나를 잃어버리고, 아무렇지도 않게 그 존재를 잊음으로써 상실감을 갖지 않으려고 한다. 상처를 받지 않으려는 본능으로 쉽게 망각해 버리는 방법을 자연스레 체득한 것이다.

독고향은 동전 세 개를 집어 손 안에서 짤랑거리는 소리를 냈다.

아이들의 눈이 교활한 고양이처럼 빛을 발했다.

"자, 맹묵은 어디 있지?"

"통문(通門) 근처에 있어!"

아이들은 이구동성으로 대답했다. 행여 입을 다물고 있다가 자기만 동전을 못 얻게 되면 그야말로 큰일이다.

"고맙다."

말과 함께 독고향은 동전 세 개를 바닥에 던졌다. 아이들은 모두 다섯이니 돈을 차지하기 위해서는 치열한 몸싸움을 벌여야 할 터였다.

일부러 싸움을 붙이려고 한 짓은 아니다. 저렇게라도 아이들의 주의를 돌려놓지 않으면 이 골목을 빠져나가기 힘들기 때문이었다. 혹 돈 냄새를 맡고 어른들이라도 몰려온다면 골치 아픈 일이 벌어지게 된다.

독고향은 성벽을 따라 걸었다. 아이들이 통문이라고 한 곳은 실제로 문이 아니었다. 정식 문을 통하지 않고도 외성 밖으로 나갈 수 있는 소위 '개구멍'이라고 부르는 곳이었다.

여전히 맹묵은 한 무리의 아이들에게 둘러싸여 있었다. 오늘은 길에서 주운 나뭇조각들로 장난감을 만들어주는 중이었다.

그러나 독고향을 발견하자마자 맹묵은 손짓으로 아이들을 보내며 싱긋이 웃었다.

'참 묘한 놈이야!'

정말이지 맹묵은 여러모로 놀라운 점이 많았다. 당장 사람이 접근하는 걸 이처럼 빨리 알아차리는 것만 해도 불가사의에 가까운 능력이다.

통상 벙어리들은 듣지도 못한다. 그런데도 맹묵은 누군가가 접근하면 기가 막히게 알아차린다. 흡사 일정한 범위 안에 더듬이를 펼쳐 둔 곤충처럼, 그 역시 주변에 그만이 느낄 수 있는 감지망을 펼쳐 둔 것 같았다.

그가 무공을 숨기고 있는 고수라는 건 처음 만났을 때부터 알아본 독고향이었다.

‘어쩌면 나보다 강할지도 모르지!’

그러나 마음과는 달리 독고향의 말투는 아랫사람을 다루는 것처럼 투박하고 명령조였다.

“누구지?”

사실 이런 투의 말이 벙어리와 얘기하기에는 편하다. 요점만 간략하게 얘기할 수 있으니까.

맹묵의 손이 부산하게 움직였다. 입으로는 할 수 없는 말을 그렇게 표현하는 것이다.

“모른다고? 모르는 사람을 집으로 보내면 어떻게 해?”

일부러 불쑥 찾아든 사람이 여자라는 말은 하지 않았다.

다시 부산하게 움직이는 맹묵의 손가락.

“돕긴 뭘 도와줘? 내 앞가림하기도 급급한 판에…….”

독고향은 진짜로 짜증을 냈다. 동시에 맹묵도 불청객이 여자란 걸 알고 있다는 걸 깨달았다. 그는 여자의 말이라면 뭐든 거절하지 못하니까. 모르긴 해도 악머구리 같은 빈민가의 꼬마들 손에서 무사히 빠져나오게도 도와줬으리라.

문득 미시까지 황건대 제오분소에 출두해야 된다는 사실이 독고향의 머리 속에 떠올랐다. 빌어먹을 일이다.

“아무튼 앞으론 절대 사람들을 보내지 마!”

퉁명스레 쏘아붙인 후 독고향은 몸을 돌렸다. 벌써 오시(午時)가 다 돼가는 시각, 지금 당장 집으로 돌아가 여자를 돌려보내야만 한다. 그래야 황건대로 가기 전에 어디 들러 뜨거운 국물로 숙취를 달랠 여유라도 생긴다.

올 때와는 다른 길을 밟아 독고향은 재빠른 걸음으로 집으로 돌아갔다.

나갈 때는 눈길조차 주지 않았던 마굿간에 들러 말에게 먹이도 넉넉하게 줬다. 그 후에야 독고향은 마구간의 이층, 즉 자기가 살고 있는 방으로 올라가는 계단에 발을 올려놓았다.

걷는 속도는 변화가 없었지만 독고향은 한 발 한 발 조심스럽게 계단을 올라갔다. 자칫 한 치만 빗겨 디디면 방 안에 있을 여자에게 이 집의 경보 장치를 고스란히 들키고 만다.

그러나 소리를 전혀 안 낼 수는 없는 노릇, 한 발 디딜 때마다 독고향은 손바닥으로 벽을 가볍게 쳤다. 방에 있는 여자에게는 발자국 소리로 들릴 터였다.

"어?"

방문을 열고 들어간 독고향은 일부러 놀란 표정을 지었다.

"누, 누구요?"

"독고 노형이시오?"

침상에 앉아 있던 여인은 몸을 일으키며 포권을 해 보였다. 의도적으로 목소리도 굵게 깔고 동작도 남자처럼 힘차게 보였다.

"연평부에서 용차를 가장 잘 부리신다는 말을 듣고 긴히 부탁드릴 게 있어 찾아왔소!"

"누가 그런 쓸데없는 소리를! 다 헛소문이니 믿지 마시오. 그리고 난 집에서는 일 얘기를 하지 않소."

독고향의 어조는 딱딱 부러졌다. 대놓고 나가달라고는 하지 않았지만 축객령이었다.

독고향의 말에는 대꾸도 없이 여인은 품속에서 은표(銀票) 한 장을 꺼내 침상 위에 펼쳐 놓았다. 항주(杭州)의 사해전장(四海錢莊) 직인이 찍힌 액면가 백 냥짜리였다.

"부탁을 들어주면 드리겠소!"

한마디 한 후 여인은 팔짱을 끼며 독고향을 바라보았다. 과연 네가 거절할 수 있겠느냐며 자신하는 눈빛이었다.

"싫소!"

너무도 간단하게 독고향은 고개를 가로저었다. 돈이야 목구멍에서 손이 튀어나올 정도로 욕심이 났지만 위험의 냄새가 너무 물씬했다.

용차를 쓰는 일에 은자 백 냥을 지불할 만한 건 거의 없다. 대륙 전체를 구석구석 쏘다니며 유람하는 게 아니라면 말이다.

설사 바로 그 일이라 해도 거절했을 터였다. 벌이는 시원찮아도 하루하루 새로운 사람을 태우는 게 낫지, 어떻게 같은 사람과 매일 얼굴을 맞대고 산단 말인가.

"모자라서 그러시오?"

여인의 말은 간략했다. 처음엔 음성을 속이기 위해 그러려니 했었는데 원래 말이 없는 성격인 모양이었다.

"더 드릴 수도 있소."

"싫소!"

또 한 번 강경하게 거절한 후,

"자, 이만 나가주시오. 지금도 밖에는 많은 용차가 다니고, 마부들도 많으니 그만한 돈을 주면 목숨이라도 걸 거요!"

독고향은 매섭게 축객령을 내렸다.

"다른 사람은 필요없소. 우리가 필요로 하는 사람은 당신뿐이오, 귀도(鬼刀)!"

'흡!'

여인의 마지막 말에 독고향은 내심 다급한 호흡을 들이마셨다. 그러나 얼굴에 표를 낼 정도로 미숙하게 굴지는 않았다.

"무슨 말씀이신지 모르겠소. 아무튼 이제 그만 나가주시오. 일하러 갈 시간이오!"

독고향의 말을 무시한 채 여인은 제 할 말을 이어갔다. 입가에 걸린 미소가 독고향의 신경을 아프게 자극했다.

"얼굴이 조금 달라지고 이름을 바꿨다고 사람까지 달라지는 건 아니오. 지금은 뭐라 부르는지 모르겠지만 우리의 부탁을 들어주는 게 좋을 것이오!"

이제 여인의 말투는 노골적인 위협으로 변했다. 말이 길어진 것에 짜증이 났는지 미간을 살짝 찌푸리기까지 했다.

"일은 간단하오. 지정해 주는 날짜에 우릴 운초진(云霄鎭)까지 태워주면 되는 거요. 어떻소? 간단하지 않소? 문제는 시간인데, 그 천 리 길을 하루 만에 달려야 한다는 거요. 그래서 당신이 필요한 거요, 귀도!"

길게 얘기한 게 힘들었다는 듯 여인은 말끝에 살짝 한숨을 섞었다.

"난 더 이상 할 말이 없소. 그만 가주시오!"

노골적으로 불쾌한 빛을 떠올리며 독고향은 잘라 말했다. 생각보다 얘기가 길어지는 바람에 뜨거운 국물은 잊어버려야 할 것 같다는 생각에 짜증이 치밀었다.

"좋소. 오늘은 이만 물러가겠소. 하지만 생각이 바뀌면 연락 주시오."

은표를 집어 든 여인은 대신 명편(名片)을 그 자리에 내려놓았다.

"시간이 그리 많지 않다는 걸 명심하시오!"

수중의 은표를 보란 듯이 살랑거리며 여인은 밖으로 나갔다. 잠시 후 예의 시끄러운 소음이 방 안에 가득 찼다가 이윽고 사그라들었다.

무심한 눈길로 독고향은 명편을 쳐다보았다.

―유산객잔(遊山客棧) 망화(忘花).

급하게 만든 것인 듯했다. 머물고 있는 객잔의 상호와 이름인지 별호인지 헷갈리는 성함이 적힌 명편이었다.

'자기가 꽃임을 잊었다는 의미인가? 아무튼 재미는 있군!'

하지만 재미있다는 건 생각일 뿐 독고향은 명편을 잘게 찢어버렸다. 어떤 형태의 것이든 사람과의 인연은 맺지 않는 게 좋다. 맹묵 하나로도 차고 넘칠 정도로 많은 것이다.

게다가 자고로 여자가 끼어 일이 잘되는 경우란 극히 드물다. 어쩌면 군침이 감도는 그녀의 청을 거절한 진정한 이유가 여자이기 때문이었을는지도 모른다.

또한 그녀는 분명 신경에 거슬리는 말을 했었다.

'귀도라는 오해를 다시 받다니……'

그녀 앞에선 내색하지 않았던 낭패감이 독고향의 얼굴에 짙게 물들었다. 귀도라는 이름은 삶을 심각하게 왜곡시켜 놓았었다.

그러나 지금은 생각에만 잠겨 있을 수 없는 노릇,

"늦겠군!"

독고향은 서둘렀다. 마운사에 가서 마차를 받아 미시까지 황건대에 출두하려면 시간이 빠듯하다.

후닥닥!

독고향은 뛰다시피 계단을 내려갔다. 주의를 기울이지 않은 발걸음이라 그가 나가는 대로 소음이 집 전체를 떨어 울렸다.

제2장

탄로(綻露)

그날따라 황건대 제오분소의 분위기는 살벌하다 못해 차갑기까지 했다. 아니, 이건 단지 독고향 혼자만의 느낌일 뿐이었다. 황건대는 어딜 가나 비슷한 분위기일 따름이다.

"야, 넌 뭐야?"

쭈뼛거리며 들어서던 독고향은 느닷없는 고함 소리에 소리친 자를 바라보았다. 아무리 잘 봐줘도 이제 겨우 이십 대 초반, 무려 십 년 차이가 나는 새파란 애송이가 탁자에 버티고 앉아 다짜고짜 반말이었다.

하지만 독고향은 이내 가벼워 보이는 웃음을 배어 물었다. 여긴 황건대다. 설사 세 살 먹은 어린애가 내 바짓가랑이에 오줌을 질겨도 웃으며 참아야 하는 곳이다.

"예, 오늘 미시까지 출두하라고 해서……."

"누가?"

"저, 성함은 모르겠고, 오늘 새벽 내성 정문에 근무하셨던……."

"아, 그래? 이름과 직업!"

앳된 나이에도 불구하고 황건대원의 어투에는 관료적인 냄새가 물씬 풍겼다.

"예, 독고향이라고, 마운사에서 용차를 몰고 있습지요."

"독고향, 마부라……."

중얼거리며 독고향의 이름과 직업을 종이에 아무렇게나 휘갈긴 무사는,

"좋아. 거기 앉아서 잠깐 기다려. 곧 오실 거다!"

그러고는 곧장 산더미처럼 쌓인 서류로 손을 가져갔다.

아직도 숙취의 은은한 통증이 남아 있는 머리를 문지르며 독고향은 의자에 앉았다.

'다시 옮겨야 하나?'

독고향은 다시 망화에 대해 생각하기 시작했다. 그녀는 자기를 분명 귀도라고 불렀었다. 두 번 다시 떠올리기 싫은 그 이름으로 말이다.

그 이름 때문에 당했던 일을 생각하면 자다가도 피가 거꾸로 튀는 독고향이다.

하지만 제 뜻과는 상관없이 많은 사람들이 그렇게 불렀었고, 그때마다 오해를 풀려 했던 숱한 노력에도 불구하고 피를 봐야만 했었다.

하지만 중요한 건 그게 아니다. 오해든 아니든 자기에 대한 정보가 어디에서 누출되었는지 못 견디게 궁금했다. 그걸 차단하지 않고는 아무리 피해 다녀도 헛일인 것이다.

문제는 아무리 생각해 봐도 세가령 내에서 자기를 아는 사람이 없다는 점이었다. 심지어 맹묵도 자기의 과거에 대해서는 전혀 모른다.

'세가령도 더 이상 안전한 곳이 못 되는가?'

까다로운 입령(入領) 조건에도 불구하고 사람들이 이리로 몰려드는 것은, 일단 들어오기만 하면 과거의 은원은 물론 신분까지도 철저하게 무시된다는 점이다. 밖에서의 신분이 왕후장상이든, 무림의 절정고수든, 유민이든 간에 남궁령에 발을 들이밀게 되면 모두가 평등한 영민(領民)이 된다.

무림인의 경우 입령 조건이 가장 까다롭다. 과거의 은원을 잊는 것은 물론, 만약 영내(領內)에서 사사로이 복수를 했을 경우 죽음을 각오해야 한다.

또 무림인들은 무조건 잡성가의 일원이 되어야 한다. 그들을 통제하는 적절한 수단이기도 했고, 남궁세가의 무력을 신장시킬 수도 있다는 일석이조의 효과를 노린 입령 조건이었다.

여기까지는 무림인들이 쉽게 받아들였다. 과거의 은원을 피해 들어온 사람들이 대부분이었고, 어차피 그들이 일반인들 사이에 섞여 생계를 위해 일을 해야 한다는 건 못 견딜 노릇이었다. 잡성가에 들어가면 어쨌든 먹고 사는 일은 해결된다.

정작 무림인들이 가장 가혹하다고 여기는 조건은 한 가지 무공을 남궁세가에 반드시 바쳐야 한다는 것이었다.

무림인에게 무공을 바치라는 것이 뭐 그리 어렵겠느냐고 하겠지만, 문제는 혼자만 아는 무공만을 인정해 준다는 점이었다. 지난 이백 년간 숱하게 많은 무림인들이 이 조건에 의해 남궁령으로 들어온 걸 감안하면, 남궁세가는 가히 천하의 모든 무공을 가지고 있다 해도 과언이 아니다. 그 속에서 인정받는 무공을 가려낸다는 것 자체가 고역일 수밖에 없다.

조건이 까다로운 만큼 남궁세가는 영내에 거주하는 사람들의 신상을 철저하게 보호해 준다. 설사 황제를 시해한 대역무도한 자라고 해도 영민으로 등록되어 있으면 관부로부터 안전할 수 있다. 물론 그런 자들은 애초에 받아들여 주지도 않지만 말이다.

'다시 나간다?'

영내를 떠나는 사람을 남궁세가는 잡지 않는다. 대신 다시 돌아오고자 할 때는 처음의 까다로운 입령 조건을 다시 충족시키지 않으면 안 된다.

그러나 지금 남궁령을 떠나 다시 돌아간다는 건 너무 위험할 것 같았다. 그나마 지난 오 년간 무사할 수 있었던 것도 여기가 남궁세가령이란 이유 때문이었다.

게다가 지난 오 년간 가지게 된 게 너무 많다는 걸 독고향은 깨달았다. 그중에서도 용차의 마부라는 직업은 너무도 애착이 갔다. 무림인이라는 걸 속이기 위해 유민의 신분으로 들어와 이 년 만에 얻게 된 그 직업이 어느새 몸과 마음을 온통 적셔 버린 모양이었다.

다른 이유가 있는 게 아니었다. 마차를 몰고 거리로 나서면 늘 코끝에 감돌고 있던 구역질나는 피비린내를 잊을 수 있어 좋았다. 열다섯 살 때 처음으로 칼을 잡은 이래, 비로소 밤을 온통 찢어발기는 악몽에 시달리지 않아도 좋게 된 것이다.

"야!"

제 생각에 사로잡혀 독고향은 이 소리를 듣지 못했다.

"너 말이야, 너!"

다시 한 번 고함 소리와 함께 뭔가가 독고향의 머리에 툭 떨어졌다. 뭉쳐진 종이였다.

독고향은 번쩍 머리를 들었다. 예의 젊은 황건대 무사가 눈을 부라리며 쏘아보고 있었다.

"예, 옛! 부르셨습니까?"

독고향은 엉거주춤 몸을 일으켰다. 아마 새벽의 수문장이 나왔으려니 하고 생각했었다.

"우물에 가서 물 한 동이 길어 와!"

무사는 제 옆에 있는 물동이를 눈으로 가리켰다.

독고향의 이마에 순간적으로 신경질이 뻗쳤다. 벌써 반 시진 이상이나 기다렸지만 정작 부른 자는 코빼기도 보이지 않고 젊은 놈이 하찮은 심부름만 시킨다. 영업 손실은 고사하고라도 부아가 치밀어 견딜 수 없다.

그러나 독고향은 어느새 물동이를 집어 들었다. 이곳은 황건대, 물을 길어 오는 게 아니라 측간을 치우라고 해도 따를 수밖에 없는 곳이다.

"저, 우물은 어디에……?"

"저 안에!"

보지도 않고 무사는 턱짓으로 안으로 통하는 문을 가리켰다.

문을 나서자 작은 정원이었다. 황건대라는 조직에 어울리지 않게 제법 아기자기하게 꾸며진 화원 한쪽 구석에 우물이 있었다.

물을 길은 후 독고향은 물 한 바가지를 머리에다 끼얹었다. 서늘한 냉기가 정수리를 관통하며 숙취로 인한 두통이 한꺼번에 가시는 것 같았다.

다시 한 바가지 떠서 시원하게 들이킨 후 독고향은 물동이를 들고 안으로 걸음을 옮겼다.

젊은 무사는 쳐다보지도 않았고 독고향은 다시 의자에 앉아 기다려야만 했다.

차라리 오지 말 것을 하며 후회했지만 벌써 황건대에 발을 들여놓은 이상 무단으로 나간다는 건 꿈도 꾸지 못할 일이다.

자주 하품을 하던 독고향은 이내 끄덕끄덕 졸기 시작했다.

*   *   *

"자엽, 설마 잘못 알고 있었던 건 아니겠지?"

표정만큼이나 싸늘한 어조로 여빙운은 궁자엽에게 다그쳤다.

"분명히 이 귀로 똑똑히 들었소. 그런 엄청난 일을 잘못 전달할 것 같소?"

"흐음!"

여빙운은 생각에 잠겼고, 설도는 버럭 언성을 높였다.

"답답해서 살 수가 있나! 가주들께선 왜 아무런 말씀도 없는 거야? 이런 엄청난 일을 쉬쉬한다고……."

"목소릴 낮추게! 행여 아랫사람들이 듣는다면 큰 혼란이 일어날 걸세. 가주들께서도 그걸 염려해서 의논을 하고 계신 듯하니……."

"그 의논에 왜 우린 끼워주지 않는 거야? 늙은이들끼리만 쑥덕거린다고 해결책이 나오나?"

"제발 입 좀 다물어!"

버럭 여빙운은 언성을 높였다. 가뜩이나 밤을 새우느라 멍한 머리였다. 설도가 저렇게 설쳐서는 제대로 생각을 정리할 수가 없다.

"일단 자엽의 말대로 주공께서 시해를 당하셨다고 가정하고, 우리끼리도 앞으로의 대책을 강구해 보자. 설도의 말대로 늙은이들의 일방적인 통고에 맥없이 따라가지 않으려면……."

"좋아! 머리 잘 돌아가는 네가 먼저 얘기해 봐."

"어디까지나 이건 주공께서 의문의 흉수에게 시해를 당한 게 확실하다는 가정 하에서 하는 얘긴데…….”

　잠시 뜸을 들이며 여빙운은 두 사람의 표정을 살폈다. 여기서도 확실히 두 사람의 기질 차이가 났다. 설도가 바짝 달아오른 얼굴로 연신 엉덩이를 들썩거리는가 하면, 궁자엽은 예의 불그스레한 표정에 뭘 생각하는지 짐작하기 어려운 눈빛으로 앉아 있다.

　“우선은 어제 경계를 섰던 자들 얘기를 들어보는 게 우선이다. 혹시라도 수상한 자가 없었는지…….”

　“이봐!”

　여빙운의 말이 끝나기도 전에 설도는 바깥을 향해 고함을 질렀다.

　“옛, 부르셨습니까?”

　방 밖에 서 있던 무사 한 명이 구르듯 방 안으로 달려들어 왔다. 설도의 성미야 이미 소문난 터, 늦었다간 어떤 봉변을 당할지도 모를 일이다.

　“가서 어젯밤에 경계를 섰던 자들을 모두 불러와!”

　“예!”

　숨 돌릴 사이도 없이 명이 내려졌고, 또 그렇게 무사는 달려나갔다.

　여빙운은 말리지 않았다. 계획을 세우는 데는 자신이 있었지만, 그것을 실행하는 것은 역시 설도가 낫다.

　“다음은?”

　잠시 말이 없는 여빙운을 설도가 다그쳤다.

　“우선은 거기까지만 해두자. 다음은 주공의 시신을 부검해 흉수가 누군지를 알아내는 일이니까!”

　실제로 타살된 시신에서는 많은 걸 알 수 있다. 한 사람을 죽인다는 건 생각보다 어려워서 살인자는 전력을 기울여야 한다.

　특히나 주공처럼 절정고수를 죽일 때는 상대도 최선을 다해야 한다.

이는 가장 익숙한 무공을 사용해야 된다는 말이고, 독특한 흔적을 남기는 것은 당연하다.

주공을 시해할 정도의 인물이라면 현 강호에서 몇 명 되지 않는다. 어쩌면 흉수의 정체는 의외로 쉽게 드러날지도 모른다.

바깥이 소란스러워지더니 한 무리의 무사들이 우르르 몰려들어 와 방 안을 가득 채우고 복도까지 늘어섰다.

"누가 다 데려오랬나? 책임자만 남고 모두 꺼져!"

설도가 신경질적으로 고함을 질렀고, 또 한차례 부산을 떤 후에 방에 남은 인원은 모두 열 명이었다. 다들 급하게 옷을 차려입었는지 복장이 단정치 못했다.

이해할 만한 일이다. 한 시진씩 교대로 경계를 서는 하급무사들과는 달리 이들 책임자들은 밤을 꼬박 새운다. 당연히 다음날 오시까지는 잠을 잘 수 있도록 해주고 있다.

"하여튼 잡성가 놈들은 하나같이 마음에 안 들어! 복장 꼴이 이게 뭐야? 눈에 눈곱 안 뗀 놈도 있네!"

설도에게는 그들이 지난밤을 꼬박 새웠다는 사실은 중요하지도 않았다. 다만 자기가 불렀음에도 흐트러진 매무새로 달려왔다는 것에 화를 내며 그들의 배를 주먹으로 쿡쿡 찔러댔다.

"지난밤에 혹 이상한 일이 없었나?"

그대로 두면 설도가 아무래도 저들 중 누군가는 병신으로 만들 것만 같아 여빙운이 나서며 물었다.

"없었습니다!"

"평소와 같았습니다!"

그들 역시 여빙운에게 구원을 받았다고 생각했는지 저마다 우렁찬

음성으로 이상없었음을 보고했다. 그런데,

"이런 것도 보고드려야 할지 모르겠지만……."

누군가의 입에서 다른 말이 튀어나왔다.

"뭐야? 빨리 말해 봐!"

성급하게 나서는 설도를 제지한 후 여빙운이 그자를 바라보았다. 머리에 두른 띠 색깔을 보니 은건대 소속이었다.

"누군가?"

침착한 어조로 여빙운이 물었다.

"은건대 소속 칠조 조장 이의방(李義方)입니다. 지난밤엔 내성의 정문에서 경계를 섰습니다!"

이의방의 말을 듣고 있던 여빙운의 입가에 살풋 미소가 감돌았다.

'뼈대가 억센 자로군!'

다른 자들과 달리 이의방의 표정에는 설도에게 주눅 든 기색이 전혀 없었다. 옷매무새도 단정한 것으로 미루어 잠보다는 일에 충실하려는 부지런한 자임을 알 수 있었다.

여빙운은 고개를 끄덕여 이의방에게 말을 계속하라는 신호를 보냈다.

"축시경이었습니다. 웬 용차가 한 대 오길래 세웠더니, 어떤 노인이 진화궁으로 가자고 해서 왔다고 했습니다. 하지만 마차에는 아무도 없었습니다!"

다시 나서려는 설도를 눈으로 눌러놓고 여빙운은 재차 물었다.

"그게 다인가?"

"예!"

어이없을 정도로 간단한 대답이었다.

"설마 그 용차 마부를 그냥 보내진 않았겠지?"

"별다른 이상은 없었고, 거짓말을 하는 것 같지 않기에 일단 돌려보냈습니다. 물론 신원 파악은 확실히 해뒀습니다."

이의방은 가져온 근무 기록표를 뒤적거렸다.

새삼스런 눈으로 여빙운은 이의방을 바라보았다. 갑작스런 설도의 부름에 당황했을 게 틀림없다. 그 경황 중에도 단정히 챙겨 입은 옷이나 근무 기록부까지 챙겨온 걸 보면 쓸 만한 자인 것 같았다.

'나보다 한 대여섯 살 많으려나?'

여빙운은 이의방의 나이를 짐작해 보았다. 서른 중반은 돼 보이는, 유난히 굵은 눈썹이 작지만 탄탄한 체구와 잘 어울리는 강인한 인상이었다.

"이름은 독고향, 마운사의 사십사호 용차를 몰고 있습니다. 면증은 틀림없는 진품이었습니다!"

근무 기록부를 또박또박 읽어 내려간 이의방이 고개를 들었다.

"그 당시에 일단 돌려보냈습니다만, 오늘 미시까지 황건대 제오분소에 출두하라고 해두었습니다. 소인도 지금 출발해야 시간 안에 당도할 수……."

"그럼 뭐 하고 있어? 지금 당장 가서 놈을 잡아왓!"

기어이 설도가 분통을 터뜨리며 나섰고, 불려온 자들은 술렁거리기 시작했다. 벌써 밖으로 달려나가려는 자들도 있었다.

그러나 이의방은 침착한 눈길로 여빙운을 바라보았다.

"뭐야? 내 말이 안 들려?"

"본 잡성가는 여가의 관할 하에 있다고 알고 있습니다만!"

"뭐?"

버럭버럭 소리를 지르던 설도는 갑자기 멍한 표정이 되어 할 말을 잊었다. 적어도 남궁령 안에서 자기에게 이처럼 말대꾸를 하는 자는 처음 본 것이다.

"네놈 이름이 뭐라고 했나? 내 은건대주에게 단단히 일러두마!"

설도는 나직이 으르렁거렸다. 진정으로 화가 났지만 잡성가의 은건대원에게 직접 손을 써서야 체면이 서지 않기에 간신히 억눌렀다.

"진정해라, 설도. 그의 말이 맞다. 연평부의 잡성가 사람들에게 명을 내릴 수 있는 사람은 주가(主家)와 우리 설가뿐임을 잊지 마라!"

일단 설도를 눌러놓은 후 여빙운은 다시 이의방을 바라보았다.

"이의방이라고 했나? 지금 이 시간부터 날 수행하도록!"

여빙운의 말을 들은 설도는 한순간 이해할 수 없다는 듯 눈만 끔뻑거렸다. 은건대의 일개 조장에서 여가 소가주의 수행원이 된다는 건 파격적인 진급이 아닐 수 없다. 이런 선례가 있었는지는 모르지만 분명 격렬한 논쟁거리가 될 것이 틀림없다.

"자, 나머지는 지금 당장 황건대 제오분소로 가서 독고향이란 놈을 잡아오너라. 만약 실수로 놓친다면 죄를 묻겠다!"

엄하게 명을 내린 후 여빙운은 이의방을 손으로 가리켰다.

"자넨 남도록."

"나도 가겠다!"

여빙운의 말이 끝나자마자 설도도 몸을 일으켰다. 그리고 누가 말릴 사이도 없이 밖으로 나가 버렸다.

"뭘 하고 있나? 빨리 나서지 않고!"

밖에서 설도가 또 한 번 고함을 지르고 나서야 불려왔던 자들이 행여 뒤질세라 우르르 몰려 나갔다.

그때까지 궁자엽은 무표정한 얼굴로 앉아 있기만 했다.

"청이 있습니다. 감당하기 어려운 명을 거두어주십시오!"

모두 나가자 이의방은 대들 듯한 어조로 여빙운에게 말했다. 눈빛도 단호하게 굳어져 있었다.

"자넨 겁쟁이인가?"

"예? 이 무슨 뜻밖의 말씀을……?"

이의방으로서는 생각지도 못했던 말일 수밖에 없었다. 너무 파격적이라 무리가 따를 수밖에 없는 인사를 철회해 달라고 했는데, 엉뚱하게 겁쟁이가 아닌가 하고 묻고 있다.

"자네가 감당하기 어렵다는 건 날 수행하는 것인가, 아니면 너무 갑자기 높은 자리에 오른 걸 가지고 뒤에서 씹어댈 사람들의 평판인가?"

이의방은 날카로운 비수에 가슴을 푹 찔린 느낌이었다. 어쩌면 이렇게 사람의 심리를 얄밉도록 잘 알 수 있을까.

"만약 사람들의 평판이 두려워서 한 말이라면 돌아가게. 난 그런 겁쟁이는 필요없네!"

"모시겠습니다!"

뱃속 깊은 곳에서 우러난 목소리로 말한 후 이의방은 곧장 여빙운의 뒤에 버티고 섰다. 굵직한 눈썹이 연신 꿈틀거리는 미간에 날카로운 고집의 날[끼]이 시퍼렇게 곤두서 있었다.

방 안엔 때 아닌 침묵이 감돌았다. 여빙운은 야릇한 미소를 배어 문 채 천장을 바라보며 생각에 잠겼고, 궁자운은 여전히 그 속을 짐작 못할 얼굴로 앉아만 있다.

유일하게 움직이는 건 이의방의 숱 짙은 눈썹뿐이었다.

휘청, 휘청!

그 사내는 아주 위태롭게 비틀거리며 개봉(開封)의 향미가(享味街)를 걸어가고 있었다.

천하의 모든 음식을 맛볼 수 있다는 이곳은 거리 전체가 온통 반점이라고 해도 과언이 아니었다. 차양을 치고 좌판을 벌린 노점에서부터 지상 육층에 이르는 고루거각들까지 모두가 음식을 먹기 위한 장소였다.

오죽했으면 황궁에도 없는 음식을 여기서는 먹을 수 있다고 했을까.

아직 해는 중천에 떠 있었고 향미가는 각처에서 모인 미식가들로 출렁거렸다.

그 사이를 비집고 사내는 금방이라도 쓰러질 듯 위태로운 발길을 옮기고 있었다.

처음 사내를 알아본 사람은 좌판을 벌리고 사천식(四川式) 만두를 파는 이풍(李豐)이었다.

"쯧쯧쯧!"

사내를 본 이풍은 강하게 혀를 찼다.

"저런 인간 말종을 낳고도 제 애미는 미역국을 먹었겠지. 에잉, 퉤퉤!"

사내가 지나가고 난 뒤 이풍은 재수 옴 붙었다는 듯 침을 뱉고 소금까지 한 웅큼 뿌렸다. 그리고는 다시 호객 소리를 드높였다.

사내가 지나가는 곳에서는 모두가 이풍과 비슷한 반응이 나타났다. 심지어 큰 반점의 점원들은 커다란 몽둥이를 들고 나와 두들겨 패기도 했다.

하지만 사내의 발길은 단 한 번도 멈추지 않았다. 심한 술 냄새를 풀풀 날리면서 금방이라도 넘어질 듯 위태롭게 휘청거렸지만 결코 쓰러지지는 않았다. 점원들의 몽둥이질이 전신을 두들길 때도 마찬가지였다.

"에잉, 저놈은 또 대낮부터 취했구나!"

"어디 가서 콱 뒈져 버리지도 않나?"

사내를 본 장사치들은 모두 한마디씩 했다. 그만큼 그는 이 향미가에서 암적인 존재였다. 하루 열두 시진 꼬박 술에 취해서 툭하면 행패를 부려 손님들을 쫓아버리기가 일쑤였던 것이다.

오늘 사내는 점잖은 편이었다. 말 한마디 없이 그저 걷기만 하고 있으니 말이다.

하지만 그것만으로도 향미가를 찾은 사람들은 질겁을 했다. 코를 마비시킬 것만 같은 술 냄새, 산 뒤로 한 번도 빨지 않은 것 같은 누더기 사이로 드러난 피부 위에는 덕지덕지 때가 끼어 있어 천하의 모든 음식이 있다는 이곳의 위생 상태를 의심케 하기 충분했다.

이윽고 사내는 향미가를 빠져나왔다. 그래도 그는 걸음을 멈추지 않았다.

때를 같이 해 전혀 있을 것 같지 않은 일이 일어났다. 누군가가 사내에게 말을 걸었던 것이다.

"오늘은 한 번 더 안 가나?"

그 말에 영원히 멈추지 않을 것처럼 이어지던 사내의 발길이 멈추었다. 그리고 주변을 둘러본 후에야 향미가에서 상당히 떨어진 외진 골목길이란 걸 깨달았다.

털썩!

사내는 그 자리에 아무렇게 주저앉았다. 그리곤 곧장 벌렁 드러누웠다. 방금 말을 걸어왔던 사람에게는 전혀 관심이 없는 듯한 태도였다.

오후의 강한 햇살이 사내의 전신에 작렬했지만 마구 흐트러진 머리카락에 덮이고, 때에 찌들어 있는 얼굴은 제대로 보이지도 않았다.

"흘흘흘, 오늘은 그걸로 충분하겠구먼!"

향미가의 점원들에게 두들겨 맞는 사내를 본 모양이었다. 말을 건자는 기묘한 웃음소리와 함께 다가왔다.

늙은 거지였다. 외양이 사내와 별반 차이가 없었지만 특이하게 허리에 여러 개의 호리병을 주렁주렁 차고 있었다.

"그러다간 병(病)이 아니라 맞아서 먼저 죽겠네, 매타자(買打者)!"

매타자가 사내를 가리키는 호칭인 모양이었다. 매를 사는 사람이라니, 아무튼 재미있는 별호였다.

"어차피 병이 깊어지면 죽은 것과 마찬가지니까."

“그 병에는 약이 없나? 두들겨 맞는 것 외에…….”

“없지는 않겠지. 하지만 그게 뭔지 모른다면 없는 거와 마찬가지…….”

말꼬리를 흐리며 매타자는 거지노인의 허리에 매달려 있는 호리병을 가리켰다.

“술이나 한 모금 주시오.”

“그래, 오늘은 어떤 술을 줄까? 화주(火酒)? 소홍주(紹興酒)? 분주(汾酒)와 죽엽청(竹葉靑)도 있으니 입맛대로 고르게!”

늙은 거지는 옆구리의 호리병을 하나하나 손가락으로 짚으며 말했다.

“화주.”

묻고 대답하긴 했지만 이들의 문답은 늘 똑같았다. 화주 외의 술에 매타자가 입을 댄 경우는 단 한 번도 없었다.

“여기 있네. 술이라도 마시지 않으면 어떻게 그 통증을 견디겠나! 자, 쭉 들게.”

거지노인은 화주가 든 호리병을 건네주었고, 매타자는 누운 채 그 속에 든 술을 마셨다.

벌컥, 벌컥!

누운 상태로 술을 마시면서도 한 방울도 흘리지 않는 것도 재주라면, 매타자는 실로 대단한 재주를 가진 셈이다.

술을 완전히 비운 후 매타자는 호리병을 아무렇게나 던져 버렸다.

“에크, 이 사람아! 늙은 거지의 몇 안 되는 재산마저 박살 낼 참인가? 아무리 측간 갈 때와 올 때의 마음이 다르다지만…….”

질겁을 하며 거지노인은 저만치 나뒹굴고 있는 호리병을 주워 들고 세심히 살폈다. 정말이지 세상에 둘도 없는 보물을 다루는 것 같았다.

그제야 매타자는 한마디 사의를 표했다.

"잘 마셨소. 좋은 맛이더군."

싸구려라지만 같은 화주라도 등급이 있다. 방금 매타자가 마신 술은 그중 으뜸이라 해도 좋을 정도였다.

"대체 매일 술을 살 돈은 어디서 생기는 거요?"

술 냄새가 풀풀 나기는 했지만 매타자의 음성에서는 전혀 취기를 느낄 수 없었다.

"거지가 구걸 아니면 어디서 돈이 생기겠나. 흘흘흘!"

무슨 생각을 했는지 거지노인의 말끝은 묘한 웃음 속으로 잠겨들었다.

"왜 웃소?"

"사람들의 보는 눈이 정확한 게 재미있어서."

"그건 또 무슨 말씀이오?"

"생각해 보게. 자네나 나나 똑같은 거지꼴이지만 자넬 보면 사람들이 두들겨 패지만, 날 보면 적선을 하거든. 어때? 재미있지 않나? 거지인지 아닌지를 정확하게 알아내는 그 눈이."

"후후후!"

매타자도 나직한 웃음을 터뜨렸다. 그러다 벌떡 몸을 일으켰다.

"집으로 가는 건가?"

묻는 말에는 대꾸하지 않고 매타자는 거지노인을 바라보았다.

"개방(丐幫)의 전임 장로였다고 들었소. 맞는 말인 건 같긴 하지만……."

휘청, 휘청!

매타자는 다시 위태로운 걸음을 옮기기 시작했다.

"난 믿지 않소!"

매타자의 마지막 말은 저만치 걸어간 뒤에야 그의 뒷등을 타고 흘러내렸다.

"흐음!"

매타자를 바라보며 거지노인은 무거운 침음성을 토했다. 그 눈길에 짧은 아픔이 스치고 지나갔다고 보인 것은 착각일까.

"저렇게 살아서 꼭 해야만 될 일이 뭘꼬?"

나직이 되뇌며 거지노인은 옆구리의 호리병 하나를 입으로 가져갔다.

"휘이유!"

독한 술의 열기를 토해 버리겠다는 듯 거지노인은 길게 숨을 내뱉었다.

지금 거지노인은 매타자의 병에 대해 생각하고 있었다. 아니, 정확하게는 그가 중독된 독에 대한 것이었다. 그 역시 자기가 병이 아니라 중독되었다는 사실을 알고 있으리라.

하지만 사실대로 말할 수 없기에 세상의 눈을 속이며 저렇게 하루하루를 연명해 가고 있는 것이고, 그 사실을 잘 알기에 거지노인은 가슴이 아렸다.

갑작스런 말소리가 거지노인의 귓전을 두드린 것은 그가 호리병 속의 술을 다 비우고 다시 허리에 찼을 때였다.

"태상장로(太上長老)님을 뵈옵니다!"

대개의 사람들이 이런 경우엔 놀라기 마련이지만 거지노인은 일말의 동요도 보이지 않았다.

"알아봤는가?"

담담하게 물으면서 거지노인은 몸을 돌렸다. 바로 앞에 사십 대의 또 다른 거지가 부복하고 있었다. 그 역시 허리에 일곱 개의 호리병을 찬, 개방의 개봉 분타주 청죽개(靑竹丐) 조항(趙項)이었다.

"예. 제자가 조사한 바에 의하면 현 무림맹주의 아들은 오 년 전 의문의 죽임을 당한 게 확실합니다."

"그 후로 보천검(保天劍) 공야찬(公冶燦)의 신상에는 아무런 변화가 없었고?"

현 무림맹주의 이름을 아무렇지도 않게 거지노인은 입에 올렸다. 매타자의 말대로 그가 개방장로를 지냈는지 어땠는지 몰라도 적어도 무림에서의 배분은 상당히 높은 것 같았다.

"그전에 먼저 방주께서 태상장로께 전하라는 말씀이 계셨습니다. 그것부터 먼저 말씀 올리겠습니다."

못마땅한 듯 다시 다른 호리병을 입으로 가져가는 거지노인이었지만 조항은 말릴 생각이 없었다. 어쨌든 개방의 방주라면 거지라는 직업(?)을 가진 모든 사람들의 우두머리니 최소한의 예의는 갖춰져야 했다.

"방주의 말씀을 그대로 전하겠습니다. 요즘 무림의 바람이 날로 차가워지니 부디 옥체를 보중하시라며, 웬만하시면 일은 후진들에게 맡기시고 이제 그만 쉬시는 것도 좋으리라고……."

"조항!"

거지노인은 조항의 말을 잘랐다. 비록 나직한 음성이었지만 그 속에 실린 무게는 그리 만만한 게 아니었다.

"하교하십시오!"

"돌아가서 방주에게 전하게. 이번 일은 이 몰면개(沒面丐) 개인의 일이니만큼 방에서 신경 쓸 것 없다고 말일세. 이 늙은이가 정 그렇게 걸리면 파문(破門)을 해도 개의치 않겠다고 전해주게!"

"매타자가 그토록 중요한 인물이옵니까? 태상장로께서 파문을 입에 담으실 정도로……?"

조항의 어조에는 안타까움이 가득 배어 나왔다. 이제는 개방 내에서뿐만 아니라 무림에서도 전설이 되어버린 이 사문의 어른이 말년에 하는 일이 도무지 이해되지 않았다.

한편으론 가슴 아프기도 했다. 세상에 뭐 그리 중요한 일이 있어 아흔을 바라보는 나이를 잊고 차디찬 무림의 칼바람 속으로 몸을 던져야 한단 말인가? 지금이라도 한마디만 하면 안락한 노후를 보장받을 수도 있는데 말이다.

겉에서 보는 것과는 달리 개방이 지닌 부는 실로 엄청나다. 거지들의 집단이니 제 주머니에서 돈 나갈 일이 없고, 손가락 하나 까딱 않고 그저 쪽박만 앞에 놓고 졸기만 해도 사람들은 동전 몇 푼씩은 던져 준다. 십만을 헤아리는 개방의 방도(幇徒)들을 생각하면 하루의 수입이 얼마나 될지 쉽게 짐작도 되지 않는다.

그 부력(富力)을 바탕으로 개방에서는 은퇴한 거지들의 노후를 책임져 주는 게 상례화되어 있었다.

몰면개처럼 장로 직을 지낸 사람이라면 어디 경치 좋은 곳에 작은 장원 하나 정도는 마련해 주는 게 통례였다.

벌써 십 년도 훨씬 넘은 세월 이전에 몰면개는 은퇴했었다. 당연히 개방에서는 그에 걸맞는 노후 대책을 세워줬지만 그는 깨끗하게 거절했었다. 자기는 골수까지 거지 근성으로 물들어 편안하게 살면 뼈마디

가 물러진다는 게 이유였었다.

그렇게 떠나서는 쭉 종적이 묘연했었다. 개방의 방대한 정보망을 생각하면 이상한 일이었지만 그가 다름 아닌 몰면개였기에 잠적이 가능했는지도 모른다. 누구보다 개방의 움직임을 잘 알고 있는 터이니까.

그가 다시 모습을 보인 건 오 년 전이었다. 어디서 뭘 하다 왔는지 몰라도 예전보다 더 거지 같은 몰골로 쭉 이 개봉에 머물고 있다. 개방과의 접촉은 최대한 회피하면서 말이다.

"자넨 그만 돌아가게. 분타의 일도 다망할 터이니 이젠 더 이상 이 늙은이의 일에는 신경 쓰지 말게."

부드러운 어조로 타이르는 듯한 몰면개의 말에 조항은 대들듯 한 무릎 확 다가앉았다. 무슨 하고 싶은 말이 있는 듯 입술을 연신 씰룩거렸지만 차마 입을 열지 못하고 바닥에 이마를 붙였다.

"방(幇)에 매인 몸이라 더 이상 모시지 못함을 용서하십시오. 부디 옥체를 보중하시고, 만약의 일이 있을 시엔 언제든 찾아주십시오. 또한 보천검 공야찬은……."

감정이 격해진 듯 조항은 잠시 말을 맺고 숨을 돌렸다.

"아들이 죽자 시신을 안고 보름 정도 행방불명이 되었다가 다시 나타났습니다. 그리고는 곧장 무림맹의 총단을 항주(杭州)로 옮겼습니다. 항간의 소문처럼 무림맹이 변질되었다면 그 이후의 일이 아닐까 생각됩니다."

"알겠네. 수고했네."

"그럼 제자는 이만!"

멀어져 가는 조항을 바라보며 몰면개는 다시 호리병을 입으로 가져갔다.

“휘이유!”

다시 긴 한숨이 그의 입에서 토해져 나왔다.

독한 술기운도 그 입김 속에 섞여 나왔다가 강한 햇살 아래 희석되어 갔다.

*   *   *

끄덕거리던 독고향의 고개가 딱 멈춰지더니 반짝 눈을 떴다. 변한 건 아무것도 없었다.

그러나 내부에서는 요란한 경보음이 울렸다. 집에서 나는 소음보다 훨씬 더 크고 황급한 소리였다.

벌떡, 독고향은 몸을 일으켰다. 놀란 시선으로 젊은 무사가 올려다보는 것과 한 무리의 은건대원들이 황건대 제오분소 안으로 몰려든 것은 거의 동시였다.

놀란 표정으로 젊은 무사는 급히 몸을 일으켰고, 앞에 쌓여 있던 서류 뭉치가 바닥으로 떨어져 흩어졌다.

들어오는 은건대원들과 엇갈려 곧장 밖으로 걸음을 옮긴 건 순전히 독고향의 본능에 의한 반응이었다. 그리고 그건 옳았다.

문을 나서자마자,

“독고향이란 놈 아직 안 왔나?”

커다란 목소리가 문밖까지 고스란히 들려왔던 것이다.

젊은 무사가 더듬거리며 대꾸하는 걸 들으며 독고향은 용차에 올라탔다.

“저놈이 독고향이다. 잡아랏!”

"서라!"

황건대의 분소 안으로 들어갔던 은건대원들이 한꺼번에 다시 몰려 나왔을 때 독고향은 벌써 말에 채찍을 가하고 있었다.

'그 늙은이!'

정확하게 무슨 일인지는 모르겠지만, 은건대가 몰려와 자기를 찾는 다면 새벽의 그 일밖에는 없다. 진화궁으로 가자고 해놓고서 홀연히 사라졌을 때부터 그 존재가 찜찜하더니 기어코 무슨 사건을 저지른 모양이었다.

모퉁이를 돌자 갑자기 아이 한 명이 길 한복판에 서 있는 게 보였다.

독고향은 황급히 왼쪽 고삐를 낚아채 간신히 아이를 피했다. 그러나,

와두두둑!

그 바람에 길가에 늘어선 여러 상점들 앞에 진열된 물건들은 마차에 부딪쳐 산산이 흩어져 버렸다.

이건 꽤 효과가 있었다. 피해를 입은 상인들이 일제히 길로 몰려들어 독고향을 향해 욕을 해댔고, 이는 그를 추적하는 은건대 무사들에겐 상당한 방해가 되었다.

'이대로는 안 된다!'

이렇게 용차를 끌고서는 용 빼는 재주가 있다손 쳐도 은건대의 추적을 뿌리칠 수 없다. 이제 조금 후면 온 연평부에 비상령이 내려져 마운사 소속 사십사호 용차를 수배하게 될 것이다.

달아나는 데는 아무래도 맨몸이 최고다. 지금이라도 뛰어내리면 그만이지만 독고향은 그렇게 하지 않았다. 마차는 버릴 수 있어도 말은 버릴 수가 없기 때문이었다.

잠깐 다른 생각을 하는 사이 말과 마차는 곧장 향일대로를 가로질렀
다.

"우웃!"

저도 모르게 독고향은 다급한 경호성을 발했다. 길의 좌우로 나뉘어
정연하게 오가는 말과 마차들의 행렬 한가운데로 곧장 돌진해 들어갔
으니, 삽시간에 향일대로는 커다란 소동이 벌어지고 말았다.

"아악, 이 미친놈!"

끼히히힝!

조금 전 상점에서의 소란은 댈 것도 아니었다. 바로 눈앞으로 덥쳐
드는 말과 마차들을 피하기 위해 독고향은 일신의 재주를 모두 발휘해
야 했다. 고삐를 늦추었다가는 다시 잡아채길 반복하면서 이슬이슬한
질주를 계속했다.

삐이익, 삐익!

거리 여기저기에 배치되어 말과 마차의 흐름을 통제하던 황건대원
이 일제히 호각을 불며 달려왔다.

하지만 그들의 가세는 혼란만 가중시켰을 뿐이었다. 말과 마차가 서
로 부딪쳐 당황해하던 사람들이, 황건대원들이 달려오자 우선 몸을 피
하고 보자는 심산에서 우왕좌왕했기 때문이었다. 원인 제공자야 누구
든 사고는 그들이 낸 것이니 당연한 반응이었다.

그 덕을 독고향은 톡톡히 봤다. 향일대로가 온통 혼란의 도가니에
빠졌을 때 그는 벌써 다른 길을 달리고 있었다.

지금 독고향의 머리 속은 향일대로의 혼란보다 훨씬 더 어지러웠다.

'분명 뭔가 일이 벌어진 모양인데……'

오늘 본 은건대원들은 지난 새벽과는 확실히 달랐다. 인적 사항만

파악하고 보내줬을 때에는 달리 의심할 점이 없다고 판단했기 때문이었으리라.

근데 날이 밝은 후에는 살기등등한 모습으로 자기를 잡으러 왔다. 무슨 일이, 그것도 아주 큰일이 나지 않고서야 저럴 턱이 없을 터였다.

'그놈의 영감탱이……. 아니, 혹시 내가 잘못한 건 없나?'

자꾸만 새벽의 늙은이에게로 꽂혀들기만 하는 생각을 독고향은 의식적으로 억제했다. 엄격한 자기반성이 선행된 후에 남을 탓해도 늦지는 않은 것이다.

그러나 달리 떠오르는 게 없었다. 맹묵의 소개로 찾아왔던 남장여인이 걸리지 않는 건 아니었다.

하지만 그녀는 시종 침착하고 여유롭게 행동했었다. 일을 저지르고 쫓기는 사람 특유의 초조함이나 허둥대는 기색은 찾아볼 수 없었다.

'자, 이제 어떻한다?'

독고향은 앞으로의 대책을 강구하기 시작했다. 수상한 자들에 대한 생각은 목전의 위기를 넘긴 뒤에 더욱 냉정한 상태로 해야만 한다. 그래야 올바른 판단도 할 수 있을 터였다.

일단은 집으로 돌아가는 게 가장 안전할 것 같았다. 마운사에 알려둔 자기의 거처는 그저 외성 벽의 빈민가라고만 말해 뒀었다.

그러므로 설사 황건대나 은건대원들이 거기까지 찾아온대도 당장 발각당하지는 않을 것이다. 그사이 대책을 강구하면 된다.

여기저기 깨지고 부서진 마차를 미련없이 버린 독고향은 안장도 없는 말 등에 올라앉았다. 그리고는 곧장 집으로 향했다.

방 안은 자칫 짜부라들 것만 같은 중압감이 감돌고 있었다.

침상에 단정히 누운 사람까지 합치면 모두 다섯, 한결같이 머리가 허옇게 센 노인들이었다.

누구도 입을 열지 않았다. 얼굴 표정도 별다른 변화가 없었지만 눈빛만은 각자가 조금씩 달랐다.

"계속 이렇게 앉아만 계실 거요? 이제 주공의 죽음을 정식으로 발표하고 대책을 강구해야 되지 않겠소?"

머리카락은 물론 얼굴을 뒤덮다시피 한 구레나룻까지 허옇게 변해 버린 노인이 격렬한 어조로 말을 뱉었다. 바로 남궁세가의 무력을 담당하고 있는 설가의 현 가주 설립강(薛立强)으로 설도의 부친이기도 했다.

"먼저 후계 문제부터 논의되어야 하지 않겠소?"

다른 사람들보다는 조금 젊어 보이는, 그래서 조금은 영악해 보이기도 하는 자였다.

"후계 문제를 따질 게 뭐 있나? 작은 주공께서 엄연히 계신데……."

덮어씌우듯 설립강이 그자의 말을 잘랐고,

"하지만 작은 주공의 자질이 과연 남궁세가를 이어받을 수 있는지가 문제지요. 그리고 상 가주(尙家主)는 빠지시게. 잡성가가 나설 일이 아닐세!"

"끄으음!"

삼대호가 중 궁가(窮家)의 현 가주인 궁거문(窮巨雯)의 무뚝뚝한 말에 잡성가주(雜姓家主)인 상교희(尙皎熙)는 노골적으로 불쾌한 표정을 지으며 슬그머니 시선을 돌려 여상절(呂相絶)을 바라보았다. 어쨌든 잡성가는 여가의 직할대에 다름 아닌 것이다.

그러나 여상절은 아무런 말이 없었다. 깊고 유현하게 가라앉은 눈빛이나 차갑게 느껴지는 인상 등이 아들인 여빙운과 너무도 흡사하게 닮은 꼴이었다.

상교희는 머쓱해진 표정으로 시선을 돌릴 수밖에 없었다. 그러나 곧이어 들려온 여상절의 말에 눈에 생기가 돌았다.

"엄연히 후계자는 있지만 자질은 확실히 문제가 되지요. 주공께서 흉변(凶變)을 당하신 지금 자칫 커다란 혼란이 일어날 수도 있을 터, 우리 세가령을 노리는 눈초리도 심상치 않고……."

"하지만 지금의 작은 주공 말고는 달리 누가 있나?"

설립강의 언성이 높아졌다. 이미 예순을 바라보는 나이라 서로 존대를 하고 있긴 하지만 이들도 젊은 시절엔 모두가 친구로 지내던 사이였기에 지금의 말투도 듣는 사람이 착각을 할 정도로 자유분방했다.

"냉정히 대처해야 될 때일세. 지금 황실에서는 무림을 선동해 남궁 세가령을 다시 몰수하려는 움직임이 있네. 딱히 남궁씨를 후계자로 고집할 필요는 없을 것 같네."

"말 다 했나, 여상절?"

기어이 설립강은 자리를 박차고 일어나며 소매를 걷어붙였다. 여차하면 한바탕 드잡이질이라도 벌일 듯한 기세였다.

표정을 굳히며 상교희도 몸을 일으켜 여상절의 앞을 가로막아 섰다. 혹시 있을지도 모르는 설립강의 공격으로부터 보호하기 위함이었다.

"오호라! 이제 봤더니 여가가 잡성가의 무력을 믿고 그토록 기세가 등등했던 것인가? 오냐, 잡성가에 얼마만한 무림의 떨거지들이 모였는지는 모르겠지만, 언제라도 좋다. 다 덤벼!"

허연 수염까지 뻣뻣하게 곤두설 정도로 화를 내며 설립강은 입에 거품을 물었다. 부전자전이라고, 설도 역시 부친의 성격을 고스란히 빼닮은 것 같았다.

물론 여상절은 설립강의 도발에 콧방귀도 뀌지 않았다.

"됐네. 상 가주는 가서 아이들만 살짝 불러오게! 아직까지는 주공의 흉사를 다른 사람들에게 알려서는 안 되네. 특히 소주에게는 극비일세!"

"알겠소."

짤막한 대구와 함께 상교희는 밖으로 나갔다.

"궁 가주도 준비를 좀 해주셔야겠소. 관례에 따라 속이 들여다보이는 관에 주공의 시신을 모셔야 되니, 그리 아시고 정성을 다해 관을 하나 만들어주시오."

"언제까지 필요하오?"

여전히 궁거문의 어조는 무뚝뚝했다.

"되도록 일찍 만들어졌으면 좋겠소만."

"오늘 저녁까지 만들어 드리리다. 애들에게는 무슨 얘길 할 생각이오?"

"주공의 시신을 보여줄 생각이오. 아무래도 무림의 최근 동향이야 젊은 애들이 더 잘 알지 않겠소. 주공의 상처를 보면 혹 흉수가 누군지 알아낼 수도 있을 게고……."

말이 채 끝나기도 전에 궁거문은 몸을 일으켜 밖으로 나갔다. 이로써 여상절의 말을 수긍했다는 표시였다. 성격 자체가 그러니 뭐라 얘기하는 사람도 없었다.

하지만 그의 무감동하던 눈빛이 순간적으로 출렁거린 건 누구도 눈치 채지 못했다.

두 사람이 나가고 나자 돌연 설립강은 여상절에게 싱거운 웃음을 날렸다.

"내가 잘한 건가?"

"잘했네. 난 설 가주가 진짜로 덤비는 줄 알고 등줄기에 식은땀이 흘렀었네."

"나야말로 이마의 이 땀 좀 보게. 성격에 안 맞는 짓을 하려니 당최……. 그나저나 속아 넘어갔을까?"

설립강의 표정이 다시 진지해졌다.

"상교희는 확실히 모를 걸세. 하지만 궁 가주는 뭔가 눈치를 챈 모양일세. 아무 말도 없이 그저 애들에게 무슨 말을 할 것인가만 묻고 나가는 걸 보면……."

"그 영감탱이야 원래부터 벙어리 사촌 아닌가!"

여상절의 말이 미처 끝나기도 전에 언성을 조금 높이던 설립강은 새삼스런 눈길로 그를 다시 한 번 쳐다봤다. 냉정하기 그지없는 그의 입에서 이런 말이 나왔다는 건 확실히 의외였다.

그리곤 곧장 다시 시선을 돌려 설립강은 침상 위에 있는 남궁영호(南宮英豪)의 시신을 바라보았다.

"주공……."

짧은 순간 동안 설립강의 어조는 울먹이는 것으로 변했다. 감정의 기복이 심한 걸로도 그가 얼마나 다혈질인지 잘 알 수 있었다.

"그래, 맘껏 울게나. 자넨 어디까지나 열혈 충신으로, 난 변절자로서 남궁세가의 존속을 위해 매진하세!"

"난 울려는 게 아니다. 지금은 값싼 감정에 휘둘릴 때가 아니야. 냉정하게, 냉정하게 대처를 해야지! 이제 잠시 후면 본격적으로 슬퍼하게 될 테니……."

설립강은 붉어진 눈자위를 손바닥으로 쓰윽 문질렀다. 그러자 곧 위맹한 모습을 회복했다.

"자네는 이 일의 배후에 무림맹이 있다고 확신하는가?"

"이런 엄청난 짓을 저지를 수 있는 곳은 관부의 막대한 지원을 받고 있는 무림맹뿐, 설사 아니더라도 무림맹만은 반드시 괴멸시켜야만 돼!"

평소와 달리 여상절의 어조는 강경했고, 설립강은 고개를 끄덕이며 수긍했다.

"그럴 테지. 그냥 두면 두고두고 위협이 될 테니까."

모름지기 한 산에 두 마리의 호랑이가 살 수 없는 법, 무림에서의 기득권을 유지하기 위해선 방해가 될 만한 세력은 미리미리 제거해야 한다.

특히나 무림맹의 경우는 그동안 여러 무림인들의 이목 때문에 거의 손을 대지 못했었다. 지금까진 이렇다 할 거대문파가 가입하지 않아 사람만 많았지, 실제적으론 무림에 이렇다 할 영향력을 행사하지 못했던 것도 이유라면 이유였다.

그러나 당금 황제의 즉위와 함께 남궁세가령의 철폐에 대한 얘기가 나오기 시작했고, 무림맹은 그 전위 조직이 되어버렸다. 남궁영호의 시해와는 상관없이 더 이상은 그냥 두고 볼 수 없게 된 것이다.

"지금 잡성가의 힘은 어느 정도인가?"

이렇게 물을 때의 설립강은 여느 때의 열혈한이라고 보기 힘들 정도로 차분하고 냉정했다.

"아직까지 단독으로는 설가와 맞서기 어렵겠지만, 요즘 들어 무림인들이 부쩍 많이 늘었네. 일급고수들의 얼굴도 상당수 보이고……. 등록하지 않고 은밀히 들어온 자들도 있을 테니, 지금 영내에는 얼마나 많은 고수들이 득실거리는지 아무도 모른다네."

"확실히 심상치 않군. 여 가주가 힘들겠어."

"나야 뭐 아들 놈에게 모든 걸 일임하고 은퇴하다시피 했으니 힘들게 뭐 있나. 설 가주야말로 아직까지 젊을 때의 성질 그대로니 앞으로 꽤나 힘들 걸세!"

"힘들게 뭐 있어! 이 한 몸 가루가 되어 남궁세가를 반석 위에 올려놓을 수 있으면 난 웃으며 그 길을 택하겠네."

"그러고 보니 정말로 힘든 건 나로군. 자네야 만고에 다시없을 충성의 이름을 새기겠지만, 나와 우리 가문엔 변절자의 오명만 남을 것 아닌가!"

“이도 저도 모두 주가(主家)를 위한 일, 결국엔 사람들도 여 가주의 그 속 깊은 충절을 알아줄 것이네.”

“과연 알아줄 때까지 살아 있기나 할 것인지……?”

“별 걱정을 다 하는구먼. 작은 주공만 차기 가주 자리에 등극하면, 그 땐 내가 앞장서서 자네의 진심을 만천하에 알리겠네. 그나저나 자웅쌍로가 통 보이지 않는구먼!”

갑자기 생각났다는 듯 설립강은 여상절을 바라보았다.

“보나마나 작은 주공과 함께 있겠지. 작은 주공이 갑자기 변한 것도 주공께서 자웅쌍로를 붙여주신 때문일 걸세.”

자웅쌍로의 존재가 극도로 맘에 들지 않는 듯 여상절의 어조에는 은은한 혐오감이 배어 있었다.

“하지만 주공께서 그 두 늙은이로 인해 작은 주공이 역대 어느 가주보다 남궁세가를 빛낼 것이라고 늘 말씀하셨네.”

설립강은 자웅쌍로를 두둔했다.

“그 말씀은 나도 들었지만, 주공께서 틀리셨다는 생각뿐이네. 그렇지 않고서야 자웅쌍로가 작은 주공을 모시자마자 어떻게 그렇게 사람이 변할 수가 있는가? 그전까지는 꽤나 명석하셨는데…….”

“아무튼 빨리 찾아야지. 주공의 급변도 알리고, 이번 기회에 내가 단단히 일러놓겠네. 앞으로는 작은 주공께서 전과 같은 기행을 일삼으시면 단단히 혼을 내주겠다고!”

“그런 얘기라면 벌써 귀에 못이 박혔을 자웅쌍로일세. 또한 작은 주공의 행동은 기행이 아닐세. 그건 얼간이라고 하는 걸세!”

“하여튼 빨리 찾기나 하세. 상주(喪主)로서 주공의 장례도 치러야 하니. 어, 애들이 오는 모양이군. 비통한 표정이라도 지어야 하지 않겠나?”

“그걸 왜 내게 묻나? 이제부터 우린 적일세.”

“그럼 아이들까지 속여야 한단 말인가? 흐음, 알겠네.”

불만스런 어투로 내뱉던 설립강은 돌연 고개를 끄덕였다. 남을 속이려면 먼저 자기부터 완벽하게 속여야 한다는 말이 생각났기 때문이었다.

어디까지나 냉정한 얼굴인 여상절과는 달리 설립강의 표정은 금방 주공을 잃은 슬픔으로 가득했다. 지금 이 자리에서야 연극으로 애들을 속이지만 아들인 설도에게만은 진정한 의도를 말해 주리라 결심했다.

왈칵!

왔음을 알리기도 전에 설도가 가장 먼저 문을 거칠게 열어젖히며 들어왔다.

“아버님, 사실입니까? 주공께서 흉사를 당하셨다는 게, 아!”

역시 다급하게 질문을 던지던 설도는 침상 위의 남궁영호를 발견하고는 짧은 경호성을 발했다. 한눈에도 산 사람이 아니라는 걸 알아본 탓이었다.

“주공!”

오열을 터뜨리며 설도는 침상 아래 부복했다. 남궁영호의 시신을 처음으로 대면했을 때 그 아비인 설립강이 보였던 행동과 똑같았다.

여빙운은 여전히 냉정한 얼굴로 방 안에 있는 사람들을 살피며 있었고, 궁자엽은 여전히 그 속을 알 수 없는 표정으로 남궁영호의 시신을 바라보고 있었다.

그들을 불러왔던 상교회는 문득 웃음이 터져 나오려는 걸 애써 참았다. 부전자전이라는 말도 있지만, 세상에 이처럼 완벽하게 닮은 부자지간이 있을까 싶어서였다. 외모뿐만 아니라 성격까지 그들은 똑같다고 해도 무리가 없을 정도였다.

"울지 마라. 여기서 울라고 너희들을 부른 건 아니다."

뚝뚝 부러질 듯한 어조로 설립강은 오열하고 있는 아들을 제지했다.

"주공의 시신을 살펴봐도 되겠는지요?"

설립강의 말끝을 물고 여빙운이 조심스럽게 물었다. 그는 이미 주공의 죽음을 발표하기도 전에 왜 자신들을 은밀히 불렀는지 그 이유를 직감했던 것이다.

"오냐, 찬찬히 살펴보아라. 늙은이들의 한물간 무공으로는 알 수 없는 수법이라 불렀으니 생각나는 점이 있으면 기탄없이 말하도록 해라."

설립강의 허락이 떨어지기도 전에 설도와 여빙운은 빠르게 침상 곁으로 다가갔다. 여전히 멀뚱한 얼굴로 궁자엽이 뒤를 따랐다.

남궁영호를 덮고 있던 이불을 벗겨내자 알몸의 시신이 드러났다. 상처 부위를 잘 보이게 하기 위해서인 것 같았다.

"한칼이군!"

사실 남궁영호의 시신은 찬찬히 살펴볼 것도 없었다. 왼쪽 어깨에서 오른쪽 허리까지, 상반신을 대각선으로 비스듬히 잘라 버린 칼자국이 너무도 선명했다.

그 외의 상처는 찾아볼 수 없었기에 설도는 확신에 찬 어조로 말했다.

"아니, 칼이 아니다!"

여빙운이 단호하게 고개를 가로저었다. 그의 무공 수준이 설도보다 훨씬 낮은 걸 감안하면 이건 좀 이상한 일이었다. 아무래도 병기에 의

한 상처를 보는 눈은 고수가 나은 게 당연하니까 말이다.

설도 역시 기분 상했다는 표정을 숨기지 않았다. 평소였다면 얼굴을 붉히고 언성을 높였을 테지만 남궁영호의 시신 앞이라 차마 그럴 수도 없었다. 대신 궁자엽을 돌아보며 물었다.

"자엽, 네 생각은 어떠냐?"

자기보단 못하지만 궁자엽도 무공 방면에서는 여빙운보다 훨씬 고수인 터, 설도는 당연히 그가 동의할 줄 알았다.

그러나 궁자엽은 대꾸하지 않았다. 대신 그는 멍한 시선으로 여상절을 바라보다 설립강에게도 잠시 눈길을 주곤 했다. 원래부터 붉었던 그의 얼굴이 좀 더 달아올랐을 뿐 여전히 속을 짐작할 수 없는 표정이었다.

저쯤 되면 설사 옥황상제가 말을 시켜도 입을 열지 않는 궁자엽이다. 대답 듣기를 포기한 설도는 대신 여빙운을 물고 늘어졌다.

"그럼 어떤 병기에 당했는지 말해 보시지!"

어투에 섞인 비꼼을 감추지도 않았다.

"나도 몰라. 하지만 칼이 아닌 건 분명해! 칼이라면 이런 상처야 남겠지만 이렇게 피 한 방울 흘러나오지 않게 사람을 벨 수는 없어!"

여빙운의 말에 설도는 잠시 할 말을 잃었다. 깨닫고 보니 남궁영호의 상처에는 피 한 방울 묻어 있지 않았다. 누가 닦아내지 않았냐고 여길 수도 있지만 그런 흔적은 보이지 않았다.

그보다는 상흔에 뜨거운 물을 붓는다면 이와 비슷한 형태가 될 터였다.

"불가능한 것도 아니지. 자전신도(磁電神刀)라면 피 한 방울 흘리지 않게……."

“봤어? 그저 사람들의 입에만 오르내리는 물건인데.”

정말이지 설도는 입을 다물 수밖에 없었다. 전설처럼 떠도는 자전신도와 그 위력에 대해 봤느냐고 묻는 데야 달리 뭐라 할 수 있는 말도 없었다. 더욱 짙어진 불쾌감을 미간 가득히 띨 수밖에 없었다.

“도법에 당한 건 분명한 것 같은데, 대체 어떤 병기를 쓰면 이런 흔적이 남을까?”

설도의 기분에는 아랑곳없이 여빙운은 혼잣말을 하며 생각에 잠겼다.

절단면이 너무도 깨끗했다. 이런 정도의 칼 솜씨를 가진 자라면 무림에서도 손에 꼽을 수 있을 정도의 사람뿐일 터, 우선은 도법의 달인들부터 추적해 보는 게 좋을 것 같았다.

“아는 자들 중에 가장 칼을 잘 쓰는 사람이 누구야?”

“왜? 칼에 당한 상처가 아니라며?”

상한 기분만큼이나 설도의 대꾸도 퉁명스러웠다.

“병기는 칼이 아닐지 몰라도 그걸 사용한 수법은 분명 도법이다. 그것도 절정고수급이야.”

“우선은 만환도(萬幻刀) 사우건(史宇乾)이 있고, 패도적이기는 부평판도(浮萍版刀)…….”

“아니, 변화가 심하거나 막대한 힘이 실린 건 아냐. 빠르면서도 강한 칼을 사용하는…….”

“귀도!”

서로가 서로의 말을 끊던 도중에 설도는 거의 고함을 지르다시피 별호 하나를 입 밖으로 토해냈다.

“귀도? 그자가 활동했던 건 벌써 오륙십 년 전이 아니냐? 나이가 일흔은 됐을 텐데 이 정도 솜씨를 발휘할 수 있겠느냐?"

"아닙니다, 설 숙(薛叔). 그자는 오 년 전에 홀연히 나타난 자인데…… 아니, 그럼 오륙십 년 전에도 그런 별호를 가진 자가 있었단 말입니까?"

설도의 말에 가볍게 반박하던 여빙운은 해연히 놀라며 되물었다. 자기들이 아는 자를 아버지 대(代)의 사람들이 아는 경우란 그리 드물지 않다. 소위 명숙이라고 불리는, 평생을 무림의 칼바람 속에서 살아온 나이 든 고수들이 그들이었다.

그러나 이 경우는 조금 달랐다.

귀도란 자는 분명 오 년 전에 단 한 차례 홀연히 나타났다가 또 그렇게 사라졌었다. 그 한 번의 출현으로 그자는 항주(杭州)의 무림맹을 그야말로 피에 잠겼었다고 해도 과언이 아닐 정도로 만들어 버렸었다.

그가 왜 단신으로 무림맹에 도전했는지는 아무도 몰랐다. 얼핏 무모해 보였던 그의 행동은, 그러나 일단 부딪치자 사람들이 경악해 마지않았다.

그는 한 자루 쌍수도(雙手刀)를 썼다. 일반적인 것보다 조금 더 길다는 것뿐 별다른 특징이 없는 그 칼은 두 손으로 사용해야 한다는 점에도 불구하고 빠르고 날카로워 두 번의 칼질이 필요없었다.

그 신몰귀몰했던 행적과 경이로운 칼 솜씨 때문에 사람들은 그를 귀도라는 별호로 불렀다.

그런데 벌써 오륙십 년 전에도 같은 별호를 가진 자가 있었다고 한다. 오 년 전의 귀도를 봤다는 자들의 얘기를 들어보면 기껏해야 스물

대여섯의 나이로밖에는 보이지 않았다고 했다. 그들이 동일 인물일 리
는 없다.

그러나 여빙운은 그 두 사람이 묘한 동질감을 띤다고 생각했다. 그
걸 증명이라도 하듯,

"그러고 보니 절단면은 그때와 흡사하군. 좀 더 깨끗해진 것 같긴
하지만, 피가 나지 않게 벤다는 건 처음 본 터라……. 여 가주의 생각
은 어떠시오?"

자식들을 의식해서인지 설도는 점잖은 어투로 여빙운의 의견을 물
었다.

"듣고 보니 확실히 그런 생각이 드는구려. 그 당시 딱 한 번 나타나
무림을 뒤흔들어 놓고 사라져 버려 전혀 생각지도 않았었는데……."

'확실히 뭔가 있다!'

아버지의 말을 들으며 여빙운의 눈빛은 깊숙이 잠겨들었다.

'귀도라…….'

여빙운의 입가에 그린 듯한 미소가 떠올랐다. 이건 정말 재미있는
일이 될 것 같았다.

여빙운의 미소를 본 순간 설도는 섬칫한 느낌이 들었다. 저런 웃음
을 짓는 그의 가슴 속엔 진득한 살기가 감돌고 있다는 걸 잘 아는 탓이
었다.

'누가 됐든, 귀도의 삶이 피곤해지겠군!'

방 안의 대기가 또다시 무겁게 압축되기 시작했다.

제3장

취우(驟雨)

장락로!

두말할 것도 없이 연평부 제일가는 향락가이다.

당연히 이곳은 밤이 낮보다 더 화려하고 밝다. 밤에 잠만 자는 것은 낭비라고 생각하는 한량들과 그들의 자양분을 빨아먹고 살아가는 기녀들에 의해 거리 자체가 휘황한 빛을 발하고 있는 것 같다.

그 속에 섞여들면 누구의 주의도 받지 않고 걸어다닐 수 있을 것 같지만, 독고향에게는 그 반대였다.

우선 옷차림부터가 다르다. 최고급 옷만을 입고 다니는 사람들 속에서 마부 차림의 독고향은 흡사 물 위에 뜬 기름과 같은 존재일 수밖에 없다.

그러나 독고향은 그 모든 것들을 무시했다. 피하고 싶은 건 거리에 넘치는 사람들의 시선이 아니었다.

묵묵히 걸어가던 독고향은 돌연 방향을 바꾸었다. 건물과 건물 사이에 뚫린 좁은 골목길로 접어든 것이었다.

폭이 채 다섯 자도 되지 않는 골목길이다. 안으로 들어갈수록 장락로를 밝히던 가등의 불빛도 닿지 않아 점차 어두워졌고, 그 광경은 흡사 거대한 뱀의 독기 품은 아가리 속을 들여다보는 것 같았다.

하지만 독고향의 걸음에는 일말의 망설임도 없었다. 머뭇거린 건 여기 오기로 결심하면서 집에 머문 시간만으로도 넘칠 정도로 충분했다.

골목길에 들어선 후부터 독고향은 오른쪽의 담장을 손으로 쭉 훑으며 걷고 있었다. 마치 비집고 들어갈 만한 미세한 균열이라도 찾고 있는 것 같은 행동이었다.

기실 이 담장 안쪽에 있는 건물이 바로 독고향의 목적지인 유산객잔이다.

연평부 제일이라고 할 수는 없는 유산객잔이지만, 그래도 다섯 손가락 안에는 충분히 들 만한 규모이기에 한참을 걸은 지금에야 겨우 목표 지점에 이르렀다.

독고향은 유산객잔의 담장을 살펴보았다. 거의 이 장에 다다를 듯한 그 높이는 좁은 골목길과 대조되어 더욱 높아 보였다.

물론 독고향에게 그 높이는 전혀 문제가 되지 않았다. 주변을 살펴 아무도 없다는 걸 확인한 순간 그의 모습은 이미 골목길에서 사라져 버렸다.

살랑!

흐드러지게 피어 있는 꽃대들이 바람 한 점 없는데도 가볍게 일렁거렸다.

그리고 그 자리에 독고향의 모습이 홀연히 나타났다.

여지껏 망설임없이 움직였던 독고향이지만, 여기선 잠시 꽃 그림자에 신발을 흠뻑 적셔둘 수밖에 없었다. 눈앞에 쭉 늘어선 유산객잔의 상등 객방들 중 어느 곳에 망화가 머물고 있는지 모르기 때문이었다.

망화가 상등 객방에 머물고 있는 건 분명했다. 그녀의 옷차림이나 제시한 금액으로 미루어 그건 틀림없다.

문득 팔짱을 끼고 섰던 독고향의 입꼬리가 설핏 말려 올라갔다. 여기까지 와서 새삼 망설이고 있는 스스로가 우스웠다.

'모르면 찾을 때까지 뒤져 보면 될 일!'

툭툭, 신발을 적신 꽃 향기를 털어내며 독고향은 가장 가까운 객방으로 접근해 갔다.

얼핏 독고향의 행동은 무척이나 부주의해 보였다. 마치 제 집 정원을 거니는 것처럼 거침없이 움직여 간 것이다.

하지만 지금 이 순간에도 그의 전신에 분포된 촉각 세포들은 일제히 눈을 뜨고 있었다. 주변에서 무심히 울고 있는 풀벌레 한 마리조차도 그는 낱낱이 감지하고 있었다.

'여긴 아니다!'

첫 번째 객방을 독고향은 미련없이 지나쳐 버렸다. 안에서 들려온 건 금방이라도 넘어갈 듯한 거친 호흡과 간드러진 교성뿐이었다.

두 번째 객방은 더 요란했다. 단지 이곳은 마작 패가 탁자를 두드리는 소리와 험한 욕설이 난무하고 있다는 게 달랐다.

세 번째도 그렇게 지나친 독고향의 발길을 세운 건 네 번째 객방이었다. 분명 불을 밝혀져 있지만 소리는 없다. 그리고 간신히 코끝에 와 닿는 은은한 방향(芳香), 남장을 하고 다니는 망화에게 가장 어울리는 냄새였다.

　확신한 순간 독고향은 행동에 옮겼다. 창에 바짝 붙어 동정을 잠깐 살핀다 싶더니 곧장 뱀처럼 안으로 스며들었다.

　망화의 모습을 발견한 독고향은 아찔한 현기증에 저도 모르게 눈을 질끈 감았다. 막 목욕을 끝내고 동경(銅鏡) 앞에 앉은 나삼(羅衫) 차림의 미인을 대하는 사내라면 누구라도 처음엔 같은 반응을 보일 터였다.
　그러나 다시 눈을 떴을 때 이미 독고향에게 있어 그녀는 아무런 의미도 없는 고깃덩어리로밖에는 보이지 않았다.
　조용한, 그러면서도 단호한 걸음으로 독고향은 망화의 뒤로 접근해 갔다. 어느새 그의 손에는 날[刃] 전체가 새빨간 비수가 한 자루 들려 있었다.
　동경을 통해 독고향의 모습을 발견한 망화의 첫 반응은 당연히 놀람이었다.
　"어, 어떻게?"
　놀라 눈을 크게 뜬 그녀는 고개를 돌리려 했다. 그러나,
　"쉬잇!"
　위압적인 독고향의 입바람 소리와 목에 와 닿은 차디찬 비수의 날에 의해 그녀의 행동은 제지되고 말았다.
　"질문은 내가 한다. 왜 내게 접근했지?"
　독고향의 질문에 대한 망화의 대답은 미소였다. 첫 대면의 놀람이 사그라들자 여자로서의 묘한 자신감이 새록새록 피어올랐던 것이다.
　"제의를 받아들이기로 했나요?"
　고혹적인 눈빛과 미소를 동경 속의 독고향에게 보내며 그녀는 혀로 입술을 한 차례 핥았다. 노골적인 유혹이었다.

하지만 그녀는 상대를 잘못 골랐다. 지금의 독고향에게 있어서는 방금 본 망화의 유혹을 설사 돼지가 했다고 해도 똑같이 보였을 터였다.

찌릿!

목의 따끔한 통증과 함께 망화의 백옥 같은 피부 위로 또르르, 한 방울 선혈이 흘러내렸다.

바로 그 순간 비수의 날이 조금 흔들리는 듯했다. 어찌 보자니 불꽃이 일렁거리는 것 같기도 했다.

"왜 내게 접근했지?"

그제야 망화의 눈엔 여린 공포의 빛이 어렸다. 그러나 평소에 남장을 하고 다닐 정도로 당찬 성품인지라 대꾸하는 어조에는 전혀 질린 기색이 없었다.

"말씀드렸잖아요. 연평부 최고의 마부라고 들었기에……."

그 점은 독고향도 인정할 수밖에 없었다. 제 자랑이 아니라 망화의 말이 한결같았고, 그녀의 눈 속에서 한 점의 거짓도 찾을 수 없었다.

"날더러 귀도라고 했었는데…… 대체 귀도가 누구지?"

이 질문을 받은 망화의 표정이 가관이었다. 처음엔 무슨 소리냐는 의아함에서, 설마 하는 불신을 지나, 동공이 커다랗게 확장되는 놀라움까지, 실로 그녀는 짧은 시간에 다양한 표정 변화를 일으켰다.

"저, 정말 아니었어!"

목에 대어져 있는 비수만 아니었더라도 망화의 손은 벌어진 입을 가리기 위해 올려졌을 터였다.

"자, 이제 들어보자. 대체 귀도는 누구지? 그리고 왜 사람들은 모두 날 그라고 여기는지……."

말과 함께 독고향은 비수를 쥔 손에 지그시 힘을 가했다. 잠시 느슨하게 이완되었던 망화의 동체가 다시 뻣뻣하게 긴장되었다.

"귀도는……."

쿵쿵쿵!

"문을 열어라. 임검(臨檢)이다!"

그녀가 입을 연 것과 밖에서 문을 두드리는 소리가 들린 건 거의 동시였다.

'이런 빌어먹을!'

독고향은 내심 욕을 퍼부었다. 다른 대상이 아니라 망화에게만 집중하느라 바깥 동정을 제대로 살피지 못한 자기자신을 향한 뼈아픈 자책의 소리였다.

쿵쿵쿵!

다시 문 두드리는 소리, 빨리 임검에 응하라는 독촉이었다.

한순간 독고향은 망설였다. 얘기를 듣는 건 이미 물 건너가 버린 터, 이대로 조금만 힘을 가하면 망화의 목을 자를 수 있다.

하지만 그래서 남는 건 뭔가? 괜히 일만 더 크게 만들 뿐이다.

동경에 비친 망화를 향해 독고향은 제 입술에 손가락 하나를 세웠다. 소리치지 말라는 경고였다.

쿵쿵쿵!

재차 문 두드리는 소리가 났을 때, 이미 독고향의 모습은 망화의 시야에서 사라져 버렸다.

장락로는 때 아닌 혼란에 사로잡혔다. 마구 들이닥쳐 함부로 사람들을 검문하는 잡성가 무사들 때문이었다. 평상시와는 확실히 달랐다.

직감적으로 독고향은 이 일이 자기 때문임을 알았다. 하지만 크게 걱정하지는 않았다. 마부 생활 오 년에 남은 게 있다면 남들이 모르는 길을 훤히 꿰뚫고 있다는 점이다.

장락로의 북새통과는 전혀 상관없이 독고향은 유유히 걸어나갔다. 때로는 사람들 속에 섞이고, 그러다 다시 여기가 장락로인가 의심이 들 정도로 인적이 없는 길을 통과해서 한 발짝씩 안전 지대로 접근해 갔다.

'다시 집으로 돌아가서 차분히, 헙!'

앞일을 생각하던 독고향은 별안간 다급한 숨을 들이 삼켰다. 뒷덜미를 잡아챈 누군가의 손길 때문이었다.

뒤를 향해 팔꿈치를 휘두른 건 순전히 본능에 의한 행동이었다.

턱!

그 반격마저 차단되었을 때 독고향은 상대가 누군지 알 수 있었다.

"맹묵!"

독고향은 놀람에 찬 목소리로 그를 불렀다. 자기를 갑자기 잡아챘대서가 아니라, 이런 곳에서 그를 만난 게 너무 의외였던 것이다.

그러나 이내 독고향은 수긍의 고갯짓을 끄덕였다. 연평부 성내의 일 중 맹묵이 모르는 건 아예 일어나지 않았다고 해도 과언이 아니다.

"웬일이야?"

미처 물음이 떨어지기도 전에 맹묵의 손은 맹렬하게 허공을 휘저었다.

"뭐? 마운사로 황건대원들이 날 모시러 와? 헛소리 마라. 잡으러 왔다면 또 모를까."

그게 아니라는 듯 강하게 고개를 가로저은 후 맹묵은 다시 손짓을 해 보였다.

"뭐라고? 그게 정말이야?"

놀람에 찬 독고향의 반문에는 아랑곳없이 맹묵의 수화는 계속되었다.

시간이 지날수록 독고향의 표정은 점차 침중하게 가라앉았다. 방금 맹묵에게서 들은(?) 놀라운 소식 때문만은 아니었다.

'대체 이놈은 또 누군가?'

비록 다른 생각에 잠겨 있었다손 쳐도 뒷덜미를 잡힐 때까지 전혀 의식하지 못했었다. 맹묵의 무공 수준을 가늠케 하는 대목이다.

다시 맹묵의 손짓, 빨리 가자는 의미다. 그래도 독고향이 움직이지 않자 손목을 잡고 마구 잡아끌었다.

따라가긴 했지만 여전히 독고향의 목구멍에는 개운치 않은 가래가 진득하니 고여 있었다.

*　　　　　*　　　　　*

삼층으로 이루어진 진화궁은 전체가 은은한 향연(香煙)에 잠겨 있었다. 그 사이사이로 나직한 독경 소리가 스며들었다.

일층 양무각(養武閣), 평소 남궁세가의 접객청(接客廳)으로 쓰이던 이곳이 오늘은 남궁영호의 빈소가 되어 있었다.

평소의 장식물들을 치워 버린 드넓은 실내, 전면엔 남궁영호의 위패와 제단이 마련되어 있었고, 그 아래론 삼백여 명의 무사들이 묵연히 꿇어앉아 망자(亡者)의 명복을 비는 독경 소리에 귀를 기울였다. 한결같이 상중(喪中)임을 알리는 검은색 묵의(墨衣) 차림이었다.

남궁영호의 장례에 초빙된 승려들의 숫자는 무려 오십여 명이었다.

그들 중 나이 지긋한 노승 한 사람은 아까부터 유일하게 비어 있는 자리를 연신 힐끔거렸다.

비단 노승만이 아니었다. 각 가문의 맨 앞에 앉아 있는 가주들과 그 후계자들도 가끔씩 그 빈자리를 바라보며 묘한 표정들을 지었다.

그 자리는 바로 상주의 자리였다. 의당 있어야만 될 사람이 보이지 않으니 경을 읽는 승려나 각 가문의 가주들이 당황할 수밖에 없었다.

그렇다고 그런 감정을 그대로 표현할 수는 없다. 어쨌든 그는 이 남궁세가령의 주인인 것이다.

다만 설립강과 설도만은 얼굴에 그대로 불만을 드러내고 있었다.

작은 주공의 빈 의자를 바라보던 설도와 여빙운의 시선이 마주쳤다.

'잠깐 나와!'

설도는 눈짓으로 불러냈다. 그리고는 조용히 일어나 밖으로 나갔다.

"후우욱, 후욱!"

황급히 인사하는 경계무사들을 무시한 채 설도는 깊은 심호흡부터 몇 차례 했다. 폐부 깊숙이 찌들어 있던 향 내음이 싹 씻겨져 나가는 것 같았다.

여빙운 역시 곧장 밖으로 나왔다. 안에서는 별다른 표정을 짓지 않았지만 나오자마자 미간을 잔뜩 찌푸렸다.

"지독하군. 그리고 그 땡중들은 또 뭐야?"

그 역시 장례식 분위기에 질린 모양이었다.

"너무 그러지 마. 그 중들은 네 아버님의 생각이었으니까."

"그러니 이상하다는 거지, 평소의 아버님답지 않아서. 근데 왜?"

손짓으로 경계무사들을 멀리 쫓아 보내며 여빙운은 목소리를 낮춰 물었다.

"작은 주공, 아니, 이젠 주공이라고 불러야 되나? 모시러 보냈다며?
그것도 독고향인가 뭔가 하는 놈을 시켜서……."

"주공은 무슨… 아직 후계자가 결정된 것도 아닌데……."

"뭐 다른 대안이 있나? 주공의 아드님은 그분 하나뿐이잖아. 다른
사람이 있었으면 나도 좋겠다."

"흐음!"

마치 늙은이처럼 침음성을 토하며 여빙운은 설도를 힐끔 바라보았
다. 그의 심정이 진심인지를 알아보려는 눈치 이면에 불만스런 기색도
없지 않았다.

"지금쯤 아마 출발 준비에 한창일걸."

"내 말은 왜 하필 그놈을 보냈냐는 거야! 이대로 튀어버리면 어쩌려
고? 주공을 시해한 흉수일지도 모르는데……."

멀찍이 떨어져 있던 경계무사들이 깜짝 놀라 돌아볼 정도로 설도는
언성을 높였다.

"그놈이 연평부에서 마차를 가장 빨리 몬다더군. 그래서 보냈어. 어
쨌든 조금이라도 빨리 데려와야 하고 정황으로 보건대 그리 의심할 점
도 없더군."

그때 궁자엽도 밖으로 나왔다. 젊은 사람들에게 장례식의 무거운 분
위기는 견디기 힘든 모양이었다.

"넌 또 왜 나와? 파리 잡아먹은 두꺼비 같은 표정으로 잘 앉아 있는
것 같더니만."

설도의 핀잔 아닌 핀잔에 그저 힐끔 눈길을 한번 주었을 뿐 궁자엽
은 아무 말도 하지 않았다.

"하여튼 재미없는 놈이야. 그럼 언제까지 모시고 온다는 거야? 늙은

이들의 신경질이 여간 아닌 것 같던데……."

"하루라고 해뒀으니, 늦어도 내일 이맘 때쯤이면 오겠지."

"내일이라고? 빠르긴 빠르군. 계남(溪南)까지 왕복하는 데 하루라."

마차가 아니라 천리마를 타고 단신으로 달린다 해도 하루 만에 왕복하기엔 불가능한 거리다. 만약 진짜로 내일까지 가능하다면 독고향이란 자의 능력을 인정하지 않을 수 없게 된다.

"세 분 소가주들께서는 답답하셨나 보군요. 그래도 이렇게 나와 계시면 곤란하지 않겠소. 이제 곧 조문객들이 몰려들 텐데. 작은 주공도 안 계시니 소가주들께서 그 자리를 대신해야 하지 않겠소?"

잡성가의 가주 상교희였다. 세 사람을 부르러 나온 듯한 그의 표정에서 침통함은 눈곱만큼도 찾아볼 수 없었다.

"무슨 소리요?"

설도가 또 한 번 언성을 높였다.

"이제 새로이 주공이 되실 분이 엄연히 계신데 우리더러 그 자리를 대신하라니? 조문객들 따위는 기다리라고 하시오! 설사 십 년이 걸리더라도 우린 기다려야만 하오."

그러나 상교희는 그저 녹을 듯한 미소를 지을 뿐이었다.

"어쨌든 안으로 들어가시지요. 작은 주공도 안 계신데 세 분마저 자릴 비우시면 말들이 많아집니다."

"그래, 상 가주의 말이 맞다. 일단 들어가자."

여빙운이 상교희의 말에 맞장구를 쳤다. 그리고 먼저 몸을 돌려 안으로 걸어 들어갔다. 애초에 무슨 목적이 있어 나온 게 아니라 향연에 찌든 폐부에 맑은 공기라도 주입하고 싶어서였던 것이다.

"저 자식은 흡사 작은 주공, 아니, 주공께서 안 오시길 바라고 있는 것 같아! 넌 어때, 두꺼비?”

아직도 멍한 표정으로 서 있는 궁자엽에게 설도는 말을 걸었다. 사실은 그에게 울화를 풀고 있는 것이었다.

그러나 궁자엽은 대꾸하지 않았다. 대추처럼 붉은 얼굴을 돌려 양무각 안으로 들어서고 있는 여빙운의 등을 바라보고 있을 뿐이었다.

“이런 젠장! 옆에 있는 놈들이라곤 하나같이 이 모양이니, 이것들을 데리고 어떻게 세가령을 유지해 나갈 수 있을까? 어이구!”

설도가 제 가슴을 치고 있을 때 조문객이 도착했음을 알리는 소리가 진화궁의 정문 쪽에서 길게 뽑혀져 나왔다.

“무림맹 총관(總管) 생사판(生死判) 고국윤(高國允) 대협 입구웅(入宮)!”

설도는 급히 문 쪽으로 시선을 돌렸다. 일만 평의 넓이를 자랑하는 연무장 건너편이라 자세히는 보이지 않았지만 관례에 따라 수행무사들을 남겨둔 백발의 노인 한 사람이 들어서는 게 보였다.

옷매무새와 표정을 가다듬으며 설도는 안으로 들어갔다. 어쨌든 해야 할 일은 해야 한다.

양무각 안의 향연이 조금 전보다 더 짙어진 것 같았다.

눅눅하던 바람이 갑자기 스산해진다 싶더니 짙은 먹구름이 한꺼번에 밀려들기 시작했다.

툭, 투둑!

한두 방울 빗줄기가 허공을 가른 것을 시작으로 곧장 장대 같은 비가 목책에 부딪쳐 자욱한 포말과 함께 부서져 갔다.

그 빗속을 뚫고 한 무리의 사람들이 세가령 영내로 스며들고 있었다.

인원은 모두 서른, 하나같이 붉은 혈의에 같은 색의 복면을 쓴 그들의 몸놀림은 영활했다.

남궁세가의 영지임을 표시하는 목책을 넘어선 그들은 잠시 몸을 멈췄다. 어쨌든 경계를 넘어선 이상 여기는 다른 세상이다. 무단 침입자라 해서 감회가 없을 수 없었다.

"단주(團主)!"

같은 복장에 덩치도 비슷해 언뜻 구별이 되지 않았지만 그들 사이에도 분명한 위계(位階)가 있는 것 같았다.

미리 묵계가 되어 있었던 듯 단주라 불린 혈의복면인이 앞으로 나섰다. 동시에 다른 자들은 옷매무새를 고치며 자세를 바로했다.

"들거라! 우린 이미 남궁세가령 안으로 들어섰다!"

세찬 빗소리를 뚫고 울려 퍼지는 목소리는 의외로 낭랑한 여인의 교성이었다.

분명 여기에도 순라를 도는 남궁세가의 무사들이 있을 터였다. 그럼에도 불구하고 그녀의 목소리에는 그들을 꺼리는 감이 전혀 없었다.

"너희들의 목숨은 진작부터 본좌가 맡아뒀었다. 이 시간 이후로 개인 행동은 절대 용서치 않겠다!"

단호한 그녀의 어조는 거센 빗줄기조차도 가닥가닥 잘라 버릴 것 같았다.

"지금까지 우리 혈랑단(血狼團)은 무림의 그늘 속에서만 그 존재 가치를 인정받았다. 그러나 이번 일만 끝나면 당당하게 햇빛 아래 얼굴을 내놓고 다닐 수 있게 될 것이다!"

"와아, 혈랑단 만세!"

"단주님 만세!"

혈랑단은 두 손을 번쩍 치켜들고 만세를 불렀다. 서른 명에 불과했지만 그들이 한꺼번에 내지르는 함성은 나지막이 드리워진 짙은 먹구름을 꿰뚫을 것처럼 높고 크게 퍼졌다.

이상한 것은 이런 고함 소리가 분명 들렸을 텐데도 경계무사들이 한 명도 보이지 않는다는 점이었다. 전혀 거리낌이 없는 혈랑단의 행동은 그 점을 충분히 감안한 것 같았다.

"좋다. 정해진 길을 따라 이동한다. 전진!"

처음 단주를 불렀던 자가 다시 나서며 명을 내렸다.

혈랑단은 일사불란하게 다섯 조로 나뉘어 각기 다른 방향으로 흩어져 갔다.

"그럼 연평부에서 뵙겠습니다. 부디 옥체 보중하시길!"

"철랑(鐵狼)도 몸조심하라!"

다들 떠나고 난 뒤 단주 혼자 남았다. 그녀는 비가 쏟아지는 하늘을 올려다보며 나지막이 되뇌었다.

"좋은 날씨군. 피 냄새를 씻기에는……!"

실제로 그녀는 몸에 묻은 피를 씻어 내리는 것처럼 붉은 혈의를 손바닥으로 쓸어 내렸다.

어쩌면 영혼까지 진득한 피에 절어 있는 혈랑단인지도 모른다. 또 전쟁 청부업(戰爭請負業)에 종사하는 자들은 그럴 필요가 있다.

그러나 비린내 짙은 혈향을 좋아하는 사람이 어디 있을까?

평생을 남의 전장에서 뒹굴다 스러져 간 사람들의 자손이었기에 다른 선택의 여지가 많지 않았다. 사람들은 혈랑단을 이름 그대로 피에 굶주린 이리 떼로만 봤기에 그들 사이에 섞여 살아갈 수 없었기 때문이다.

심지어 무림인들도 마찬가지였다. 살수와 같은 부류로 혈랑단을 치부했었다.

아니, 살수들은 차라리 나았다. 언제 당할지도 모른다는 두려움 때문에 적어도 노골적으로는 그들을 멸시하지 못했으니까 말이다.

무림인들에게 있어 혈랑단은 한마디로 무림의 개였다. 오늘은 이 편의 청부를 받아 싸우다가도, 내일이면 그 적의 편이 되어 이쪽을 공격하기도 했으니 의리를 내세우기 좋아하는 그들의 손가락질은 피할 수 없는 일이었다.

힘이 없어서 그들의 조소를 감수한 게 아니다. 남이 뭐라 하든 혈랑단은 전쟁 청부업자다. 돈이 안 되는 싸움은 철저히 외면하고 지나쳤다. 그게 삶이었고, 지켜야 할 자긍심이었으니까.

하지만 지금은 달라졌다. 장기간 지속된 무림의 평화는 혈랑단의 존재 기반을 흔들어놓았고, 무림인들 또한 노골적으로 공적시(公敵視)했다.

혈랑단은 서서히 와해되기 시작했다. 오백을 헤아리던 소속 무사들도 이젠 그 십 분지 일에도 못 미치는 서른 명밖에 남지 않았다. 뭔가 변화가 필요했다.

그러던 차에 이 일을 맡게 되었다. 정확하게 어떤 일을 해야 될지는 아직 몰랐지만 황금 백 근이라면 설사 지옥을 깨부수라 해도 마다하지 않을 터였다.

또한 그처럼 막대한 금액은 때마침 변화를 모색하고 있던 혈랑단주인 여천랑(如天狼)에게는 충분한 힘을 실어주었다.

콰악!

갑자기 여천랑은 얼핏 여리게 보이는 주먹을 강하게 말아 쥐었다.

"내가 해내겠다, 내가!"

여천랑의 목소리는 낮았다. 그러나 그 속에 담긴 결의만은 내리고 있는 빗줄기를 깡그리 증발시킬 정도로 뜨겁고 격렬했다.

그리고 다음 순간 자욱한 우막(雨幕)이 여천랑의 모습을 삼켜 버렸다.

남궁세가의 경계무사들이 모습을 보인 것은 그러고도 한참이나 지
난 뒤였다.

*　　　　*　　　　*

갑작스런 소나기는 때에 전 연평부의 외성 벽을 깨끗하게 씻어 내렸
다.

미처 우장(雨裝)을 준비하지 못한 독고향도 고스란히 젖어버렸지만
기분은 별로 나쁘지 않았다.

'자식, 꼼꼼하게도 챙겨왔군!'

그는 맹묵이 끌고 온 마차에 적잖게 만족했다. 하긴 세가령에서 준
비해 준 물건이니 이 정도는 되어야 제격이다.

독고향은 마차에 매인 여덟 필의 말에게 다가가 일일이 갈기를 쓰다
듬어 주었다. 예비마 두 마리도 마찬가지. 이걸로 계남까지 하루 만에
왕복해야 한다. 직선으로만 따져도 천 리를 상회하는 거리다.

자신이 없는 건 아니다. 다만 신경이 쓰이는 건 얼간이라고 소문이
난 남궁세가의 후계자가 고분고분 따라와 줄지였다.

"이걸 보니 어젯밤에 네놈이 했던 말이 사실인 것 같군!"

튼튼한 참나무로 짜여진 마차의 동체를 탕탕 두드리며 독고향은 맹
묵을 돌아보았다. 입술이 보여야 그가 알아들을 테니까.

거센 빗줄기를 고스란히 맞으면서 맹묵은 싱긋 웃었다. 언제 봐도
사람 좋은, 아니, 오히려 지나쳐서 멍청한 듯이 보이는 웃음이었다.

훌쩍!

독고향은 가볍게 어자석으로 뛰어올랐다. 영기(令旗)까지 어자석 옆

에 준비되어 있었다. 확실히 남궁세가는 다급한 모양이었다.

하긴 그럴 만도 했다. 세가령의 주인인 그 아비가 죽었는데도 그 아들은 먼 곳에 놀러 가 있으니 말이다. 상주가 없으니 당연히 초상을 치르지도 못할 터, 조금이라도 빨리 데려오는 게 상책일 터였다.

상념을 털어버리며 독고향은 물기를 함빡 머금은 영기를 한차레 쥐어짰다. 이놈만 있으면 곳곳에 있는 검문소는 무사 통과할 수 있을 것이니 쓸데없이 시간을 뺏기는 일은 없을 터였다.

"내일 이 시간까지 돌아오겠다고 전해. 내 말도 잘 돌봐주고."

맹묵이 알았다는 표시를 하자 독고향은 곧장 마차를 출발시켰다.

와두두둑!

처음부터 마차는 속도를 올렸다. 예비마까지 총 열 필의 말들은 하나같이 쉽게 찾아볼 수 없는 준마였고 마차도 튼튼하다.

이 모든 게 독고향의 마음에 들었다. 비록 비는 내리고 있지만 영내의 모든 길은 잘 정비되어 있기 때문에 진흙탕에 바퀴가 빠질 걱정은 하지 않아도 좋다.

"좋아!"

독고향은 말의 잔등에 세찬 채찍질을 가했다. 오늘은 마음껏 달려보리라 마음먹었다. 아무리 빨리 달려도 이 영기가 있는 한 누구도 제지하지 못할 터였다.

저만치로 성문이 나타났다. 수문위사들이 질주하는 마차를 세우려는 듯 손을 마구 휘두르며 나섰지만 독고향은 속도를 전혀 늦추지 않았다.

당황해서 허둥거리는 수문위사들의 모습을 보며 독고향은 미소를 지었다. 그의 시선은 성문 바로 아래에 고정되어 있었다. 물이 홍건히

고인 곳이었다.

독고향은 의도적으로 마차를 그쪽으로 몰았다. 저들도 곧 영기를 볼 터이고, 황급히 몸을 피할 것이다. 그러나 바퀴에서 튄 흙탕물은 피하지 못하리라.

과연 수문위사들은 분분히 몸을 피했다. 영기가 있으면 그게 말이든 사람이든 감히 앞을 막아서는 안 된다. 게다가 지금 보이는 건 영주인 남궁세가의 영기가 아닌가.

두두두둑, 촤아악!

독고향의 의도는 멋들어지게 성공했다. 말발굽과 바퀴에서 튄 물은 수문위사들뿐만 아니라 초소까지 흠뻑 적셔 버렸다.

"저런, 개쌍!"

"대체 어떤 놈이야?"

각자 욕을 퍼붓긴 했지만 수문위사들의 목소리는 그리 높지 않았다. 행여 마부가 듣고 다시 돌아와 따진다면 낭패가 아닐 수 없다.

그런 모든 상황을 충분히 즐기면서 독고향은 연신 말에 채찍을 가했다.

상쾌했다. 온몸에 와 닿는 빗줄기도 그렇고, 평소에 껄끄럽게 여기던 황건대를 골려준 것도 기분 좋았다.

성 밖의 풍경은 안과는 사뭇 달랐다. 즐비하던 인가는 찾아볼 수 없었고 그저 잘 정비된 농지만이 활짝 펼쳐져 있었다.

그렇다고 사람이 사는 곳이 없다는 건 아니다. 일정한 넓이의 농지를 관리하며, 또 농사를 짓는 장원이 군데군데 있다.

물론 이것도 남궁세가의 통제책 중 하나다. 아무래도 성안에 사는 사람들보다는 성 밖에 사는 사람들의 동향을 감시하는 게 어렵다. 장원은 그들을 통제하고 감시하는 역할을 하는 곳이기도 했다.

당연히 각 장원의 장주는 남궁세가나 삼대호가의 직계로서 일선에서 은퇴한 사람들로 구성되어 있다.

시작할 때 그랬던 것처럼 빗줄기는 급격히 가늘어지더니 하늘 한쪽이 툭 터지며 햇살이 비치기 시작했다.

'변덕은······.'

변화가 심한 하늘을 올려다보며 미간을 찌푸렸지만 이것도 나쁘진 않다. 아무래도 빗속을 뚫고 달리는 것보다는 이 편이 훨씬 빠르다.

'후계자는 대체 어떤 자일까?'

마부의 입장에서는 영주는 물론 삼대호가나 잡성가를 책임지고 있는 사람들의 이름조차 알 수 없다. 단지 인구에 회자되는 소문에 의지해 나름대로의 해석을 덧칠할 따름이다.

독고향은 진정으로 후계자가 어떤 인물인지 궁금했다. 그를 데려다주는 일로써 입령 조건을 어긴 것이나 향일대로를 온통 벌집 쑤셔놓은 것처럼 엉망으로 만들었던 죄가 없어지는 건 아니다.

그러니 그 일에 대해 후계자와 절충을 봐야 한다. 제 아비가 죽었으니 당연히 빨리 가고 싶을 것이고, 그 점을 잘만 이용하면 그의 명으로 그 모든 죄가 그냥 없었던 일이 될 수도 있을 터이다.

황건대의 함정일지도 모르는 위험을 감수하면서까지 이 일을 수락한 진정한 이유가 바로 이것이었다. 그리고 그 일의 성사 여부는 후계자의 사람됨에 따라 달라질 수밖에 없다.

'잘되겠지!'

막연한 기대감에 빠져 독고향은 누렇게 익어가는 양 켠의 보리밭으로 시선을 돌렸다. 바람에 흔들리며 햇살을 떨쳐 내자 흡사 금으로 된

바다를 헤치고 나가는 듯한 착각에 빠질 지경이었다.

소나무가 울창하게 들어선 작은 구릉 위에서 사람들이 몰려나오는 게 보였다. 다들 농부 차림인 것을 보니 갑작스런 비를 피했다가 다시 일하러 가는 모양이었다. 그들 중 몇몇은 마차를 향해 손을 흔들기도 했다.

'저긴 전전대(前前代)의 영주가 살고 있다고 했지? 지겹게도 오래 사는군!'

사실이었다. 소나무 숲으로 둘러싸인 구릉 속에는 한 채의 장원이 있고, 그 안에는 이번에 죽은 영주의 아버지가 살고 있다. 나이 일흔을 예로부터 희귀하다고 했던 걸 감안하면, 정말이지 오래 산다고 하지 않을 수 없다.

게다가 지금쯤이면 아들이 죽었다는 걸 알고 있을 터였다. 그런데도 태연하게 농군들을 일하러 내보내고 있다. 침착하다고 해야 할지, 아니면 벌써 노망이 난 건지도 모를 일이다.

'정말 죽긴 죽은 건가?'

처음 들었을 때는 너무도 놀라운 일이라 미처 생각지 못했었는데 이제야 독고향은 영주의 죽음이 의심스러워졌다. 세가령 안에서, 그것도 철옹성이라 해도 과언이 아닐 진화궁에서 그 주인 되는 자가 암살당했다는 건 아무래도 믿기 힘들다.

하지만 믿지 않을 수도 없는 노릇이다. 남궁세가에서 뭐가 아쉽다고 주인의 죽음을 가장하겠는가 말이다.

'엉? 저것들은 또 뭐야?'

돌연 독고향의 눈에 서늘한 이채가 어렸다. 푸른 소나무 숲 사이로 얼핏얼핏 붉은색의 인영들이 움직이는 게 보였기 때문이다. 도무지 걸

맞지 않는 풍경이었다.

그러나 독고향은 이내 방금 본 것을 뇌리에서 지워 버렸다. 제 발등에 떨어진 불만도 감당하려면 빠듯한 상태인 것이다.

"하아!"

독고향은 말의 잔등에 스칠 듯 채찍을 휘둘렀다.

이윽고 마차는 구봉산(九峰山)으로 접어들었다. 높은 산이 별로 없는 남쪽 지방에서 해발 오백 척에 가까운 이 산은 비교적 험준한 편이었다.

길은 오르막이었고, 마차의 속도는 급격히 떨어졌다.

그럴수록 독고향은 채찍에 더욱 힘을 가했다. 이 첫 번째 고개를 넘고 나서야 말을 교대시켜 줄 생각이었다.

이게 바로 요령이다. 그저 마차를 모는 일이야 약간만 훈련하면 누구나 가능하다.

그러나 팔두마차를 몰고 장거리를 왕복하는 데에는 말의 힘을 잘 파악하는 일이 무엇보다 중요하다. 어떤 놈이 지쳤고, 어떤 놈이 꾀를 부리는지, 혹은 너무 앞서 달리려는 놈이 있으면 적절하게 제지도 해야 한다.

"하아, 이럇!"

연방 몰아붙이면서도 독고향은 말 한 마리 한 마리의 잔등을 유심히 살폈다. 말도 땀을 흘린다. 사람처럼 뚝뚝 방울져 떨어지는 게 아니라 흡사 기름처럼 번져 전신이 번들거리게 된다.

아직 말들의 상태는 괜찮아 보였다. 이대로라면 이 고개를 넘고서도 조금 더 달리게 해도 될 것 같았다.

한 굽이를 크게 휘돌자 왼쪽으로 고개의 정상이 손에 잡힐 듯 보였다. 그래도 아직 서너 마장은 족히 떨어진 거리였다.

반 시진 넘게 퍼부었던 소나기에도 길 상태는 아주 좋은 편이었다. 산을 오르는 길이 이럴진대 다른 곳은 말할 필요도 없다.

다시 한 굽이를 크게 휘돌던 독고향은, 그러나 다급한 숨을 몰아쉬며 급히 고삐를 당겨 마차를 세워야 했다. 길 가운데 사람이 있었기 때문이다.

"이, 이런 빌어먹을!"

거친 어조로 독고향은 낭패감을 내뱉었다. 그러나 다음 순간 그의 안색은 딱딱하게 굳어졌다.

'분명 아무도 없었다!'

그랬다. 마차를 몰면서도 독고향은 끊임없이 사방을 경계했었고, 전방에 사람이 있는 기척이 없었으므로 마음 놓고 굽이를 돌았던 참이다.

'여자가⋯⋯?'

"이 길이 연평부로 가는 길이 맞나요?"

앞에 있는 사람이 여자라는 사실에 놀라기도 전에 그녀는 맑은 목소리로 질문을 던져 왔다.

마치 방금 지나간 소나기처럼 시원한 청량감이 전해져 오는 걸 독고향은 느꼈다. 하지만 그의 뇌리는 전혀 다른 생각을 하고 있었다.

'무단으로 들어온 사람이로군!'

영내에 거주하는 사람이라면 연평부를 모를 리 없다. 설사 모른다고 해도 영기를 꽂고 달리는 마차의 마부에게 길을 물을 턱이 없는 것이다.

"이 길이 아닌가요? 왜 대답이 없죠?"

그녀는 눈을 동그랗게 뜨며 재차 물었다.

섬뜩!

독고향은 까닭없이 전율을 느꼈다. 유난히 맑고 큰 그녀의 두 눈 속에서 볼 수 있는 건 아무것도 없었던 것이다. 그녀가 백치거나, 아니면 마음까지 철저하게 숨길 수 있는 경지에 올랐다는 의미였다. 무공이든 아니면 다른 어떤 것이든 간에.

"길은 맞소. 하지만 지금은 연평부로 가지 않는 게 좋을 것 같소!"

일부러 퉁명스레 대꾸하며 독고향은 고개를 돌려 버렸다. 그렇지 않으면 그녀의 투명한 눈 속으로 빨려들 것 같은 위기감이 강하게 들어서였다.

"왜요?"

"보아하니 무단으로 영내에 들어온 것 같은데 지금은 가봐야 민패(民牌)를 받지도 못할 거요. 아니, 수상한 사람으로 몰려 치도곤이나 당하지 않으면 다행이오!"

말을 하면서도 독고향은 자기가 왜 이러고 있는지 알 수 없었다. 오늘 처음 본 그녀에게 이렇게 친절하게 설명할 필요는 없다.

"남궁세가에 무슨 일이 일어났나요?"

"간밤에 영주가 죽, 아, 아니오! 어쨌든 지금은 시기가 안 좋으니 돌아갔다가 다시 오는 게 좋을 거요. 이랴!"

저도 모르게 남궁세가의 변고를 얘기하려던 독고향은 급히 입을 다물며 마차를 출발시켰다. 더 있다가는 그녀의 묘한 매력에 흠뻑 빠져들 것 같아서였다. 게다가 시간도 없다.

'여자가 너무 예쁜 것도 좋지 않은데……'

말에 채찍을 가하며 독고향은 고개를 절레절레 흔들었다. 방금 지나쳤던 여자의 미모가 뇌리에 선명하게 찍혀 있었다. 어쩌면 그렇게 친절했던 것도 그 미모에 취한 탓인지 몰랐다.

그렇다고 무슨 미련 같은 것이 독고향의 심중에 남은 건 절대 아니었다. 그에게 있어 여자란 그저 귀찮고 일을 어렵게 꼬는 존재에 불과했다.

고개의 정상에 올라섰을 때 독고향은 비로소 그녀가 혈의를 입고 있었다는 사실을 깨달았다.

'요즘은 빨간색 옷이 유행인가?'

마차는 이젠 내리막으로 변한 길을 쏜살처럼 달려갔다.

중원에서 계남은 별로 알려져 있는 곳이 아니다. 절경이 있는 것도 아니도, 고적(古蹟)도 없다. 그러나 세가령 내에서 계남을 모르는 사람은 거의 없다고 해도 과언이 아니다. 남궁세가 일족들의 여름 휴양지라는 게 바로 그 이유였다.

계남까지 오는 동안 단 한 번의 검문도 당하지 않았던 독고향은 마차를 곧장 완서장(玩黍莊)으로 몰았다. 그리고 출발 이후 처음으로 타의에 의해 마차를 세워야 했다.

"길을 터라. 공자를 모시러 왔다!"

급히 말을 세우며 독고향은 커다란 고함을 질렀다. 지금은 한밤중, 별로 크지 않은 계남 전체에 그의 목소리가 울려 퍼지는 것 같았다.

'공자' 라는 호칭은 예까지 오면서 고민 끝에 생각해 낸 것이었다.

아직 정식으로 취임하지 않았기에 영주라고 하기에도 뭐했고, 후계자라고 부르는 것은 더 이상했다.

"작은 주공께선 지금 여기 계시지 않소!"

수문장이 독고향 못지않은 큰 목소리로 대답했다.

"어디 계신가? 빨리 안내해라. 한시가 급하다!"

마구 다그치면서 독고향은 은근히 이 상황을 즐겼다. 지금 같은 때가 아니라면 언제 은건대원들에게 함부로 하대를 할 수 있겠는가.

"무슨 용무요? 보고를 하기 위해서라도 기록을 해둬야겠소."

수문장은 근무 기록부와 붓을 꺼내 들고 독고향을 빤히 쳐다봤다.

"설가에서 통보가 없었던가? 만약 없었다면 그대들이 알아서는 안 될 일, 빨리 공자께 안내하라!"

보다 강해진 어투로 독고향은 쏘아붙였다. 눈앞의 은건대원들도 모두가 잡성가 소속, 공식적으론 여가의 관할 하에 있다. 그럼에도 독고향이 설가를 들먹인 것은 그만한 이유가 있다. 세가령 내에는 세 개의 부가 있고, 삼대호가가 각각 관할하고 있다.

당연히 일족들만으론 업무를 수행할 수가 없기에 잡성가의 무사들을 지원받는다. 한마디로 삼대호가들 모두가 각각의 잡성가를 휘하에 두고 있다고 보면 된다.

여전히 수문장은 망설이고 있었다. 바로 오늘 낮에 근무했던 동료가 안부를 여쭈러 찾아갔다가 반병신이 되어 자리를 보전하고 누워 있다. 허락없이 주흥을 깼다는 게 그 이유였다. 그런 판에 한밤중에 난데없이 찾아온 자에게 위치를 알려줘도 될지, 어떨지……?

"이 영기를 보고서도 망설이는가? 그대의 소속과 이름을 대라. 돌아가는 대로 잡성가의 가주에게 따지겠다!"

노성을 지르면서도 자칫 웃음이 터져나올 것 같아 독고향은 어금니를 악다물어야만 했다.

"작은 주공은 월향루(月香樓)에 계시오!"

마지못한 듯 수문장이 대꾸했고,

"그래서는 알 수 없다. 안내를 해라, 안내를!"

독고향은 으르렁거렸다.

"수하를 붙여 드리리다. 여봐라, 서둘러 사자(使者)를, 아니, 저분을 월향루로 안내해 드려라!"

독고향을 어떻게 불러야 할지 몰라 수문장은 허둥거렸다. 그래도 직접 안내해 가는 위험은 피할 줄 알았다.

"따라오시오!"

멋모르는 은건대원 하나가 안내를 자청했고 독고향은 묵묵히 그 뒤를 따랐다.

다다다닥!

청석으로 잘 포장된 길 위를 달리는 말발굽과 마차 바퀴 소리로 계남의 밤 정적은 갈가리 찢겨져 나갔다.

월향루!

계남의 규모에 비교해 볼 때 월향루는 지나치게 크고 화려했다. 이곳 사람들의 생활 수준을 감안해 볼 때 과연 이런 곳에 와서 술을 마실 수 있는 사람이 있을까 싶을 정도였다.

그러나 오늘 월향루에는 자시(子時)에 접어든 시각임에도 손님이 많았다. 분명 이례적인 일이었다.

당연히 주인은 좋아해야 한다. 하지만 지금 그는 회계대 아래 점소이와 함께 머리를 싸매고 쭈그리고 앉아 덜덜 떨고만 있었다.

그럴 수밖에 없었다. 지금 주루 바닥에는 이십여 명의 사람들이 사지 중 어딘가는 부러지거나 터진 모습으로 쓰러져 있었던 것이다.

"쩝쩝쩝, 캬하!"

그 와중에 누군가가 게걸스럽게 먹고 있는 소리가 났다.

모두가 쓰러진 주루의 바닥, 더러 피가 흥건히 고여 있는 그곳에 엉덩이를 붙이고 앉아 있는 사람이 있었다. 아니, 사람이라고 하기엔 뭔가 좀 이상했다. 보통 장정 셋을 한꺼번에 뭉그러뜨려 다시 인간의 형상으로 빚어낸다면 저럴까 싶을 정도로 그는 엄청나게 비대했다.

지금 그의 왼손에는 삶은 돼지 다리 하나가, 오른손에는 술병이 들려져 있었다. 그것 역시 그의 체구에 비해 너무 작아서 닭다리나 장식용 술병을 들고 있는 것처럼 보였다.

"뭐야? 꺼윽, 버, 벌써, 끄, 끝난 거야?"

갑자기 잔뜩 혀 꼬부라진 고함 소리가 주루 안을 떨어 울렸다.

비대한 자의 시선이 흘깃 소리가 들려온 쪽으로 향했다. 주루의 맨 안쪽 구석진 곳, 얼마나 취했는지 탁자에 앉지도 못한 채 바닥에 반쯤은 쓰러진 모습으로 팔꿈치로 상체만 겨우 버티고 있는 삼십 초반의 청년이 지른 소리였다.

시선이 마주치자 청년은 비대한 자에게 엄지손가락을 치켜 올렸다.

"최, 최고다. 최고! 그, 그렇게 잘 나는 돼지는 처, 처음 봤다. 안 그래, 영감?"

청년은 방약무인했다. 단순히 술에 취해서라기보다는 원래 성격이 그런 듯했다.

그는 비대한 자에게서 시선을 돌려 다른 곳을 바라보았다. 거기엔 두 명의 노인이 탁자에 앉아 있었다. 쌍둥이처럼 보이는 외모에 똑같은 옷을 입고 있었지만 그 둘의 기질은 확연히 달라 누구라도 쉽게 분간할 수 있을 터였다.

"쯧쯧쯧!"

"허허허, 취하셨소이다!"

기질이 다르듯 두 노인의 반응도 각기 달랐다. 한 명이 못마땅한 듯 혀를 차며 미간을 찌푸린 반면, 다른 이는 그저 사람 좋은 웃음만 터뜨렸다.

둘의 반응이야 어떻든 청년은 시선을 다시 비대한 자에게로 돌렸다. 동시에 그는 바닥에서 술병을 들어 올려 입으로 가져갔다.

그러나 이미 텅 빈 술병에서 나올 술은 없었다.

"이, 이봐, 비돈(飛豚)이! 네, 네가 마음에 들었다. 자, 우리 하, 한잔 하자."

비었다는 걸 의식하지도 못하는지 청년은 수중의 술병을 내밀었다.

힐끔, 비돈이라 불린 자의 시선이 다시 돌려졌다. 청년에게가 아니라 노인들이 있는 쪽이었다. 그 눈에 설핏 긴장이 어렸다.

노인들은 그저 한가롭게 앉아 있는 것처럼 보였다. 하지만 그 방위는 청년을 철저하게 보호할 수 있는 곳이었다. 게다가 그들의 손은 소매 속에 깊숙이 들어가 있어 과연 뭐가 튀어나올지 짐작할 수조차 없었다.

"관심없소!"

무뚝뚝하게 고개를 내저으며 비돈이는 재차 수중의 돼지 다리를 뜯었다. 덩치에 어울리지 않게 높고 뾰족한 음성이었는데 한입 베어 물 때마다 근 한 근에 가까운 고깃덩어리가 그의 입속으로 사라졌다.

"킬킬킬킬킬, 재미있, 딸꾹, 재미있어!"

갑자기 청년은 바닥을 뒹굴면서 킬킬거렸다. 별로 재미있는 일도 없었는데 그는 지나치게 즐거워했다.

갑자기 입구가 어수선해졌다. 본능적으로 몸을 세워 바라봤던 주인과 점소이는 다시 사색이 되어 원위치로 돌아갔다. 월향루의 입구는 사람들로 가득 찼다. 개중에는 황건대나 은건대원들의 모습도 간혹 보였지만, 대부분 평범한 장사꾼 차림이었다.

그들은 손에 손에 병기를 꼬나 들고 험악한 눈길로 비돈이를 노려보았다.

"어이, 비돈이! 또, 끅, 또 왔다, 또 왔어!"

킬킬거리던 청년은 누운 채 입구 쪽을 가리켰다.

그 청년을 본 잡성가 무사들의 표정이 경악으로 물들었다. 그들은 황급히 매무새를 추스르며 다가오려고 했다.

"그럴 것 없다. 하고 싶은 대로 해!"

그들을 제지한 것은 인상 좋은 노인이었다. 그 역시 재미있겠다는 표정으로 몰려든 사람들을 바라보고 있던 중이었다.

그제야 잡성가의 무사들은 안심을 한 듯 재차 비돈이를 노려보며 인상을 구겼다.

"네놈이 지은 죄를 생각하면 당장 이 자리서 육시를 해도 모자랄 판이지만, 순순히 오라를 받는다면 그 정상(情狀)만은 참작해 주마!"

은건대원 중 한 명이 비돈이 앞으로 나서 목소리를 높였고,

쓰윽!

여태까지 앉아 있었던 비돈이가 몸을 일으켰다. 옆으로 퍼진 비대함에 비해서 키는 그리 크지 않았지만 그 느낌만은 흡사 작은 산이 하나 움직인 것처럼 여겨졌다.

그사이 손에 들렸던 돼지 다리의 살은 모두 발라 먹었는지 굵직한, 그러나 그의 손에서는 젓가락만큼이나 작게 보이는 뼈다귀만 남아 있었다.

"이미 여러 차례 말했지만, 잘못한 것은 내가 아니오. 죄를 물으려면 물건을 제대로 만들지 못한 저자에게 물으시오!"

비돈이의 어투는 당당했다. 그러나 워낙에 높고 뾰족한 음색이라 얼핏 토라진 아이와도 같은 새된 목소리로 들렸다.

"아, 아니, 저놈 말하는 것 보게. 이놈아, 낫 한 자루를 사 가서 일 년 동안 잘 썼으면 됐지, 날이 몇 개 빠졌다고 일 년 지난 뒤에 물러달라는 놈이 세상에 어디 있냐?"

사람들 사이에서 장사치 복장을 한 사람이 앞으로 썩 나서며 입에 거품을 물었다. 아마 이 싸움의 발단은 그와 비돈이 사이에 사고판 물건이 원인이 된 모양이었다.

"내가 살 때 당신은 분명히 얘기했어. 대대로 물려줘도 좋다고……."

"야, 이놈아, 그건……."

장사치는 말문이 막혔다. 장사꾼이 물건을 팔기 위해 무슨 소린들 못하겠는가 말이다. 그런데 저 돼지 같은 놈이 그걸 꼬투리 잡아 억지를 세우고 있으니 정말이지 숨이 턱턱 막힐 정도였다.

하지만 바닥에 쓰러져 있는 사람들을 바라보자니 장사치의 눈에는 어쩔 수 없이 공포감이 어렸다. 그래도 계남에서는 한다하는 껄렁패들을 모았는데도 저 모양이다. 급기야 평소 안면이 있던 잡성가의 무사들에게 도움을 청하긴 했지만, 두려운 건 두려운 거다.

"어쨌든 난 당신의 말을 믿고 낫을 샀다. 하지만 당신의 말은 틀렸고, 난 그 책임을 물은 것뿐이다."

"그럼 네놈은 끝까지 죄를 인정하지 않겠다는 말이냐?"

처음 말을 걸었던 은건대원이 막 다시 뭔가 말하려는 장사치를 제지하며 앞으로 나섰다.

"난 죄없소!"

비돈의 태도는 자못 당당했다.

하긴 비돈이는 정말 죄가 없는지도 모른다. 낫이라는 물건이 재수 좋으면 한 십 년을 쓸 수 있는 농기구이긴 하지만, 어디까지나 소모품이다. 그렇다면 장사치가 팔 때 그런 점을 분명히 얘기해 줘야 한다. 모름지기 상거래란 신용이 최우선이 아닌가 말이다.

"그렇다면 좋다. 네 말대로 물건에 대한 건 판 사람의 잘못이라 치자. 하지만 이 많은 사람들을 상하게 한 죄는 어떻게 할 셈이냐? 또 보아하니 무공을 익힌 것 같은데, 그러고도 잡성가에 신고하지 않은 죄는 결코 모면치 못할 것이다!"

장사치와의 시비에서는 한 걸음 물러섰지만, 은건대원은 다른 꼬투리를 물고 비돈이를 다그쳤다.

그 말에 누구보다 놀란 건 장사치였다. 저 돼지와의 사이에 처음부터 이런 유혈극이 벌어진 것은 아니었다. 자기가 껄렁패들을 끌고 와서 시작된 일이니, 적어도 책임의 절반은 자기에게 있는 것이다.

은건대원 역시 장사치의 곤혹을 이해한 것 같았다. 그러나 더 이상은 양보할 눈치가 아니었다. 다른 건 몰라도 무림인으로서 잡성가에 등록하지 않은 건 큰 죄에 속한다.

"나는 그저 농부로 살고자 했고, 또 그렇게 살았었소. 저들이 다친 것도 저들 탓이오. 먼저 덤비지 않았다면 나 역시 손을 쓰지 않았을 것이오!"

"어쨌든 네놈이 무림인임을 안 이상 이대로 묵과할 수는 없다. 순순히 따라나서라!"

"싫소!"

"킬킬킬킬!"

두 사람의 묘한 대치를 보는 청년은 마구 웃으며 바닥을 굴렀다. 배까지 움켜쥔 것이 정말 재미있는 모양이었다.

청년의 작태를 은건대원은 애써 무시했지만 비돈이는 미간을 찌푸렸다. 남들보다 푸짐한(?) 살이라 찡그려진 주름의 골도 깊었다. 그러나 비돈이의 시선은 다시 두 명의 노인에게로 향했다. 그들만 없다면 당장이라도 손을 쓸 텐데, 하는 눈빛이었다.

이런 비돈이의 행동, 즉 시선을 돌려 다른 곳을 쳐다보는 게 은건대원의 심기를 건드렸다. 다른 사람이 아닌 자기가 무시당했다고 느낀 것이다.

"캇!"

괴상한 기합과 동시에 은건대원이 비돈에게 짓쳐들었다. 빈손인 것을 보니 권각술(拳脚術)을 장기로 하는 게 틀림없다. 장기가 뭐든 은건대원은 불행했다. 그의 손발이 비돈이의 몸에 닿기도 전에 머리를 강타한 충격과 함께 뒤로 튕겨져 나가야 했다.

벌떡, 은건대원은 몸을 일으켰다. 동시에 머리에서 끈적한 피가 흘러내렸고, 비돈의 손에 들린 돼지 다리뼈가 천천히 돌려지는 걸 보고서야 자기가 뭐에 맞았는지를 알았다.

"에익!"

분노로 얼굴을 붉힌 채 그는 재차 비돈이에게 덤벼들었다. 그러나 그 걸음마저도 채 두 걸음을 떼지 못했다.

쿵!

은건대원의 의지와는 상관없이 그의 코는 바닥을 찧고 있었다. 의식은 그전에 벌써 어디론가 꺼지고 만 상태였다.

"아니, 저놈이?"

"안 되겠다. 모두 쳐라!"

잡성가의 무사들은 물론 같이 왔던 사람들이 한꺼번에 비돈이에게 덤벼들었다.

비돈이 역시 조금도 망설이지 않았다. 비대한 몸이지만 믿기지 않는 속도로 움직이며 아주 확실히 한 명씩 때려눕혀 갔다.

"킬킬킬킬!"

청년의 뭐가 그리 재미있는지 더욱 소리 높여 괴소를 터뜨리고 있었다.

독고향이 월향루로 들어선 것은 바로 이런 상황이 전개되고 있을 때였다. 아니, 정확하게는 거의 정리가 된 뒤였다.

주루 안의 상황을 알 턱이 없는 독고향은 그저 조금이라도 빨리 세가령의 후계자를 만나기 위해 빠른 걸음으로 안으로 들어섰다.

스팟!

미처 안에 누가 있는지 보기도 전에 예리한 경기가 독고향의 좌측 관자놀이로 파고들었다. 미끄러지듯 바닥으로 주저앉은 건 순전히 독고향의 본능에 의한 반응이었다. 동시에 발을 앞으로 쭉 내민 건 혹독한 수련을 거친 결과지만.

턱!

독고향이 가장 먼저 느낀 건 발끝에 걸려드는 사람의 육신에 대한 감촉이었다. 아마 무릎 어림을 찍었을 것이고, 상대는 지금 앞으로 꼬꾸라지고 있을 터였다.

그제야 독고향은 상대를 확인하는 여유를 가질 수 있었다.

하지만 그게 결코 좋은 것만은 아니었다. 산이 하나 통째로 덮쳐 오는 걸 즐길 사람이 어디 있겠는가. 지금 독고향을 향해 엎어지고 있는 자는 그런 두려움을 갖게 하기 충분했다.

독고향은 황급히 몸을 굴렸다. 동시에 그는 '아차' 하는 낭패감에 빠졌다. 어떤 경우에든 무공을 익혔다는 사실은 숨겼어야만 했다.

'지금부터라도!'

하고 생각했을 때 그 비대한 자의 몸이 믿기지 않을 속도로 배후로 파고들었다.

"좋은 반탄공(反彈功)이다!"

청년의 입에서 절로 감탄성이 토해질 만큼 비돈이의 이번 움직임은 절묘했다. 처박히기 직전 그의 손이 바닥을 쳤고, 그 탄력을 이용해 마치 공처럼 튀어나온 그의 온몸이 그대로 흉기가 되어 독고향에게로 날아갔던 것이다.

더 이상 무공을 숨기고 어쩌고 할 여유가 없었다. 저 덩치에 깔리면 그야말로 피떡이 되고 말 터, 독고향의 손발은 저절로 바빠졌다.

처버버버벅!

잘 반죽된 밀가루를 손바닥으로 친다면 이런 소리가 날 것이다. 독고향의 손발이 파고들 때마다 비돈의 몸에서는 같은 소리가 났다. 더 놀라운 일은 그 뒤에 벌어졌다. 비돈이의 그 육중한 몸이 흡사 가랑잎처럼 뒤로 날려갔다.

"어?"

청년과 두 명의 노인들은 거의 동시에 놀람에 찬 소리를 토해냈다. 서 있는 상태라면 비돈이 아니라 곰이라도 쳐서 뒤로 팅겨 버릴 수 있다.

그러나 빠른 속도로 덮쳐 오는 걸 다시 쳐내려면 어마어마한 힘이 필요하다. 그걸 독고향이 해낸 것이다. 지금까지와는 다른 눈으로 청년과 두 노인이 독고향과 비돈이의 싸움을 지켜보았다.

비돈이 역시 예사롭지 않았다. 맞고 팅겨져 나가다가도, 어딘가에 걸리기만 하면 마치 공처럼 되팅겨져 나왔다. 게다가 그때마다 속도는 더욱 빨라졌다.

독고향의 눈이 싸늘한 냉기로 빛을 발했다. 이왕에 들킨 무공이고, 엉뚱한 일로 소비할 시간도 없다. 죽이는 건 너무 심하겠지만 다시는 덤비지 못할 정도로 만들 필요는 있다.

독고향은 날아오는 비돈의 가슴을 향해 팔꿈치를 강력하게 내밀었다. 발도 그냥 놀고 있지는 않았다. 비돈이를 걷어차는 대신 그의 발등을 강하게 밟아 눌렀다.

철퍽!

먼저 독고향의 팔꿈치가 비돈의 가슴팍 살을 강하게 파헤쳤다.

의당 비돈이의 몸은 다시 공처럼 팅겨져 나가야 했다. 하지만 이번에는 달랐다. 독고향에 의해 발등이 밟힌 상태라 뒤로 날아가는 대신 등부터 곧장 바닥으로 처박혔다.

쿵!

처박힐 때만큼은 둔중한 소리가 났고, 비돈이의 몸은 다시 빠르게 팅겨져 올라왔다.

그 다음부터는 일방적인 독고향의 구타였다. 꽉 밟힌 발을 축으로 비돈의 몸은 끊임없는 왕복을 계속했고, 그때마다 주먹과 손바닥, 팔꿈치 세례를 고스란히 받아야만 했다.

물론 저항도 없진 않았다. 간혹 손에 든 돼지 뼈를 휘두르기도 하고, 다른 사람들보다 훨씬 큰 주먹을 독고향에게 날려보기도 했지만 효과가 전혀 없었다.

이런 형태의 싸움이 독고향에겐 익숙한 것임에 반해, 비돈은 처음인 것이다. 그의 뼈다귀와 주먹은 고스란히 빗나갔고, 대신 남보다 면적이 넓은 전신으론 상대의 공격을 고스란히 받아들여야 했다.

처버버벅, 퍼벅, 뼈억!

격타음도 달라졌다. 처음엔 젖은 반죽을 두드리는 것 같던 소리가 본격적으로 살과 뼈가 터지고 부러지는 소리로 바뀌었다.

"그만!"

청년이 제지하지 않았다면 아마 비돈이의 뼈마디는 가루가 됐을지도 몰랐다.

제지를 받자 독고향은 즉각 손을 멈췄다. 애초부터 죽일 생각까지는 없었다. 이 정도 해뒀으니 비돈이도 더 이상 덤비지는 못할 터였다.

쿠웅!

유달리 둔중한 소리와 함께 바닥으로 허물어진 비돈의 몸뚱아리가 몇 번인가 출렁거렸다. 그러다 축 늘어져 버렸다.

"넌 또 누구야?"

독고향은 몸을 돌려 청년을 바라보았다.

"난 연평부 마운사에서 일하는 마부요. 세가령의 후계자를 모시러 왔소!"

상주(喪主)

“마운사의 마부라고?”

독고향의 대답에 대한 첫 반응은 두 노인 중 한 명에 의해서였다. 단 한 마디 반문했을 뿐인데도 주루 전체에 차디찬 서리가 내려앉은 것 같은 냉기가 감돌았다.

“참아, 자로(雌老). 날 데리러 왔다잖아. 그래, 무슨 일이야?”

독고향은 중간에 끼어든 청년에게로 시선을 옮겼다. 그가 목표 인물이리란 걸 이미 짐작했었고, 그건 정확했다. 그는 바로 세가령의 후계자 남궁장후(南宮壯侯)였던 것이다.

하지만 그에게서 남궁세가령의 후계자라는 냄새는 전혀 풍기지 않았다. 그냥 집안 말아먹을 부잣집 막내아들로만 보였다. 그렇다고 실망했다는 건 아니다. 고귀한 신분을 티내지 않는 것도 나름대로 그를 돋보이게 했다.

독고향은 잠시 말을 골랐다. 죽은 남궁영호를 뭐라 불러야 할지 언뜻 생각나지 않아서였다. 한 번도 자기가 정식 영민이라고 여긴 적이 없었기에 일어난 현상이었다.

"남궁세가주께서 간밤에 돌아가셨소!"

간단한 독고향의 대답이었다. 달리 더 이상 할 말도 없었다.

"뭣이? 다시 한 번 말해 보라. 주공께서 어떻게 되셨다고?"

또 다른 노인이 성큼 다가서며 커다란 음성으로 물었다. 심지어 한 손을 앞으로 쭉 내밀어 독고향의 멱살을 잡아채려고도 했다. 뒤로 한 걸음 물러서는 걸로 독고향은 그 노인의 손을 흘려버렸다. 그러면서 입은 질문에 대답하고 있었다.

"남궁 대협께서 돌아가셨다고 했소."

그러나 노인의 관심은 이미 다른 데로 돌려져 버린 뒤였다.

"어쭈? 피했다 이거지? 오냐, 어디까지 피하나 두고 보자!"

독고향이 자기의 손을 피한 게 기분 상했는지 노인은 허공 가득 손그림자를 수놓으며 핍박해 들어왔다.

"애새끼를 아예 죽일 셈이냐, 웅로? 그보다는 얘기를 듣는 게 더 급하다!"

자로가 노인을 제지했다. 남궁장후의 그림자라고 알려진 자웅쌍로가 바로 이들인 모양이었다.

"좋아, 우선 참기로 하지. 좀 더 자세히 말해 봐라. 주공께서 돌아가시다니?"

웅로도 기분을 달래는 일보다 더 급한 것이 있다는 걸 깨닫고는 손을 멈췄다.

"자세한 것은 모르겠소. 다만 간밤에 남궁세가주께서 병으로 돌아가셨으니 촌각을 다투어 공자를 모시고 오라고……."

"병사라고? 웃기는 소리 하지 마라!"

여태껏 듣고만 있던 남궁장후가 그제야 한마디 불쑥 끼어들었다. 독고향의 말을 믿지 않는 것 같았지만, 표정은 참담하게 일그러져 있었다.

"어쨌든 난 들은 대로 얘기했을 뿐이오!"

퉁명스레 대꾸하며 독고향은 시선을 돌렸다. 쓰러져 있던 비돈이가 일어서는 기척이 들려서였다.

내색을 하진 않았지만 독고향은 적잖이 놀랄 수밖에 없었다. 아무리 살이 많이 쪄서 충격의 대부분을 흡수했다고 해도 대여섯 군데는 족히 부러졌으리라 여겼던 비돈이었다. 그런데 코피만 조금 흘리는 것을 빼면 멀쩡한 모습이었다.

독고향은 싸울 태세를 갖췄다. 저만한 상대라면 힘겨운 싸움이 될 것 같았다. 그러나 비돈의 생각은 다른 데 있었다. 독고향에게 덤벼드는 대신 용케 부서지지 않고 남아 있는 탁자 위에서 술과 안주를 집어 먹었다.

"영감들 생각은 어때?"

남궁장후의 음성은 조금도 달라지지 않았다. 그러나 두 눈에서만은 굵은 불똥이 줄줄 흘러내리고 있었다.

"거짓말 같지는 않소이다."

"멍청이 같은 소리 하지 마랏! 사실이 아니라면 왜 사람을 여기까지 보냈겠나? 내가 원하는 건 앞으로의 대책이야, 대책!"

음색엔 변화가 없었지만 말투에 신경질이 그대로 묻어 나오는 남궁장후였다.

하더라도 그의 모습은 너무 의외였다. 아버지의 부음(訃音)을 들은 사람치고는 지나치게 침착했다. 어쩌면 이런 일이 있으리란 걸 미리 예상하고 있었는지도 모를 일이다.

"일단은 가서야지요."

"가서는?"

자로의 말에 짜증으로 응수하며 남궁장후는 정말로 신경질이 났다. 다른 사람이 아니라 바로 자기 자신에 대해 구역질이 났기 때문이었다. 아버지가 죽었다는 얘기를 들었으면서도 바로 달려가지 못하고 뒷 대책을 강구해야 되는 게 정말이지 싫었다.

그러나 어쩔 수 없는 일이기도 했다. 단순히 아버지의 죽음을 슬퍼하기엔 두 어깨에 실린 짐의 무게가 너무 부담스럽다. 혼자가 아니라 세가령 전체를 생각해야 했고, 지금 이 시간에도 자기의 위치를 노리고 시시각각 다가오고 있을 검은 손길들도 대비해야 한다.

아버지가 병사했다는 얘기 따위는 믿지도 않았다. 암살당했을 게 너무도 뻔했다. 이런 참에 아무 생각 없이 꺼떡꺼떡 걸어 들어갈 수는 없다. 스스로를 경멸하면서도 뒷일은 생각해 둬야만 한다.

"그건 또 그때의 상황에 따라 대처하면 될 터, 지금은 촌각을 다투어 돌아가야 할 때요!"

"좋다, 가자."

웅로(雄老)의 말이 끝나기도 전에 남궁장후는 벌떡 몸을 일으켰다. 금방이라도 돌아갈 듯한 기세였다.

독고향의 입장에서야 환영할 만한 일이다. 하지만 마음과는 달리 그 자리에서 꼼짝도 하지 않았다.

"뭘 하느냐? 앞장서서 안내하지 않고……."

웅로가 채근해도 독고향은 묵묵부답이었다.

"못 들었나? 촌각을 다툰다. 빨리 가자! 돼지, 너도 따라와."

남궁장후는 벌써 입구까지 걸어가며 다그쳤다. 표정만으로 봐서는 따르지 않으면 금방이라도 손을 쓸 것 같았지만 비돈이에게 거는 말투는 묘하게 부드러웠다.

"조건이 있소!"

"무엄한 놈!"

독고향의 말이 끝난 것과 웅로가 그를 덮친 것은 거의 동시였다.

쉬쉬익!

예리한 파공성과 함께 허공 가득 손 그림자가 너울거렸다. 조금 전에 애써 눌렀던 노기까지 터져 나와 웅로의 이번 공격은 가히 폭발적이었다. 하지만 웅로의 손 그림자 그물은 허공만 움켜쥐고 말았다. 금방까지 눈앞에 있던 독고향의 모습이 한순간 홀연히 사라져 버렸던 것이다.

사라졌던 독고향의 모습은 남궁장후의 코앞에 다시 나타났다.

"어?"

놀람에 찬 외마디 소리가 비돈이의 입에서 터져 나왔다. 씹고 있던 음식이 그대로 흘러내리는 것도 모를 정도로 방금 보였던 독고향의 모습은 환상적이었다.

"영환보(靈幻步)?"

놀란 건 비돈이만이 아니었다. 경악성은 자웅쌍로의 입에서도 동시에 터져 나왔다.

힐끔 일별을 던졌을 뿐 독고향의 시선은 바로 앞에 있는 남궁장후의 눈을 쏘아보았다. 서로의 거리가 채 한 자도 떨어지지 않았기에 두 사람의 눈빛은 서로 부딪쳐 강한 불꽃을 튕기는 것 같았다.

"난 은건대와 황건대로부터 엉뚱한 오해를 받고 있소. 그걸 풀어주시오!"

"거절한다면? 가는 길은 우리도 알아!"

"돌아가도 어차피 쫓길 몸, 이대로 세가령을 빠져나가겠소!"

독고향은 어디까지나 느긋했다. 남궁장후의 말대로 그들이 길을 몰라 못 가는 건 아니다.

다들 무공을 익혔으니 경공을 쓰면 되지 않느냐고 할 수도 있다.

물론 말도 안 되는 얘기다. 단시간에야 경공이 마차보다 훨씬 빠를 수도 있겠지만, 어디까지나 짧은 시간에 국한된다는 얘기다. 산을 두어 개 넘다 보면 아무리 경공의 달인이라도 체력이 바닥날 게 뻔하다. 그렇게 오백 리 이상을 달린다는 건 전설에서나 가능한 일이다.

"자신있나?"

"잡을 수 있으면 잡아보시오!"

말을 마치자마자 독고향은 뜨끔했다. 어느새 남궁장후의 손이 옆구리의 장문혈(章門穴)에 슬쩍 닿았던 것이다. 그러나 독고향은 조금도 당황하지 않았다. 남궁장후의 눈앞에 나타났을 때 벌써 그의 발등에 있는 태충혈(太衝穴)을 제압하고 있었기 때문이다.

자웅쌍로 역시 그 사실을 간파하고 있었다. 놀라긴 했지만 섣불리 다른 행동은 하지 않았다.

"어때, 영감들? 마음에 드는 놈이지 않나?"

대답을 듣지도 않고 남궁장후는 독고향의 장문혈에 댔던 손을 떼며 물러섰다.

독고향 역시 무릎에 찡한 통증을 느끼며 황급히 한 발짝 물러섰다.

남궁장후의 무릎이 강하게 부딪친 탓이었다.

'확실히!'

독고향은 절로 고개를 끄덕일 수밖에 없었다. 파락호 같은 겉모습 속에 잠들어 있는 남궁장후의 진정한 실체를 본 것 같았다. 기실 처음 월향루에 들어섰을 때부터 그에게선 바늘 끝만한 빈틈도 찾아볼 수 없었다. 의도적으로 술에 취해 흐트러진 모습을 보였음에도 불구하고 말이다.

"좋아, 이름이 뭔가?"

"독고향이오."

"어렵다! 마부로 부르기로 하지. 앞으로 나를 수행하도록 해라. 적어도 세가령 안에서는 누구도 널 건들지 못할 거다!"

"내 이름은 마부가 아니오!"

"돼지가 아닌 건 나 역시 마찬가지오!"

비돈이 역시 때를 놓칠세라 끼어들었다. 입가에 묻은 기름기를 아무렇게나 소매로 쓰윽 문지르고 있었다.

"이것들 봐라?"

아버지의 부음을 들은 이후 처음으로 남궁장후의 얼굴이 풀렸다. 다름 아닌 재미있다는 표정이 떠올랐던 것이다. 자웅쌍로 역시 마찬가지였다. 무슨 생각들을 하는지 독고향과 비돈을 바라보는 두 사람의 눈이 유현한 빛으로 일렁거렸다.

"아무튼 좋아. 일단은 가자. 한시가 급하다!"

"저자는 같이 갈 수 없소! 너무 무거워서 말들이 견디질 못하오."

독고향은 비돈을 가리켰다. 세 사람, 자기까지 포함해서 네 사람의 무게를 면밀히 계산해서 열 필의 말을 끌고 왔다. 미묘한 무게의 변화라도 먼 길을 달리는 데 있어서는 치명적일 수도 있다.

"좋아, 돼지는 뒤따라와라. 연평부로 와서 날 찾아라. 설마 내가 누군지 모르진 않겠지?"

"알고 있소."

"좋아, 가자!"

뭐가 그리 좋은지 말할 때마다 좋아를 외치던 남궁장후는 앞장서서 밖으로 나갔다. 그러나 이내 다시 돌아와 비돈이를 불렀다.

"이봐, 돼지! 빨리 올 필요는 없어. 천천히 오라구. 하지만 오면서 소문 내는 것은 잊지 마. 이번에 내 친위대를 뽑는 비무대회를 진화궁에서 갖는다고. 알았어?"

비돈이가 미처 뭐라 대꾸하기도 전에 남궁장후의 모습은 밖으로 사라져 버렸다.

독고향과 웅로가 황급히 뒤를 따랐고, 자로가 남아 비돈이에게 다가갔다.

"이름이 뭔가?"

"포금율(包錦率)이오!"

여전히 삐친 듯 새된 음성의 포금율이었다. 그러나 눈빛은 기쁨으로 반짝거렸다. 여태 자기 이름을 물어준 사람은 그리 많지 않았던 것이다.

"작은 주공께서 하신 말씀을 명심해라. 될 수 있으면 크게 소문을 내면서 연평부로 와라. 만약 이 말에 따르지 않으면……."

말꼬리를 흐리는 자로의 표정에 싸늘한 살기가 감돌았다. 순식간에 주변의 공기마저 얼어붙은 듯 차가워졌다.

"넌 평생 앉아서 쉬지 못할 것이다!"

노골적인 협박을 남긴 자로의 모습은 홀연히 사라져 버렸다.

혼자 남은 포금율은 잠시 멍하니 서 있다가 가까이 있는 의자를 끌어 그 위에 몸을 실었다. 삐거덕, 금방이라도 부러질 듯 의자 다리가 휘어졌다. 포금율은 생각에 잠겼다. 남궁장후의 말에 따를 것인가 말 것인가에 대한 것이었다.

자로의 협박 따위는 조금도 두렵지 않았다. 농부로 살기로 한 결심과 약속만 아니라면 세상 누구도 두려울 게 없다.

문득 포금율의 풍만한 볼 살이 조금 굳어졌다. 독고향이 웅로의 손길을 피하던 보법이 떠오르며 세상 누구도 두렵지 않을 것 같던 방금의 자신이 조금 위축되었다.

'독고향이라고 했던가?'

그의 이름을 상기하며 포금율은 고개를 갸웃거렸다. 전에는 전혀 들어본 적이 없었던 것이다.

세상에는 놀라운 능력을 숨기고 있는 자들이 확실히 많다. 스스로를 최고라고 여기진 않았지만 그토록 무참히 깨진 것도 의외였다.

남궁장후의 말에 따르기로 결심한 것은 순전히 독고향 때문이었다. 그에게 받을 빚이 생겼기 때문이었다.

낫 한 자루에도 목숨 걸었던 포금율이었다. 빚을 진 독고향의 삶이 얼마나 고달파질지 쉽게 짐작이 갔다.

경미한 기척이 포금율의 생각을 깨웠다. 시선을 돌려보니 주인과 점소이가 고개를 내밀고 있었다. 조용해졌으니 이젠 끝났겠지 하면서 회계대 아래서 나오려던 참이었다. 하지만 여전히 버티고 있는 포금율의 모습을 발견한 그들의 모습은 다시 회계대 아래로 꺼져들어 갔다.

벌떡, 포금율이 몸을 일으켰다. 이젠 살았다는 듯 한참 동안이나 의

자가 삐걱거리며 흔들렸다. 포금율은 곧장 회계대로 다가갔다. 그리고
는 큼직한 손바닥으로 한 대 내려쳤다.

쿵!

소리에 놀란 주인과 점소이의 모습이 튕기듯 솟구쳐 올랐고,

"먹을 만한 돼지 다리 남은 거 없수?"

헤벌쭉 웃으며 질문을 던진 포금율의 질문에 대답을 하는 사람은 없
었다. 주인과 점소이 모두 놀라 까무러친 뒤였기 때문이었다. 입맛을
다시며 포금율은 직접 주방을 뒤질 수밖에 없었다. 먼 길을 가려면 무
엇보다 배가 든든해야 한다. 비무대회를 알리는 표지판을 들고 가자면
더 더욱 열심히 채워둬야 하는 것이다.

"이대로 가는 것은 너무 무책(無策)한 짓이오!"

달리는 마차 안, 자로가 불만스런 목소리로 내뱉었다.

"그럼 어쩌자는 거야? 방법이 있으면 말해 봐!"

월향루를 떠나기 직전 잠시 풀어졌던 남궁장후의 표정은 또다시 딱
딱하게 굳어져 있었다. 목소리 역시 짜증이 가득했다.

자로라고 해서 당장 대책이 있는 건 아니었다. 다만 이대로 돌아가
는 것이 불안했을 뿐이었다.

"너무 걱정하지 마라, 자로. 일이 닥치면 해결책도 생기기 마련이
니……."

"어떻게 걱정을 안 해! 자넨 주공께서 우리 두 늙은 귀신을 작은 주
공의 그림자로 붙이신 이유를 벌써 잊었나?"

자로의 언성이 높아졌다. 대책은 없었지만 그래도 너무 태평한 웅로
의 언행에 부아가 치밀었다.

“의표를 찔러야 해! 의표를…….”

구체적으로 뭘 어떻게 해야 되는지는 몰랐지만 누구도 생각지 못하는 일을 해내야 한다. 그래야 혹시 있을지도 모를 적들이 당황하게 되고, 그만큼 시간을 벌 수 있을 터였다.

힐끔, 혼자 중얼거리는 자로를 일별했을 뿐 남궁장후의 눈은 마차의 천장 한 군데에 얼어붙어 있었다. 뭘 생각하는지 눈빛이 이글거리며 타올랐다가 다시 차갑게 얼어붙기를 반복했다.

머쓱해진 것은 웅로였다.

“그나저나 마차 하나는 정말 기가 막히게 모는구먼!”

멋쩍게 마차를 모는 독고향의 솜씨를 칭찬하기만 했다. 아닌 게 아니라 마차 안은 쾌적했다. 분명 전속력으로 달리고 있을 텐데도 흔들림은 거의 느껴지지 않았다.

“그런가? 진정 돌아가셨단 말인가?”

마차에 탄 이후 처음으로 남궁장후의 입이 열린 건 그들이 장주부와 연평부의 경계를 넘어설 때였다.

“바보 같은 아버지다. 왜 조금만 더 견디지 못했나? 왜? 이제 얼마 남지 않았는데……. 멍청한 아버지, 잘 죽었다. 잘 죽었……!”

망연히 되뇌이던 독고향의 마지막 말은 억눌린 오열 속으로 잠겨들고 말았다.

뿌연 새벽 여명 아래로 저 멀리 구봉산이 기지개를 켜면서 일어서는 게 보였다.

한낮의 양무각 안은 찌는 듯 더웠다. 많은 사람들이 뿜어내는 열기에 짙은 향훈이 더해졌기 때문인지도 모른다.

게다가 사람들은 모두가 지난밤을 뜬눈으로 지샌 상태였다. 자칫 누가 건들기라도 한다면 곧장 터져 버릴 듯한 짜증이 팽배해 있었다.

그런 기분은 삼대호가의 소가주들이라 해서 다르지 않았다. 연이어 방문한 문상객들 때문에 함부로 자리를 뜨지도 못하니 더욱 못 견딜 노릇이었다.

그중 가장 괴로워하는 건 아무래도 설도였다. 성격상 이런 자리가 맞지도 않을 뿐더러 문상객들의 눈치 때문에 함부로 행동할 수 없다는 것도 마음에 들지 않았다.

또 한 번 양무각 입구 쪽이 술렁거렸다.

'이번엔 또 어디의 떨거지들이야?'

엄숙하게 눈을 감고 있던 설도의 인상이 구겨졌다. 이번에 온 문상객들이 방명록에 서명하고 분향(焚香)을 마치고 나면 틀에 박힌 의식대로 그들을 영접해야 한다. 그게 귀찮았다.

그러나 이번엔 좀 달랐다. 잠시 술렁거렸으면 잠잠해질 때도 됐는데 웅성거림은 점차 커져만 갔다.

'대체 누구길래……?'

궁금해진 설도는 실눈을 뜨며 입구 쪽을 바라보았다. 그리고 문상객이 누군지 알아본 순간 그의 두 눈은 커다랗게 떠졌다.

툭!

설도의 팔꿈치가 옆에 앉은 여빙운의 옆구리를 가볍게 쳤다.

"왜?"

귀찮다는 표정을 지우지도 않고 여빙운이 설도를 돌아봤다. 서고에서 하루를 더 지샌 터라 두 눈 가득 피로가 몰려 있었다.

"왔다, 왔어!"

"누가?"

"직접 봐!"

속삭이는 목소리가 커질 것만 같아 조심하면서 설도는 뒤쪽을 눈짓으로 가리켰다.

짜증스런 표정으로 여빙운은 고개를 돌려 입구 쪽을 바라보았다. 동시에 그의 표정은 설도보다 훨씬 놀란 것으로 변해 버렸다.

"아니, 저 여인은?"

"그래, 죽로각의 주인이야."

설도가 대답했고 그제야 궁자엽도 눈을 뜨고 그녀를 바라보았다. 평소 무슨 생각을 하는지 알 수 없던 그의 얼굴에도 놀람에 찬 표정이 떠올랐다.

사람들의 시선과 웅성거림을 한 몸에 받으며 죽로각의 여주인 매희(梅姬)는 당당하게 걸어 들어왔다. 새하얀 동영식 화복(和服) 자락이 바닥을 스치며 가벼운 소리를 냈다. 남궁영호의 위패 앞에 선 매희는 향을 사른 뒤 손을 모으며 눈을 감았다. 소리는 나지 않았지만 입술이 가볍게 달싹거리는 게 죽은 자의 명복을 빌고 있는 것 같았다.

"휘이유!"

그 모습을 본 설도의 입에서 자기도 모르게 긴 한숨이 새어 나왔다.

'주공이 반하실 만도 하군!'

부지불식간에 이런 생각이 들 만큼 매희는 아름다웠다. 풋내나는 상큼함이 아니라 이제 막 익기 시작한 사과 향기가 풍겨져 나오는 것 같았다.

분향을 마친 매희는 조용히 걸음을 옮겼다. 문상객들이 있는 쪽이 아니라 설도 등이 앉아 있는 곳으로 향한 것이었다.

'뭐, 뭐야?'

설도는 당황했다. 이쪽은 문상객들이 올 자리가 아니다. 삼대호가와 잡성가, 즉 상주의 자격이 있는 사람들만이 앉을 수 있는 곳이었다. 그 사실을 모르지도 않는 것 같은데 매희는 태연하게 빈 의자에 가서 앉았다. 설도 등과 같은 열이었다. 이건 시사하는 바가 컸다. 잡성가의 가주도 삼대호가의 소가주들 뒷자리였다.

그런 판에 매희가 소가주들과 같은 열에 앉았다는 건 그들과 같은 자격을 갖고 있다는 말이었다.

'흠, 벌써 주공의 손이 닿았던 모양이군!'

이렇게밖에 달리는 생각할 수가 없었다.

매희의 출현은 문상객들 사이에도 작은 소요를 일으켰다. 남궁영호의 장례식에 젊은 이국 미녀가 분향을 했으니 다들 이상하게 생각하고 한마디씩 한 것이었다.

"씁쓸하군!"

정말이지 설도의 입맛은 소태를 씹은 것처럼 쓰디썼다. 모시던 주공이 색이나 밝히는 사람으로 문상객들 눈에 비춰질 것만 같아서였다.

"근데 왜들 안 오시는 거야?"

앞의 빈자리를 가리키며 설도가 여빙운에게 물었다. 삼대호가의 가주들 자리였다.

여빙운은 대꾸하지 않았다. 표정을 더욱 싸늘하게 굳힌 채 무언가 골똘하게 생각하고 있을 따름이었다. 딱히 대답을 원했던 것은 아니었다. 삼대호가의 가주들이 무림맹의 총관인 고국윤과 모종의 밀담을 나누고 있다는 건 설도도 익히 알고 있다. 다만 무슨 말인가를 끌어내고자 함이었는데, 여빙운이 저 모양이니 얘기는 글러 버렸다.

실내의 분위기는 다시 엄숙함을 회복했다. 그러나 눈에 보이지 않는 동요의 파문은 더욱 확산되어 갔다.

설도는 염불 소리에 집중하려고 했다. 벌써 꼬박 하루 동안 쉬지도 못한 스님들의 독경 소리는 어제보다 훨씬 메말라 있었다. 자꾸만 실눈이 떠지려는 걸 설도는 애써 참아야 했다. 애초에 이런 분위기나 독경 소리에 집중한다는 것 자체가 무리였다.

툭!

설도의 팔꿈치가 재차 여빙운의 옆구리를 찔렀다.

"또 왜?"

이번엔 상당히 아팠던 모양이다. 여빙운은 찌푸린 인상으로 돌아보았다.

"작은 주공께서 오실 때가 되지 않았냐?"

"글쎄, 시간은 다 된 것 같은데……."

독고향이 출발한 지 정확하게 열두 시진, 만 하루가 지나고 있었다. 약속대로라면 벌써 도착했어야 했다.

"이 자식, 이거 그냥 튄 거 아냐?"

대수롭지 않은 말투였지만 내심 설도는 심각했다. 조금이라도 빨리 작은 주공을 모셔오기 위해 독고향을 보내긴 했지만, 그가 도망쳤을 가능성은 배제할 수 없다. 어쨌든 그는 주공 시해에 연루되었을지도 모른다는 혐의를 받고 있다.

"일단 세가령의 영민이 된 자들은 쉽게 나가지 않아."

"그럼 넌 그자를 믿는단 말…… 뭐야, 이 소란은?"

말을 잇던 설도는 갑자기 인상을 찌푸렸다. 덮쳐드는 소나기와 같이 다급한 말발굽 소리가 들려왔기 때문이다.

"도대체 어느 놈이 감히 진화궁 안에서 말을 달려?"

약간 언성을 높이며 몸을 일으킨 설도의 눈엔 잘됐다는 빛이 역력했다. 이 짜부라들 듯한 분위기의 양무각을 빠져나갈 핑계가 생긴 것이었다. 그러나 설도는 밖을 향해 한 걸음도 떼지 못했다. 그전에 네 사람이 동시에 양무각 안으로 들어섰고, 뒤쪽에서부터 앉아 있던 사람들이 분분히 일어섰다.

"자, 작은 주공……."

들어선 사람들의 정체를 확인한 설도는 잠시 할 말을 잊고 멍청하게 입만 벌렸다. 웅로의 등에 업힌 남궁장후의 모습 때문이었다.

"술을 마신 건가?"

여빙운도 남궁장후의 등장을 알고는 몸을 일으키며 한마디 했다.

"그런 모양이군!"

대꾸를 하면서 설도는 입 안이 까칠하게 말라오는 걸 느꼈다. 한눈에도 남궁장후가 술에 취해 의식이 없다는 걸 알아본 탓이었다. 실제로 가까이 다가옴에 따라 술 냄새가 코를 찔렀다. 술독에 한 열흘 정도 잠겨 있다가 나오면 이런 냄새가 날까?

"다 왔소이다!"

제단 앞에 이르자 웅로는 업고 있던 남궁장후를 그냥 놓아버렸다.

쿵!

엉덩방아를 찧으며 떨어진 남궁장후는 그대로 바닥에 길게 널브러졌다. 그러다 꿈틀거리며 몸을 일으켰다. 그때 삼대호가의 가주들이 달려나왔다. 누군가 남궁장후의 등장을 알렸던 모양이다.

"주공!"

맨 먼저 남궁장후에게 달려간 사람은 설립강이었다. 부르는 목소리가 평소의 그답지 않게 애절하게 떨리고 있었지만, 벌써부터 그를 영주로 인정하는 호칭으로 불렀다. 그러나 설립강은 남궁장후의 곁에 이를 수 없었다. 자웅쌍로가 중간에 끼어들었기 때문이다.

"이게 무슨 짓인가?"

노기를 억누르며 설립강은 나직이 물었다. 눈꼬리가 파르르 떨릴 정도로 극도의 인내력을 발휘하는 중이었다.

"아시다시피 우리 임무가 작은 주공을 보호하는 것이라서……."

웅로가 아무렇지도 않게 대꾸했고 이게 설립강의 분노를 더욱 자극했다.

"늙은이! 더 이상 살고 싶지 않다는 건가?"

목소리는 비록 나직했지만 지금 설립강의 분노는 말로 표현될 성질의 것이 아니었다. 삼대호가와 잡성가, 그리고 각처에서 와 있는 문상객들 앞에서 수모를 당한 것이다.

그러나 자웅쌍로는 설립강을 별로 두려워하지 않는 것 같았다. 오히려 어떻게 보면 은근히 무시하는 것 같기도 했다.

"여, 여긴 어딘, 끅, 어디야?"

왈그락!

간신히 몸을 일으킨 남궁장후가 제단에 의지하는 바람에 쌓아놓은 제물들이 와르륵 무너져 버렸다.

"정신 차리시오, 소주! 아버님의 위패 앞이오. 예를 갖추시오!"

좀처럼 언성을 높이지 않던 여상절의 입에서 노호가 터져 나왔다. 세가령의 식술들만 있는 곳이 아니다. 강호의 내로라하는 문파에서 내로라하는 인물들이 문상객으로 참석해 있는 자리였다. 남궁장후의 지금 모습은 너무 지나친 탈선이다. 하지만 설립강과는 조금 다른 태도의 여상절이었다. 그는 여전히 남궁장후를 소주라고 불렀다.

여상절의 말이 효과가 있었던 것일까. 휘청거리던 몸을 꼿꼿이 세운 남궁장후는 뚫어져라 위패를 노려보았다. 그 순간만큼은 남궁장후에게서 취기라곤 찾아볼 수 없었다. 오히려 위패를 노려보는 두 눈에서 번들번들한 광기가 줄줄 흘러내렸다.

"소주, 보는 눈이 많소. 어서 향을 사르고 절을 하시오!"

"절을 하라, 끅, 하라고? 어디에? 딸꾹, 누구에게?"

이어진 여상절의 말은 역효과를 냈다. 겨우 가라앉았다 싶었던 남궁장후의 취기가 다시 왈칵 치밀어 올랐는지, 딸꾹질을 거듭하며 횡설수설했다.

"문상객들과 식솔들에게 잠시 자리를 비우라고 해라!"

안 되겠다 싶었는지 여상절은 아들에게 나직이 명을 내렸다. 남궁장후의 지금 모습을 더 이상 사람들이 보게 해서 좋을 건 없다는 판단에 서였다.

"치, 치워라, 여상절! 밤사이, 딸꾹, 병으로 죽은 늙은이라면 무, 무, 끄윽, 무문(武門)의 수치, 예절은 무슨 예절?"

여빙운이 사람들을 내보기도 전에 남궁장후의 입에서는 커다란 취성(醉聲)이 터져 나왔다.

"주공!"

"소주!"

삼대호가주의 입에서 동시에 비명과도 같은 외침이 토해졌다. 이 무슨 망발이란 말인가. 다른 사람도 아닌 자기 아버지의 위패 앞에서 이런 말을 지껄이게 둘 수는 없다. 그렇다고 사람들 앞에서 드잡이질을 벌일 수는 없는 노릇, 설립강은 다시 한 번 노기를 억누르며 입을 열었다.

"주공께서 몸이 불편하신 모양이다. 위패 앞에 절을 하실 수 있도록 도와드려라!"

삼대호가의 소가주들에게 한 말이었다. 강제로라도 남궁장후에게 절을 시키라는 것이었다.

"무릎을 꿇으라고? 내, 끄윽, 내게?"

남궁장후의 취태(醉態)는 점점 그 도를 더해갔다.

"저, 저게 그렇게 딸꾹, 높은 건가?"

위패를 손가락으로 가리키더니 기어이 제단 위로 몸을 끌어 올렸다.

왈그럭, 와장창!

향합(香盒)과 향로가 뒤집어지고 제물을 올려둔 접시들이 바닥에 떨어져 산산조각났다.

그때엔 벌써 독경을 하던 스님들이나 문상객들이 아연실색 고개를 흔들며 나가 버렸고, 삼대호가의 직계들을 제외한 세가령의 무사들도 양무각을 빠져나간 뒤였다.

특이한 것은 매희가 여전히 제자리에 앉아 있다는 것과 누구도 그녀에게 나가라고 하지 않았다는 점이었다.

"자, 딸꾹, 모두 절을 해라. 세가령의 후계자인 나와, 끄윽, 나보다 더 높은 여기다 대고, 끄윽, 다들 절 햇!"

제단 위에 올라앉은 남궁장후는 고래고래 소리를 질렀다. 그의 모습은 실로 가관이었다. 앞섶을 풀어헤치고, 바지춤에 위패를 꽂고 앉아 있었던 것이다.

"이 무슨 가당치도 않은 망동이시오? 더 이상은 묵과할 수 없소이다!"

전신을 노기로 벌겋게 달군 설립강도 이젠 마구 고함을 질렀댔다. 잘 손질된 톱니바퀴처럼 서로의 손발이 척척 맞아떨어져도 감당하기 힘든 주공의 죽음이다. 그런데 모든 일의 구심점이 되어야 할 남궁장후가 저렇게 흐트러져 있으니 앞일이 캄캄하기만 했다.

또 대외적으로도 회복할 길 없는 수모까지 당하고 말았다. 더 이상 묵과하지 않겠다는 설립강의 말은 결코 허언이 아니었다.

"망동? 묵과?"

가당치도 않다는 듯 콧방귀를 뀌며 남궁장후는 설립강을 바라보았다. 취기로 인해 게슴츠레하게 떠진 눈이었지만 그 깊은 곳에서는 한 가닥 차가운 광망이 어려 있었다.

"딸꾹, 언제부터 너희 설가가, 꾹, 우리 남궁가의 행동을 제지하게 되었, 딸꾹, 되었느냐? 하찮은 종, 종놈의 후손인 주제에……. 끼꾹!"

"뭐, 뭐라?"

너무도 충격적인 말을 들은 탓인지 설립강은 화를 내는 것도 잊어버렸다.

남궁장후의 말은 틀리지 않았다. 아니, 너무도 정확했기에 삼대호가의 가주들과 그 아들들의 가슴은 예리한 칼로 쓰윽 베어진 것처럼 아릿하게 아팠다.

실제로 삼대호가의 시조들은 모두가 초대 남궁세가령의 주인인 남궁홍건(南宮洪乾)의 종복(從僕)들이었다. 태조를 돕던 전쟁에서 공을 세운 주인이 그들에게 성(姓)을 내렸고, 영지를 하사받은 후에는 삼대호가라 칭하게 되었던 것이다.

이런 사실은 공공연한 비밀이었고, 또 언급해서는 안 될 금기 사항이기도 했다.

"돌았어! 작은 주공은 미쳤다."

가장 먼저 격렬한 반응을 보인 것은 설도였다. 그렇게라도 말하지 않고서는 남궁장후에 의해 파헤쳐진 상처의 아픔을 달랠 길이 없다.

그는 금방이라도 주먹을 날릴 것처럼 소매를 걷어붙이며 남궁장후에게 다가서려 했다.

"도야! 주공께선 취하셨다. 여기서 이러지 말고 나가서 식솔들이 동요하지 않도록 챙겨라!"

제 자신도 노기로 몸을 떨면서 설립강은 아들을 말렸다. 드잡이질을 벌여도 아비인 자기가 벌이는 게 낫다.

"가자!"

역시 여빙운이 재빨리 설립강의 의도를 알아차렸다. 그는 씨근덕거리는 설도를 잡아끌다시피 해서 밖으로 데리고 나갔다. 얼굴이 더욱 붉어진 궁자엽도 말없이 뒤를 따랐다.

"주공, 진심이셨소?"

아들들이 나가자 비로소 설립강은 노기를 노골적으로 드러냈다.

웃기는 것은 그러면서도 입은 항상 주공이라는 호칭을 잊지 않았다. 이성과 감정의 부조화가 이런 불손한 행동으로 드러나는 것이었다.

"뭐가?"

여전히 게슴츠레한 눈으로 쏘아보는 남궁장후의 혀는 더욱 심하게 꼬여졌다.

"아, 아니란 말인가? 딸꾹!"

"이익!"

설립강 역시 더 이상의 노기를 주체할 수 없는 것 같았다. 그의 오른손이 허공으로 번쩍 치켜들렸다.

하지만 그보다 더 빠른 움직임이 있었다. 설립강의 손이 들렸을 때 벌써 웅로가 그의 앞으로 바짝 다가섰다. 그대로 쳐봐야 거리가 너무 가까워 별 효과를 발휘하지 못할 터였다.

"감히 앞을 막아? 감히?"

머리끝까지 화가 치민 설립강은 기어이 이성을 잃고 말았다. 이대로 두면 정말이지 무슨 일을 저지르고 말 터, 여상절과 궁거문이 재빨리 그의 허리춤을 부여잡고 제지했다.

"놔라! 놓지 못해?"

설립강은 마구 발버둥 쳤다. 무공 면에 있어선 그에 비치지 못하는 두 사람이라 이리저리 휘둘렸지만 잡은 손만은 놓지 않았다.

"참으시오, 설 가주! 지금 소주께 출수를 한다면 진짜로 반역자가 되는 거요!"

필사적인 여상절의 말에 설립강은 간신히 정신을 차렸다. 이래선 안 된다. 주공이 죽어버린 지금 남궁장후를 중심으로 한 결속을 단단히 해야 될 때다.

못 이기는 척하며 설립강은 그대로 두 사람에게 떠밀려 나갔다. 부자가 나란히 친구들의 손에 의해 끌려 나간 것이다.

설립강을 밖으로 밀어낸 여상절은 곧장 다시 돌아왔다.

"선대 주공께서도 그런 말씀은 하지 않으셨소. 소주께서도 앞으로 말조심을 해주셨으면 하오!"

"딸꾹, 다른 뜻이 있, 있어서가 아니다. 너, 끅, 너희들이 간혹 그, 그 사실을 잊는 것 같아서, 딸꾹!"

"끄흐음!"

더 이상 말이 통하지 않는다는 걸 알자 여빙운은 냉랭한 태도로 몸을 돌렸다. 잔뜩 높아진 헛기침으로 그의 불편한 심기를 엿볼 수 있었다.

이 모든 상황에 가장 얼떨떨해한 사람은 독고향이었다. 월향루에서 나온 이후 단 한 방울의 술도 입에 대지 않았던 남궁장후의 취태나 또 상주로서의 엄청난 탈선에 도무지 정신을 차릴 수가 없었다. 저러고도 과연 앞으로 세가령을 통솔해 나갈 수 있을지가 의심스러웠다.

"왔소?"

여상절까지 나가고 나서야 남궁장후는 매희에게 아는 척을 했다. 하지만 그뿐, 곧장 몸을 일으켜 제단에서 내려왔다. 위패는 그대로 가슴에 품은 채였다.

“한숨 자겠다!”

여태껏 아무 일도 없었다는 듯 한마디 던진 후 남궁장후는 위층으로 통하는 계단을 오르기 시작했다. 더 이상 취한 음성이나 행동은 찾아볼 수 없었다.

웅로가 급히 뒤를 따랐고, 자로는 매희의 눈치를 잠시 살폈다. 뭔가 할 말이 있는 것처럼 그녀와 남궁장후를 번갈아 보더니 이내 고개를 가로저으며 층계를 올라갔다.

그러더니 불쑥 독고향을 향해 싸늘하게 내뱉었다.

“뭐 해? 따라오지 않고!”

“예? 나 말이오?”

“그래. 잊었나? 넌 작은 주공의 그림자야! 빨리 따라와.”

냉랭하게 쏘아붙인 자로는 곧장 층계 위로 사라져 버렸다.

얼떨떨한 표정으로 독고향이 뒤를 따랐다.

분향한 뒤부터 합장하고 있던 매희의 손은 아직도 풀리지 않았다. 감은 눈도 마찬가지. 엎질러진 향로에서 피어오른 미약한 향훈이 그녀의 고운 볼에서 미끄러져 내렸다.

“여어! 이거 전혀 몰라보겠네그려.”

사위어가는 햇살이 비치는 곳에 앉아 끄덕거리며 졸고 있던 몰면개의 눈이 커다랗게 떠졌다. 확 달라진 매타자의 모습 때문이었다. 여느 때의 거지 몰골을 한 매타자가 아니었다. 깨끗하게 목욕을 했고, 낡았지만 세탁이 잘 된 청색경장 차림이었다.

그러나 얼굴은 제대로 볼 수 없었다. 일부러 그런 것처럼 보이는 치렁한 앞머리가 얼굴의 절반 정도를 가려 버렸고, 입술 주위도 온통 멍 투성이라 본래의 피부 색이 어땠는지 짐작조차 하기 어려웠다.

“무림맹으로 돌아가려고?”

대수롭지 않은 몰면개의 질문이었지만 매타자의 반응은 격렬했다. 피멍 든 볼 살은 물론 어깨까지 파르르 경련을 일으켰다.

“알고… 계셨소?”

목소리까지 잔잔하게 떨리는 매타자였다.

"뭘 말인가? 난 자네가 매타자라는 것밖에 모른다네. 참, 이번에 무림맹이 외인계를 친다던데, 혹시 아는 바 없나? 남궁영호가 죽었다니 더없는 호기는 호기인데……."

머리카락 안에 잠긴 매타자의 눈빛이 스산해졌다. 억제할 사이도 없이 비집고 나온 살기였다. 그러나 매타자의 입에 걸린 건 미소였다. 입술 전체에 피 멍울이 맺혀 있어 보기에도 안쓰러웠다.

"개방의 전직 장로 출신이 확실한 모양이군."

털썩!

매타자는 아무렇게나 바닥에 주저앉았다. 몰면개가 뭘 알고 있든 그리 놀라운 일은 아니다. 자기가 믿든 말든 그가 개방의 전대장로였던 사실에는 변화가 없는 것이다.

"몸은 좀 어떤가? 맞지 않으면 얼마 못 가 전신이 굳어질 텐데……."

"모르는 게 없구려. 언제부터 알고 있었소?"

"자넬 처음 봤을 때부터 누군가와 닮았다고 생각했네. 그럴 리가 없는데도 말일세. 그래서 조사를 좀 해봤다네."

잠시 말을 맺은 몰면개는 매타자를 돌아보았다.

"대체 자넨 누구인가? 내가 생각하고 있는 사람은 절대로 아닐 테고……."

"만약 내가 당신이 생각하는 그 사람이면 어쩌시겠소?"

그 말에 몰면개는 매타자를 물끄러미 바라보았다. 그러더니 고개를 가로저으며,

"그럴 리가 없겠지. 그 사람은 죽었어!"

"이승에 미련이 많은 혼백은 간혹 돌아오기도 하는 법이오."

"그렇다면 자넨 틀림없이 아니네. 내가 생각한 그 사람은 이승에 대한 미련 따윈 전혀 없었다네. 하긴 이가 박박 갈리는 저주스런 삶도 미련이라고 한다면 얘기가 달라지겠지만……."

파뜩, 머리카락 아래 있던 매타자의 눈이 다시 한 번 빛을 발했다. 하지만 그뿐, 이제 서편으로 넘어가려는 태양 쪽으로 시선을 돌렸다.

"내일도 덥겠구먼. 비라도 한줄기 내렸으면 좋겠는데……."

선홍색으로 물든 석양을 바라보며 몰면개는 입맛을 다셨다. 올 여름은 더워도 너무 더웠고, 개봉 인근은 최근 비 구경조차 할 수 없었던 것이다.

"아참!"

망연히 하늘만 바라보던 몰면개는 급한 손길로 품속을 뒤적거렸다. 옷깃이 들썩거릴 때마다 사람의 비위를 거슬리는 콤콤한 냄새가 풍겨져 나왔다.

"여기 있구먼. 하도 오래전에 넣어둔 거라 제대로 있을까 싶었는데, 다행이 있구먼. 자, 받게!"

매타자는 뭔가를 건네주었다. 시커먼 때가 덕지덕지 달라붙은 손과 비슷한 색깔의 작은 주머니였다.

"이게 뭐요?"

"조선(朝鮮)의 홍삼(紅蔘)일세. 그중에서도 가장 상등품인 천삼(天蔘)이니 아껴서 먹게. 자네의 병을 다스리는 데 도움이 될 걸세."

매타자의 눈에서 찰나적으로 한광이 쭉 뻗어 나왔다가 사그라들었다.

"내가 그 말을 믿고 먹을 것 같소?"

"나 같으면 거절하지 않겠네. 이게 설사 칠보단장산(七步斷腸散)이면 어떤가? 자네 몸은 더 이상 나빠질 게 없는데……."

그 말에 매타자의 어깨가 다시 한 번 출렁거렸다. 아무리 전대의 개방장로였다지만 이 늙은이는 지나치게 많이 아는 것 같다. 더 무서운 건 모든 걸 알고 있는 것 같으면서도 정작 자기더러 누구냐고 묻는다. 결코 알아서는 안 될 것까지 알아버린 모양이었다.

"내가 틈을 보였소?"

한참 만에 던져진 매타자의 질문 속에는 엄격한 자기반성이 스며 있었다. 세인의 이목을 속이며 보낸 오 년, 완벽하게 성공했다고 생각했었는데 여기 한 사람이 자기의 실체를 알아버렸다. 어떤 형태로든 실수가 있었을 터, 지금이라도 바로잡지 않으면 안 된다.

"자네가 말인가? 난 자네가 미친놈인 줄로만 알았네."

매타자에게선 실수가 없었다는 말이었다.

"그럼 어떻게……?"

"무림맹! 필요한 게 있어 무림맹을 조사하다 보니 자네까지 이르게 되었네."

"무림맹은 왜… 아니오."

재차 질문을 던지려던 매타자는 이내 고개를 가로저으며 말을 삼키고 말았다.

"솔직히 난 자네를 말려야 되는 게 아닌가 하고 지금 심각하게 고민하고 있다네. 하지만 제 것을 다시 찾겠다는 데 말릴 이유가 없더구먼. 몸조심하게. 이 거지 늙은이에게 유일하게 술 동냥을 해가는 친구가 없어지면 서운해서 말일세."

"내 것을 다시 찾는다……."

매타자는 멍해진 표정으로 몰면개의 말을 입속으로 되뇌었다. 그러다 돌연 발작적으로 몸을 일으켰다. 사실 방금 전까지만 해도 지금부터의 자기 행동에 확신을 가지지 못했었다. 그러나 이 늙은 거지의 한마디에 이제부터 뭘 해야 되는지를 알게 된 것이다.

틱!

그때까지 몰면개의 손에 들려져 있던 작은 주머니를 빼앗듯 잡아채며 매타자는 몸을 일으켰다.

"하루 세 번 복용하게. 탕으로 마시는 게 가장 좋지만 그냥 씹어 먹어도 효과는 있을 걸세."

"고맙지만 기대하지는 않소. 당신 말대로 더 이상 나빠질 게 없으니 받을 뿐이오!"

주머니를 갈무리하며 매타자는 몸을 돌렸다.

"꾸준히 복용하게. 천삼은 열성이 강해 자네 몸이 굳어지는 걸 늦춰 줄 걸세!"

몰면개의 말에 매타자는 더 이상 놀라지도 않았다. 정말이지 모르는 게 없는 늙은이다.

씁쓸한 미소를 배어 물며 매타자는 품속에 갈무리한 주머니를 툭 쳐 보았다. 몰면개의 말대로라면 지대한 도움이 될 게 틀림없다.

"고맙다는 말은 하지 않겠소. 당신 말마따나 우린 친구니까……."

매타자는 휘청휘청 걷기 시작했다. 술을 마시지 않았음에도 그의 걸음걸이는 취한 것처럼 위태로웠다.

"도움이 필요하면 언제라도 요청하게. 내 쾌히 달려가겠네!"

손을 한 번 흔들어 보인 후 매타자는 이제 막 몸을 풀기 시작한 여린 어둠 속으로 걸어 들어갔다.

“이제 나도 슬슬 움직여야 될 땐가?”

몸을 일으킨 몰면개는 기지개를 쭈욱 켰다. 쪼그라들어 있던 그의 몸이 활짝 펴지며 사람이 갑자기 커진 것처럼 느껴졌다.

“무림맹은 당분간 그대로 둬도 되겠고, 슬슬 세가령으로 가보면 되겠군. 남궁영호가 죽은 뒤로 한바탕 바람이 일어날 테지.”

툭툭.

엉덩이에 묻은 흙을 털던 몰면개의 신형은 다음 순간 그 자리에서 지워지듯 사라져 버렸다.

“저런 빌어먹을 영감탱이!”

“놓치면 안 된다. 빨리 쫓아라!”

몰면개가 사라진 뒤에 주변이 갑자기 어수선해졌다. 각양각색의 무림인 한 무리가 나타난 것이다.

사라진 몰면개의 흔적을 찾아 한동안 우왕좌왕하던 그들은 이내 한 쪽 방향으로 일제히 달려갔다.

가뭄으로 뽀얀 먼지가 휘날리는 개봉부의 한 켠에서 일어난 일이었다.

*　　　　*　　　　*

청지기의 안내를 받아 방으로 들어서던 여천랑의 안색이 살짝 굳어졌다.

'나이답지 않게 과시하는 걸 좋아하는 늙은이인 것 같군!'

아직 만나보진 못했지만 세가령의 전전대 영주인 남궁걸(南宮傑)의 성격은 이 방의 장식물로도 대충 짐작할 수 있었다.

"잠시 앉아 기다리시면 주인님께서 오실 게요."

안내를 했던 청지기가 나갔지만 여천랑은 선뜻 의자에 앉지 못했다. 너무 고급스럽고 화려했기 때문이었다.

비단 의자만이 아니었다. 실내에 있는 집기들은 하나같이 예사로운 게 아니었다. 금으로 만들어진 것은 아니었지만, 그보다 훨씬 더 값어치 나가는 것들뿐이었다. 선뜻 앉을 수도 없을 정도로 말이다.

그러나 일단 나갔던 청지기가 차 주전자를 들고 다시 들어왔을 때 여천랑은 탁자에 앉을 수밖에 없었다. 차를 따른 청지기는 그냥 밖으로 나가 버렸다. 언제 남궁걸이 온다든지, 뭐 더 필요한 게 없느냐든지 하는 의례적인 말조차 없었다.

상큼한 차 향이 여천랑의 코끝을 간질였다. 그러나 이런 곳에서 덜컥 마실 정도로 조심성이 없지는 않았다. 새삼 여천랑은 다시 한 번 실내를 둘러보았다. 너무 화려해서 취향에 맞지 않았다. 눈쌀을 찌푸리면서도 여천랑은 적어도 한 가지 점에 있어선 안심을 했다. 이 정도 집기를 갖출 정도의 부력(富力)이라면 청부금만큼은 확실히 받을 수 있을 터였다.

"주인께서 오십니다!"

예의 청지기가 밖에서 알리는 소리가 들렸고 한 사람이 안으로 들어왔다. 금방이라도 앞으로 꼬꾸라질 것처럼 심하게 허리가 굽은 노인이었다. 몸을 일으켰던 여천랑은 잠깐 의아한 생각이 들었다. 실내의 집기는 지나칠 정도로 값비싸고 화려한 것임에 비해 노인의 차림새는 너무도 검소했다. 혹시 남궁걸이 아닌지도 모른다는 생각에 여천랑은 노인의 뒤쪽을 바라보았다. 그러나 문은 벌써 닫혀 있었고 아무도 따라 들어온 사람은 없었다.

"내가 남궁걸이외다."

여천랑의 의문을 눈치 챈 듯 노인이 자기 신분을 밝혔다. 겉모습과는 달리 카랑카랑한 목소리엔 아직도 넘치는 힘이 실려 있었다.

"혈랑단주예요. 예상했던 것과 다른 모습이라 잠시 추태를 보였네요."

고개를 까닥 숙여 보이며, 여천랑은 쌩긋 웃었다. 주변의 화려한 집기들이 일제히 눈을 뜨고 같이 웃는 것처럼 실내가 훤해졌다.

"이 늙은이야말로 뜻밖이외다. 어린 소저가 혈랑단을 이끌고 있다니……. 자, 앉으시오!"

남궁걸은 의자를 권했다. 그리고는 차를 한 잔 따라 거침없이 마셨다. 차에 독을 타지 않았다는 걸 여천랑에게 보여주기 위해서였다.

"이 늙은이가 죄가 많아 자식을 먼저 보내게 됐쇠다. 그러고도 살아 있으니 부끄럽기 짝이 없쇠다!"

말은 그랬지만 남궁걸의 표정에서 회한의 빛은 조금도 찾아볼 수 없었다. 보기에 따라선 아들이 죽을 걸 미리 알고 대비하고 있었던 게 아닌가 싶을 정도로 담담한 얼굴이었다.

"우리가 할 일은 뭔가요?"

여천랑의 어투가 딱딱하게 굳어졌다. 남궁걸의 심사나 듣자고 온 게 아니었다. 반드시 이뤄야 할 일이 있었고, 그걸 위한 구체적인 애길 할 때였다.

"혈랑단을 사고 싶쇠다!"

"사고파는 물건이 아니라는 건 노야께서도 잘 아시잖아요. 우린 단 한 건의 일에 대한 청부만 받아요. 그 다음 일은 다시 계약하죠."

입가에 미소가 걸려 있긴 했지만 여천랑의 어조는 단호했다. 이게 혈랑단의 일하는 방법이다. 한 번에 한 가지 계약만 수행한다. 바로 이 것 때문에 오늘은 이 편에서 싸우다 내일은 저 편이 되기도 했던 것이 다.

나이답지 않게 형형한 눈길로 남궁걸은 여천랑을 쏘아보았다. 생전 처음으로 이런 노골적인 거절을 당해본 터이다.

그러나 기분은 오히려 상쾌했다. 평생 동안 앞에서 허리를 꺾는 인 간들만 대하다 보면 더러 짜증이 나기도 하는 법이다.

"한 번에 한 가지라……. 참 좋은 방법이외다. 하지만 이번만은 이 늙은이의 뜻에 따라주지 않겠쇠까? 언젠가는 일도 끝날 터이고, 그땐 마음대로 해도 좋쇠다만!"

여천랑의 고운 아미가 살짝 일그러졌다. 황금 백 근이 비록 막대한 금액이긴 했지만 조건에 비해서는 그리 많은 게 아니었다.

한두 차례의 싸움으로 끝날 일이 아닌 것 같다. 일이야 계속 있겠지 만 그 일을 끝냈을 때 과연 살아 있는 혈랑단이 몇이나 될까? 심사숙고 를 요하는 문제다.

"지난번 얘기했던 황금 백 근은 그저 계약금이라 생각하면 될 거외 다. 한 차례 일을 할 때마다 따로 보상을 하겠쇠다. 제반 경비 또한 모 두 부담하고……."

쌓은 연륜만큼이나 남궁걸은 눈치가 빨랐다. 단번에 여천랑의 심중 을 알아채고는 보상에 대한 얘기를 꺼냈다. 이만하면 파격적인 대우 다. 그저 머물러 있는 것만으로도 황금 백 근을 챙기고, 일이 있을 때 마다 따로 대가를 받는다. 또한 그동안의 경비 걱정은 하지 않아도 좋 다. 주름 잡혔던 여천랑의 미간이 다시 반듯하게 펴졌다. 모든 사항이 다 괜찮았지만, 그중에서도 일이 있을 때마다 따로 대가를 지불하겠다는 말이 가장 마음에 들었다. 그 정도라면 한 번에 한 가지 계약만 이행한다는 것에 별로 어긋나지도 않는다.

'하긴 잠시 머무는 것도 괜찮겠지.'

무림인들의 노골적인 적의 때문에 편히 엉덩이를 붙이고 쉴 곳조차 없었던 요 근래의 혈랑단이었다. 세가령 안에서라면 충분한 휴식을 가져도 좋을 터였다. 물론 그 뒤에는 목숨 건 혈투가 기다리고 있겠지만.

여천랑은 자기를 바라보는 남궁걸의 시선을 맞받았다. 이제 한 가지 문제만 해결되면 계약은 성립된다.

"괜찮은 조건이네요. 근데 우리가 해야 될 일이 뭐죠? 또 적은 구체적으로 누구고……?"

아무리 돈에 욕심이 나더라도 능력이 달려 하지도 못할 일을 맡을 수는 없다. 그건 사기다. 또한 그리 많지는 않지만, 손쉽게 할 수 있더라도 결코 해서는 안 되는 일이 있다. 저항할 의사가 전혀 없는 양민들을 해친다거나 누군가를 암살하는 짓 따위 말이다.

"아직은 얘기해 줄 수 없쇠다. 일이 생길 때마다 하나씩……. 물론 보상에 대한 것도 그때그때 따로 얘기합쇠다."

"좋아요!"

여천랑은 시원스럽게 수락했다. 구체적으로 어떤 일을 하게 될지는 알 수 없었지만, 그게 문제가 될 건 없다. 한 건마다 따로 계약을 하게 됐으니 일이 맘에 들지 않으면 거절하면 그만인 것이다.

이로써 세가령의 전전대 가주와 혈랑단 사이엔 계약이 성립되었다.

그제야 여천랑은 손을 뻗어 이미 식어버린 찻잔을 집어 들었다. 이제 한 편이 되었으니 상대에 대한 신뢰감을 보여줘도 무방하다.

"쯧쯧쯧!"

갑자기 들려온 남궁걸의 혀 차는 소리에는 여천랑은 파뜩 고개를 들었다. 뭔가 마음에 들지 않는 것이라도 있는 것일까.

그러나 남궁걸의 두 눈은 자욱한 웃음을 품고 있었다.

"아깝쇠다, 아까워. 험한 무림이 아니더라도 충분히 빛을 발할 꽃이거늘……."

나직이 중얼거리는 남궁걸의 말에 여천랑은 왈카 머리 꼭대기로 피가 몰리는 걸 느꼈다. 가장 싫어하는 말을 들은 것이다. 이미 한 여자로서의 삶은 포기한 지 오래, 그에 빗댄 말은 모두 모욕으로 받아들이고 있던 터였다.

물론 이런 자리에서 탁자를 치고 일어나 성질대로 해댈 만큼 어리석은 여천랑이 아니었다.

조용히 찻잔을 내려놓은 그녀는 몸을 일으켰다. 이쪽의 기분이 남궁걸에게 잘 전달될 수 있을 정도로 충분히 거친 동작이었다.

"쉴 곳은 어디죠?"

그녀의 어조까지 냉랭해졌다.

"나가면 안내할 사람이 기다리고 있을 거외다."

눈매에 품은 웃음기를 지우지도 않고 남궁걸이 응대했다.

"그럼!"

포권조차 하는 둥 마는 둥 해 보이고 돌아서는 여천랑의 귓가로,

"편히 쉬시구려. 듣자 하니 미인들은 잠이 많다고 합디다! 그러니 안심하고……."

남궁걸의 말이 끝나기도 전에 여천랑은 부술 듯 거칠게 문을 열고 나왔다.

'기분 나쁜 늙은이다!'

　노기로 이마가 지글지글 끓는 것 같았지만, 그 와중에도 가슴 한구석이 화끈하게 달아오르는 여천랑이었다. 자기를 예쁘다고 말해 주는 걸 진심으로 싫어할 여자는 없다.
　극명하게 상반된 두 개의 감정을 추스르며 여천랑은 안내하는 청지기의 뒤를 따랐다.

제5장

혼담(婚談)

세가령에서 마련해 준 생사판 고국윤의 거처는 접빈청 상등 객실이
었다. 벌써 며칠을 머물렀지만 고국윤은 도무지 이 방에 익숙해지지
않았다. 말이 좋아 객실이지 웬만한 부호나 고관대작들도 흉내 내기
힘들 정도로 호사스럽게 꾸며져 있었다. 평범한 사람이었다면 자기를
이처럼 대우해 주는 것에 기분이 좋아졌을 것이다.

그러나 고국윤은 달랐다. 모든 것을 무림맹 총관의 시선으로 바라보
는 그에게 세가령의 부력은 부담스러울 뿐이었다.

"차를 대령했습니다."

세가령의 은건대 무사 한 명이 차 주전자와 찻잔을 쟁반에 받쳐 들
고 들어왔지만 고국윤은 쳐다보지도 않았다.

"고맙습니다. 번번이 폐를 끼치는군요."

수행해 온 젊은 시종(侍從)이 고국윤 대신 녹을 듯 웃으며 쟁반을 받

아 들었다.

그러나 은건대 무사가 나가자마자 주전자 속의 찻물은 곧장 객실에 딸린 측소로 직행했다. 기미(氣味)를 본다던가 은 수저 따위로 독이 있는지를 검사해 보는 짓 따위는 도무지 필요치 않다는 움직임이었다.

"사요(思耀)!"

생각에 잠겨 있던 고국윤의 입술이 열리며 젊은 시종의 이름을 불렀다. 그리고 사요의 대답을 기다리지도 않고 말을 이어갔다.

"어떻게 생각하느냐? 제 아비의 상을 당한 남궁장후의 난행에 대한 네 생각을 듣고 싶구나."

"꾸민 것 같지는 않았습니다. 세간의 말대로 미친 건지, 아니면 멍청한 건지……. 만약 그 모든 행동이 꾸민 것이라면 남궁장후는 소름 끼치도록 무서운 자입니다!"

말을 하는 동안 사요의 눈은 점차 변해갔다. 처음엔 약한 빛을 띤다 싶더니 점점 강해졌고, 종내는 마치 유리알처럼 투명하게 번질거렸다.

"그래서 이 일이 어렵다는 거다. 우린 그처럼 무서운 자를 꺼꾸리뜨려야 한다."

이어진 고국윤의 말에 사요의 눈빛이 살짝 흔들렸다. 자기 생각과는 달랐던 것이다.

남궁장후의 난행은 첫날 제단을 부수고 제 아비의 위패를 모욕한 걸로 끝나지 않았다. 그 길로 양무각 삼층으로 올라간 후 다시는 모습을 보이지 않았다.

그것뿐이었다면 그냥 보아 넘길 만했다. 삼층에 틀어박힌 남궁장후는 장례식이 진행되는 내내 술과 기녀들을 불러 연일 즐겼다. 일층에서는 제 아비의 명복을 비는 독경 소리가, 삼층에서는 그 아들에 의한 가무(歌舞) 소리가 양무각에 내내 진동했었다.

　세가령에서는 장례 절차를 대폭 축소할 수밖에 없었다. 더 이상의 문상객은 받지도 않았고, 기간도 단축하여 서둘러 매장했다.

　남궁장후는 장지(葬地)에도 모습을 보이지 않았다. 뿐만 아니라 그를 부르러 갔던 세가령의 무사들까지 두들겨 쫓아냈었다.

　그 모든 게 꾸민 짓이라고 사요는 생각지 않았다. 아무래도 고국윤은 남궁장후를 지나치게 크게 의식하고 있는 것 같았다.

　하지만 이 자리에서 반박하고 싶지는 않았다. 어쨌든 여긴 적지다. 사소한 일로 분열된 모습을 보여줄 수는 없다.

　"여 가주와 그 자제 분께서 오셨습니다."

　"오!"

　알림 소리에 고국윤은 몸을 일으켰다. 여상절과 여빙운이 안으로 들어선 것은 거의 동시였다.

　"어서 오시오, 여 가주! 초청에 응해주셔서 감사드리오."

　정중한 예를 갖춰 고국윤은 여상절 부자를 맞았다.

　"소주의 정신이 혼미하여 추태를 보였소이다. 부디 너그러운 마음으로 이해해 주시길!"

　"사정이 있으시겠지요. 벌써 다 잊어버렸으니 괘념치 마시오."

　의례적인 말을 주고받으며 사람들은 탁자에 앉았다.

　순간 여빙운의 표정이 미미하게 굳어졌다. 차를 따른 흔적이 전혀 보이지 않는 찻잔을 발견한 탓이었다. 기분이 상한 건 아니었다. 다만 이들의 경계심이 자칫 느슨해질 뻔했던 자기 마음을 다잡는 계기가 됐을 뿐이었다.

　"남궁 소협께 본 맹의 의사는 전하셨소?"

"허어, 소주께서 저 모양이라 아직 말씀드리지 못했소. 하지만 귀 맹에서 제안하신 혼담은 별 무리 없이 진행될 것이오. 이 여 모가 약속드리리다!"

"여 가주만 믿겠소이다. 그보다 차기 영주를 정하셔야 될 터인데, 아무래도 남궁 소협이 후계자가 되겠지요? 강호의 동도들은 다들 그렇게 알고 있는 것 같던데……."

"끄흠!"

불편하게 내지른 헛기침으로 여상절은 고국윤의 말을 막았다.

"그리되는 것이 당연하겠지만, 소주께서 저 모양이니……. 아직 정해진 건 아무것도 없다고 생각해 주시오."

"호오, 그렇다면 남궁 소협이 아닌 사람으로 후계를 잇게 할 수도 있다는 말이오?"

"소가주의 광태가 진정되지 않는다면 어쩔 수 없지 않겠소! 세가령의 앞날을 위해서라도……."

"그럼 달리 생각해 두신 후계잣감이라도 있으시오? 전대 영주겐 달리 후사가 없다고 알고 있소이다만."

"직계 자손은 소가주 한 분뿐이지만, 세가령의 안위를 위해서라면 딱히 남궁씨가 아니더라도 영주 자리를 잇게 할 수 있겠지요."

"호오!"

놀랐다는 표정을 지으며 고국윤은 등받이 깊숙이 몸을 실었다.

말없이 듣기만 했지만 여빙운은 두 사람의 표정 변화를 하나도 놓치지 않았다. 입 밖으로 내뱉는 말보다도 그쪽이 훨씬 더 그들의 내면을 들여다볼 수 있었다.

'아무래도 이 혼담은 깨질 공산이 크군!'

여빙운이 고국윤의 표정에서 읽어낸 이 회담의 결론이었다. 무림맹에서 필요한 것은 세가령주인 사위지 남궁장후 본인이 아니었다.

이해하기 힘든 것은 아버지의 말이었다. 만약 세가령 내의 다른 사람이 들었다면 대뜸 반역자라고 하며 덤벼들 게 뻔했다.

'아버님은 무림맹과 연수(連手)를 하실 생각인가?'

그게 아니라면 아버지의 언행은 너무 이상했다. 원래 그렇게 나쁘지만은 않았던 무림맹과의 관계는 근래 들어 급격히 악화되었다. 일례로 저들은 세가령에서 내준 차를 마시지도 않았다.

'오늘 밤에도 잠자기는 틀렸군.'

아버지와 긴 대화를 나눌 필요가 있음을 여빙운은 절실하게 느꼈다.

"그럼 이 여 모는 귀맹주의 여식과 우리 소주의 혼례를 재확인하고 물러가겠소이다."

여상절은 몸을 일으켰다.

얼떨떨한 표정으로 여빙운도 따라 일어서며 고국윤을 쳐다보았다. 겨우 시답잖은 혼사에 대한 얘기나 하자고 부른 것 같지는 않았다.

그러나 여빙운의 기대와는 달리 고국윤은 제지하지 않았다.

"고 모도 여 가주의 심중을 확인하여 기쁘기 한량없소이다."

고국윤의 말을 듣고서야 여빙운은 가슴이 뜨끔했다. 동시에 자기의 예상이 맞아떨어졌음에 미소가 절로 우러나왔다. 여태껏 오갔던 대화로 미루어 아버지는 무림맹과 연수할 생각이 확실히 있는 것 같았다.

"총관께서는 저자를 믿으십니까?"

여상절 부자가 나가자마자 사요는 고국윤에게 물었다.

"믿진 않는다. 다만 이용할 뿐이지."

그 말에 안심했다는 듯 사요는 또 한 번 녹을 듯한 웃음을 떠올렸다.

"차라도 한 잔 올릴까요?"

대답을 기다리지도 않고 사요는 벌써 차 도구를 꺼내 들었다. 오랫동안 고국윤을 가까이서 모셔온 터라 그가 뭘 원하는지 빤히 알고 있었다.

돌연 바깥이 부산스러워진다 싶더니 한 사람이 문을 박차고 안으로 들어섰다.

"핫!"

놀람에 찬 기합성을 토하며 사요는 고국윤 앞을 막아서며 싸울 태세를 취했다. 불의의 기습에 대비해 그를 보호하려는 것이었다. 그러나 이내 의아한 표정과 함께 자세를 풀었다. 뛰어들다시피 안으로 들어선 사람은 다름 아닌 설립강이기 때문이었다.

"아니, 설 가주께서 기별도 없이 어인 일이시오?"

황망히 예를 갖추는 고국윤의 표정에는 긴장이 감돌았다. 설립강의 성격을 익히 아는 탓이었다.

"내 드릴 말씀이 있어 실례를 무릅쓰고 이렇게 왔소이다. 고 총관께서도 보셔서 아시다시피 우리 주공께서는 지금 정신이 온전치 못하시오. 그러니 이번 혼담은 없었던 걸로 해주시오. 귀 맹주께서도 저런 사위는 원치 않으실 터, 부디 잘 말씀드려 주시오!"

숨도 쉬지 않고 제 할 말만 다 하고는 그대로 몸을 돌려 나가 버리는 설립강이었다.

'도, 도대체가……?'

사요는 정신을 차릴 수가 없었다. 그 역시 설립강의 성격에 대해서는 익히 들어온 터라 잘 알고 있었다. 그러나 이건 해도 너무 했다. 예고도 없이 불쑥 찾아온 것부터 돌아갈 때까지의 행동에서 예의라고는 눈을 씻고 찾아도 보이지 않았다. 세가령에 정식으로 항의해도 할 말이 없을 터였다.

사요는 고국윤의 눈치를 살폈다. 깊은 생각에 잠긴 듯 말없이 천장만 뚫어져라 응시하고 있었다.

지금 고국윤이 무슨 생각을 하고 있는지 사요는 알 것 같았다.

짧은 시간에 고국윤은 전혀 상반된 얘기를 하는 두 사람을 만났다. 한 사람은 혼담을 성사시키기 위해, 다른 사람은 그 혼담을 거절하기 위해 왔었다.

그들에게는 공통점도 있었다. 둘 다 세가령을 버티는 중심 기둥이라는 점이고, 하나같이 남궁장후를 미친 사람 취급한다는 것이었다.

그 점이 재미있다고 사요는 생각했다. 서로 상반된 얘기를 하고 있지만, 어쩌면 그들 모두 같은 생각을 하고 있는지도 모른다.

'남궁세가에 대한 반기(反旗)라면……?'

솔직히 이건 생각이 너무 비약한 것인지도 모른다. 그러나 충분히 두고 볼 만한 일이기도 하다.

"어떻게 생각하느냐, 사요?"

고국윤의 질문에 사요의 두 눈이 또다시 유리알처럼 투명해졌다.

"재미있을 것 같군요."

"단지 재미뿐인가? 난 이 싸움의 결과를 묻고 있는 거다. 본 맹이 이길 수 있겠느냐?"

묘하게 고국윤은 사요의 대답에 집착했다. 그러고 보니 중요한 문제는 꼭 그에게 대답을 구하곤 했었다.

"모르겠습니다."

기대에 비해 너무 무책임한 사요의 대답이었다.

　그러나 고국윤은 조금도 책망하지 않았다. 사요가 모르겠다고 했으니 이 싸움은 힘겨워질 것이다.

　"알겠다. 그럼 슬슬 돌아갈 준비를 할까? 이번에 세가령으로 온 소기의 목적은 거두었다. 다만 걱정스러운 것은 맹주께서 어떻게 받아들이실지……."

　"어떤 경우라도 맹주께서는 이 혼담을 성사시키려 하실 겁니다."

　"그런가? 아무튼 서둘러라. 빨리 돌아가도록 하자."

　"예, 그럼 준비하겠습니다."

　사요는 조용히 걸어나갔다.

　무림맹 사람들이 진화궁을 나선 것은 해가 뉘엿하게 넘어가는 진시(辰時)경이었다.

　여상절이 시간이 늦었음을 들어 만류했지만, 고국윤의 발길을 세울 수는 없었다. 슬픈 일을 당한 집안에 오래 머물며 폐를 끼칠 수 없다는 게 이유였지만, 설립강의 무례에 대한 불만도 은근히 내비치는 걸 잊지 않았다. 뒷날을 대비한 흠집 내기였다.

　그때도 남궁장후는 코빼기도 비치지 않았다.

＊　　　　＊　　　　＊

　양무각 삼층!

　사방이 유리로 되어 있어 진화궁은 물론 연평부의 대부분을 한눈에 바라볼 수 있었다. 게다가 실내에도 기둥과 같은 시야를 가리는 구조물은 물론 탁자조차 보이지 않았다. 다만 한쪽 구석에 휘장으로 둘러

처진 곳이 한군데 있을 뿐이었다. 간이 침소였다.

멍하니 눈을 뜨고는 있었지만 독고향의 시야에 잡히는 건 아무것도 없었다. 그뿐 아니라 더 이상 생각조차 할 수 없는 상태에 처하고 말았다. 남궁장후를 데리러 갔을 때부터 지금까지 단 한숨도 제대로 잘 수 없었기 때문이다.

'사흘, 아니, 닷새인가?'

며칠이 지났는지도 가물가물하기만 했다.

지금도 독고향은 끄덕끄덕 졸았다. 기녀들의 농염한 춤과 노래도, 코끝에 황홀하게 감겨드는 미주의 그윽한 향취에 젖는 것도 이젠 모두 귀찮을 따름이었다.

"정신 차렷! 지금이 어느 때라고 졸고 있느냐!"

또다시 웅로의 호통이 졸음을 깨웠다. 지난 며칠간 줄기차게 이어진 것이었다.

호통이라고 해도 큰 소리를 내는 건 아니었다. 나직하게 으르렁거리는 게 고작이었다. 하지만 독고향의 귀에는 전설상의 사자후(獅子吼)보다 더 크게 들리곤 했다.

그 바람에 독고향은 잠깐 동안의 휴식조차 가질 수 없었다.

눈을 끔벅거리면서 독고향은 멍한 머리를 필사적으로 돌렸다.

'대체 내가 뭘 하고 있는 건가?'

단지 억울하게 뒤집어쓴 혐의를 벗기만을 바랐을 뿐이었고, 그건 남궁장후가 한마디만 해주면 해결될 일이다.

그런데 남궁장후는 저 꼴이다. 장례식장을 난장판으로 만든 것으로도 모자랐는지 술과 기녀들까지 불러들였다.

'그러나 그는 한 모금도 마시지 않았다!'

사실이었다. 질펀한 술판을 벌여놓고도 남궁장후는 전혀 관심을 보이지 않았다. 두툼한 서역(西域)식 융단(絨緞) 위에, 역시 푹신한 등받이에 반쯤 누운 채 천장에 시선을 고정시킨 상태로 꼼짝도 하지 않았다. 혹시 잠든 게 아닌가 싶어 다시 한 번 바라보면 남궁장후의 두 눈은 파릇하게 빛을 발하고 있었다. 뭔가를 골똘하게 생각하는 눈빛이었다. 정말이지 대단한 정력이 아닐 수 없다. 도대체 무슨 까닭으로 자기 아버지의 장례식장을 난장판으로 만들고, 또 며칠 동안 잠도 자지 않고 생각에 잠기는 것일까? 대단한 것은 악사나 기녀들도 마찬가지였다. 잠을 못 잔 것은 그들도 매한가지였지만 아직도 춤추고 노래 부르며 악기를 켜고 있다.

새삼스런 눈길로 실내의 둘러보던 독고향은 문득 한 가지 사실을 깨달았다. 사람들 각자가 차지하고 앉은 방향이 너무도 절묘했다. 입구에서 가장 먼 쪽, 유리로 된 벽에 딱 붙은 것도 아니고 그렇다고 중앙으로 치우친 곳도 아닌 위치에 남궁장후가 앉았고, 그의 오른편으론 악사들이, 왼쪽엔 자로가 팔짱을 끼고 앉아 있다. 앞에는 어마어마하게 큰 술상이 놓여졌고, 다시 그 앞에서 기녀들이 춤과 노래에 한창이었다.

웅로와 독고향의 위치는 기녀들의 뒤쪽, 삼층으로 올라오는 입구 쪽이었다. 무심코 지나칠 수도 있겠지만 자세히 들여다보면 모두가 남궁장후를 완벽하게 보호할 수 있는 위치였고 방위였다.

그렇게 생각하니 사방을 유리로 뒤덮다시피 해둔 것도 예사로 생각되지 않았다. 삼층이라는 높이가 있으니 밖에서 안을 살피기는 어렵지만 안에서는 바깥의 동정을 한눈에 알 수 있다. 적어도 밖으로부터의 암습에는 충분히 대비할 수 있는 것이다. 게다가 유리란 것이 햇빛을 반사하는 물건, 설사 같은 높이에서 안을 살피더라도 제대로 볼 수 없을 터였다.

그래도 꼭 남궁장후를 암습해야겠다고 생각한다면 방법이 없지는 않다. 천장과 바닥을 꿰뚫고 들어오면 된다. 하지만 그건 현실적으로 불가능에 가깝다.

생각해 보라. 아무리 능숙한 살수라도 실내에 있는 고수들의 이목을 속이고 천장이나 바닥을 뚫는 데에는 상당한 시간과 공력이 소모될 터였다. 게다가 남궁장후의 위치가 조금이라도 변한다면 말짱 도루묵, 다시 처음부터 같은 과정을 반복해야만 된다. 그 짓을 누가 하겠는가 말이다. 그러나 독고향의 생각은 더 이상 이어지지 않았다. 어느새 다시 끄덕끄덕 수마에 잠겨들기 시작한 것이다.

묘한 것은 독고향의 눈이었다. 고개가 끄덕거리는 걸 보면 졸고 있는 것이 분명한데, 눈은 빤히 뜨고 있었다. 언제 떨어질지 모를 웅로의 호통에 대비한 것이었다.

하지만 그 피눈물나는 노력도 웅로를 속일 수는 없었다.

"일어나!"

다시 독고향의 잠 속을 짓밟고 들어온 웅로의 목소리는 아예 고문이었다. 무시해 버리려고 할수록 더욱더 쟁쟁거리며 귓가에 매달려 왔다.

긴 하품을 하며 독고향은 깨어났다. 동시에 그는 쭈욱 기지개를 켰다.

이젠 웅로를 원망하는 마음도 들지 않았다. 그저 한시 바삐 제정신을 차려 자기를 사면해 주길 바라는 마음에 남궁장후 쪽을 흘깃 바라봤을 뿐이다.

그는 여전히 미동도 없었다. 독고향은 벌떡 몸을 일으켰다. 찬물이라도 한 바가지 끼얹고 올 생각이었다.

"앉아, 이 바보 같은 놈아!"

양무각 전체가 떠나갈 듯 커다란 웅로의 고함 소리가 들린 것은 독고향이 입구 쪽으로 한 걸음 내디뎠을 때였다.

동시에 독고향은 보았다. 방금까지 자기가 앉아 있었던 곳의 공간이 흡사 거대한 맹수의 아가리처럼 쩍 벌어지며 그 안에서 한줄기 섬광이 번뜩이는 것을……!

자기의 움직임으로 인해 견고하게 남궁장후를 보호하던 방어막이 깨져 버렸다는 걸 독고향은 순간적으로 깨달았다.

하지만 자책이나 하고 있을 여유 따위는 없었다. 눈앞의 섬광은 예리한 흉기임이 분명했고, 거기에 당할 최초의 사람은 바로 자기 자신이기 때문이었다.

솔직히 어떻게 피했는지 전혀 기억할 수 없었다. 순전히 본능에 의해 허리를 접었고, 정수리가 화끈해지며 섬광이 비껴간 것을 알았다.

"토옷!"

자웅쌍로의 입에서 동시에 기합성이 터져 나왔고, 그 커다란 술상이 자로의 발길에 의해 허공으로 날아갔다.

뿐만 아니라 기녀들과 악사들도 일제히 독고향을 지나 남궁장후에게로 곧장 꽂혀들고 있는 섬광을 향해 분분히 몸을 날렸다.

지금 이 순간 움직이지 않는 사람은 독고향과 남궁장후뿐이었다.

독고향이야 불의의 기습에 정신이 하나도 없어서 그렇다 쳐도, 남궁장후는 그야말로 미동도 하지 않았다. 천장에 시선을 딱 고정시키고 있는 모습이 어찌 보자니 주변의 상황을 인식하지 못하고 있는 것 같기도 했다.

혹은 이따위 공격으로는 자기의 털끝 하나 건들지 못한다는 확고한 자신감에 차 있는 것처럼도 보였다.

써걱!

술상이 그대로 잘려 나갔다. 매캐한 탄내와 함께 한줄기 연기가 절단면을 따라 피어올랐다.

그러나 남궁장후를 노렸던 암습자의 의도는 완전히 빗나갔다. 맥없이 잘려 나가긴 했지만 술상은 섬광의 궤도를 어긋나게 하기에 충분할 정도로 컸다.

그 다음은 반격이었다. 그 시초는 웅로의 고함 소리였다.

"정신 차려, 이 멍청아! 네놈 쪽이다!"

웅로의 말을 들었을 때 벌써 섬광은 방향을 바꿔 독고향과 그 뒤의 공간을 한꺼번에 자르며 날아들었다.

이번엔 독고향도 그냥 당하고 있지 않았다. 섬광을 피하는 게 아니라 오히려 그쪽으로 달려들었다. 자웅쌍로가 영환보라고 소리치며 놀랐었던 바로 환허삼절(環虛三絶) 중 제삼절 뇌격이형(雷擊移形)을 펼친 것이었다.

"죽이진 마라!"

또 한 번 웅로의 외침이 들렸고 독고향은 뻗었던 손을 중간에서 거두어들였다. 손목에 차고 있던 적염비(赤炎匕)도 발출 직전에 멈춰졌다.

하지만 그 대가는 치러야만 했다. 원래부터 빨랐던 섬광에 더해 독고향의 뇌격이형의 속도까지 더해졌으니 암습자의 공격을 그냥 피할 수만은 없었다.

독고향은 섬광을 향해 양손을 내밀었다. 정확하게는 팔뚝이었다.

치잇!

섬광과 독고향의 팔뚝이 맞부딪친 순간, 흡사 잘 달궈진 쇠에 냉수를 끼얹는 것 같은 소리가 났다.

"허엇!"

부딪친 반탄력을 이용해 몸은 섬광의 범위에서 벗어났지만, 독고향은 경악성을 토하며 양손을 마구 털었다.

땡그랑!

맑은 소리와 함께 바닥으로 떨어진 것은 강철로 만들어진 비구(鼻講)였다. 섬광에 의해 잘린 자국을 따라 시커멓게 타 들어가고 있었다. 그 속에 불꽃같이 붉은색을 띤 비수가 그 예리한 첨단이 삐죽이 드러나 보였다.

"바보 같은 놈, 너 때문에 놓쳤다!"

잡아먹을 듯한 웅로의 외침이 귓전을 강타해도 독고향은 꿈짝도 하지 않고 비구를 바라보았다. 많이 약해지긴 했지만 아직도 연기를 내며 타고 있었다.

웅로도 그걸 보고는 독고향 옆에 쭈그리고 앉았다.

독고향은 급히 비구 속에 들어 있는 적염비를 꺼내 품속에 갈무리했다. 상대가 비록 같은 편이라고 해도 자신의 수를 모두 보여줘서는 안 되는 것이다.

하지만 웅로의 관심은 비구 쪽에 있었다. 이제 더 이상 타지 않아 미약하게 피어오르던 연기도 멈춰졌다.

"뭘로 만들었나?"

비구를 집어 든 웅로는 어울리지 않는 심각한 표정으로 물었다.

"곤륜철(崑崙鐵)!"

"질 좋고 강도 높은 쇠인데……. 뭘로 자른 것 같나?"

웅로의 질문이 바로 독고향이 궁금해하는 점이었다. 그냥 맥없이 잘려진 것도 의외인데 절단 면이 타 들어가고 있다. 이런 병기가 있다는 건 듣도 보도 못했었다.

그제야 뭔가를 깨달은 독고향은 급히 정수리를 만져 보았다. 흉수의 병기가 스친 곳이었다.

다행히 살갗의 상처는 없었고, 타버린 머리카락이 몇 가닥 손에 쓸려 나왔다. 하긴 비구가 이 정도라면 베였더라도 피 한 방울 나오지 않았을 터였다.

"아버지도 같은 병기에 당하신 건가?"

어느새 다가왔는지 남궁장후가 뒤에 서서 물었다.

"확실치는 않아요. 하지만 주공의 상흔에서도 피 한 방울 흐르지 않았다고 들었어요."

대답한 사람은 여인이었다. 기녀들의 우두머리인 교교(姣姣)라는 기명(妓名)을 가지고 있었다.

"완전히 놓쳐 버렸소. 저 바보 같은 놈 때문에……."

어느 틈에 양무각 밖에까지 암습자를 추적해 갔던 자로가 돌아오며 독고향을 향해 싸늘한 시선을 보냈다. 독고향의 관자놀이에도 신경질의 푸른 힘줄이 꿈틀거렸다. 이건 너무 심하다. 암습자가 있다는 언질도 없었고, 마지막 순간에는 죽이지 말라고 해서 오히려 당할 뻔까지

했었다.

'아니, 이건 욕을 얻어들어도 싸다!'

격해졌던 성미가 급격하게 가라앉으며, 독고향은 얼음물을 뒤집어쓴 것 같은 차가운 냉기가 등줄기를 짜릿하게 울리는 걸 느꼈다. 이 안에 있는 사람들 중 흉수가 은신해 있다는 걸 몰랐던 사람은 자기뿐이었다. 심지어 악사나 기녀들까지 알고 있었다.

며칠 밤을 새운 피로 탓이라고 하는 건 너무 안일한 자기 안주밖에 안 된다. 만약 흉수의 병기가 노린 게 자신이었다면 도저히 피할 수 없었을 것이다.

'대체 이들의 능력은 어느 정도인가? 또 내가 서 있는 곳은……?'

뼈아픈 자기반성 속에서 독고향은 시선을 돌렸다. 비상이라도 걸렸는지 양무각 삼층의 창으로 내다보이는 연무장에 사람들이 이리저리 부산스럽게 움직이고 있었다.

"됐어, 영감. 마부도 제 할 일은 다 했다."

위로일까, 어깨를 짚으며 자로를 나무라는 남궁장후를 향해 독고향은 퉁명스레 내뱉었다.

"내 이름은 마부가 아니라고 했잖소!"

"알아, 알아."

대수롭지 않게 손을 휘저어 독고향을 억누른 후 남궁장후는 원래의 자리로 되돌아갔다. 다만 반쯤 드러누운 자세에서 단정하게 바닥에 가부좌를 틀고 앉은 게 차이라면 차이였다.

"좋아, 교교만 남고 다들 물러가라!"

남궁장후는 악사와 기녀들을 물리쳤다.

"명심하거라. 오늘 소주께서 암습을 당하신 일은 널리 퍼뜨려야 한다! 알겠느냐?"

"예!"

공손한 대답과 함께 악사와 기녀들이 물러갔다.

'확실히 무서운 곳이다, 세가령은……!'

잠이 완전히 달아나 버린 독고향의 뇌리에 악사나 기녀들의 모습이 새롭게 각인되었다. 정말이지 평범한 것은 하나도 없는 것 같았다.

"좋아, 얘기를 들어보자. 교교, 무슨 일들이 있었나?"

"그건 저분이 더 잘 아실 거예요."

질문은 받은 교교는 오히려 독고향을 가리켰다.

"마운사에 계시면 저희 천기(賤妓)들보다 더 많은 세상 얘기를 들으실 거예요."

"날 아나?"

의아해진 독고향은 손가락으로 제 코끝을 가리키며 물었다. 거침없는 반말이었다. 상대가 기녀인만큼 이 편이 차라리 자연스럽다.

교교가 고혹적으로 흘겨보았다. 아찔할 정도의 미모였지만 짙은 화장으로도 지나가 버린 세월의 흔적인 눈가의 주름만큼은 감추지 못했다.

"연평부 마운사 최고의 마부를 어찌 모르겠어요. 사십사호 용차를 모시죠? 우리 기녀들 사이에선 벌써 소문이 짜한데……."

교교의 말은 사실이었다. 기녀들은 직업상 많은 술을 마신다. 당연히 흔들리는 마차를 탄다는 건 고역일 수밖에 없고 일부러라도 능숙한 마부를 찾게 된다.

그중에서 사십사호 용차는 기녀들 사이에서 유명했다. 거의 흔들림이 없이 마차를 몰 뿐 아니라, 특히 좋은 건 말이 없었다.

　이건 중요한 점이다. 손님이 기녀인 것을 알면 엉큼한 수작을 걸거나 음담패설을 예사로 지껄이는 마부가 많다. 개중에는 음침한 곳으로 끌고 가 욕심을 채우려는 자들도 없지 않다. 행선지만 묻고, 다른 말은 일절없이 마차를 잘 모는 마부가 인기를 끄는 것은 당연한 일일지도 몰랐다.

　하지만 독고향에게 있어 그 점은 환영할 만한 일이 절대 아니었다. 그렇게 지우려 했던 자신의 존재였건만 저들은 환하게 알고 있다. 일에 최선을 다하는 것도 때로는 좋지 않은 결과를 초래하기도 하는 모양이었다.

　"좋아, 그럼 마부의 얘기를 들어볼까? 어이, 마부! 뭐 들은 거 없……."

　"할 말 없소!"

　독고향은 퉁명스레 남궁장후의 질문을 잘라 버렸다.

　"무엄하다. 이제부턴 작은 주공이 아니라 세가령의 주인이시다. 예의에 어긋난 언동은 용서치 않겠다!"

　자로였다. 그의 어조는 여전히 주변의 대기까지 얼려 버릴 듯 냉랭했다. 그 속에는 독고향 때문에 암습자를 놓쳤다는 책망도 들어 있었다.

　"할 말이 없다니 됐고, 천상 교교에게 들어야겠군."

　손짓으로 자로를 제지하며 남궁장후는 교교에게로 시선을 옮겼다.

　"평소보다 많은 무림인들이 무단으로 영내에 들어왔어요. 평소와 달리 잡성가에서도 그들을 적극적으로 단속하지 않는 것 같아요. 그 외에 다른 특별한 점은 없어요."

　"좋아, 수고했다. 가서 쉬어라!"

교교의 말에서 건질 것은 별로 없었다. 좀 더 물어봐도 마찬가지일 것이다. 중요한 사항은 늘 처음에 얘기하는 법이니까.

나붓이 절을 올리긴 했지만 교교는 양무각을 내려가진 않았다. 한 켠에 마련된 휘장으로 둘러쳐진 곳으로 들어갔다.

'철저하군!'

독고향은 내심 혀를 내둘렀다. 교교가 곧장 내려가지 않은 이유를 깨달은 탓이었다. 다른 사람들은 남궁장후가 그녀와 질펀한 정사를 벌이는 걸로 생각하고 있을 터였다.

"쌍로, 놈을 보지 못했나?"

"호호호!"

남궁장후의 질문이 던져졌을 때 웅로가 음침한 웃음을 터뜨렸다.

"목숨이 위태로우니 주공께서도 별수없군!"

"뭐얏?"

"생각해 보시오. 여태 늙은이, 늙은이 하시다가 지금은 쌍로라고 제법 정중하게 불러주시지 않소. 하긴 다급해지면 누구라도 별수없지!"

"닥쳐엇! 늙은이가 체통없게시리……."

"다시 늙은이로 돌아간 거요?"

"쓸데없는 소린 치워랏! 봤나, 못 봤나?"

남궁장후는 농담할 기분이 아니었나 보다. 재차 묻는 어조엔 신경질이 실려 있었다.

"못 봤소!"

"이 늙은이도 보지 못했소!"

"놈은……."

자웅쌍로가 고개를 가로저을 때 독고향의 입이 무겁게 열렸다. 그리고는 이내 후회했다.

혐의를 벗는 것 외엔 남궁장후와 다른 어떠한 관계도 지속하지 않겠다고 결심했던 터였다. 암습자를 상대했던 것도 목숨이 위태로워서였지, 다른 의도는 전혀 없었다.

근데 입술이 의지와는 상관없이 움직이고 말았다.

"봤다고?"

남궁장후는 반색을 띠었고, 자웅쌍로는 믿기지 않는다는 듯 멍한 표정이었다. 자기들이 보지 못한 걸 봤다면 독고향이 한 수 위라는 의미였다.

"어떻게 생긴 놈이었어?"

"놈은 난쟁이였소."

"그것뿐인가?"

"그렇소!"

"난쟁이라……. 생각나는 놈 없나?"

남궁장후는 질문의 화살을 자웅쌍로에게 돌렸다. 하지만 그들은 아직도 놀람에 찬 표정으로 독고향을 바라보고 있을 뿐이었다.

"괜히 물은 것 같군. 쓸모없는 늙은이들!"

"대륙에서 그만한 솜씨를 가진 난쟁이는 없소!"

남궁장후의 말에 자로가 화들짝 정신을 차리며 얼른 대꾸했다.

"대륙이 아니라면 이국(異國)에서 온 놈이란 말인가?"

"어디서 왔든 이상할 건 없지 않소이까? 지금 이 시간에도 운초진에는 대만이나 동영의 배가 드나들고 있을 텐데……."

문득 독고향의 안색이 흠칫 굳어졌다. 자연스레 망화의 존재가 연상되었고, 비로소 운초진이 어떤 의미를 갖는 곳인지를 깨달은 것이었다.

　세가령에는 중원인들만 들어오는 것이 아니다. 해외와도 교역이 빈번하다. 운초진은 그런 이국들에게 개방된 공식적인 포구였다.

　'그녀도 해외로 나가기 위해? 이국인 같지는 않았는데……'

　"아무튼 좋아. 내가 암습당할 위험에까지 처했으니 삼대호가의 가주 놈들도 할 말이 없겠지! 그동안에 아버지의 죽음을 철저히 조사해야 한다."

　"우선 소가주를 암습한 놈부터 때려잡아야 하오. 놈이 난쟁이란 것과 특이한 병기의 흔적까지 찾아냈으니, 세가령 전체에 수배를 내려 난쟁이들은 모두 잡아들이라 하면 쉽게 풀릴 거요!"

　제 가슴을 두드리며 웅로가 자신에 찬 어조로 장담했다.

　"너무 자신만만해하지 마라. 그렇게 쉽게 꼬리가 잡힐 정도라면 애초에 마각을 드러내지도 않았다."

　남궁장후의 어조가 진지해졌다. 그러자 사람까지 달라져 보였다. 여태까지의 장난기는 어디론가 사라져 버렸고, 대신 세가령의 주인다운 관록을 전신으로 뿜어내고 있었다.

　"소주, 궁거문이오. 올라가도 되겠소이까?"

　갑자기 아래층에서 들려온 말에 자웅쌍로는 남궁장후의 눈치를 살폈다.

　남궁장후의 고개가 끄덕여졌고, 자웅쌍로는 동시에 층계 입구로 걸어갔다.

　"그냥 앉아 있어!"

　덩달아 일어서려는 독고향을 남궁장후는 도로 앉혔다.

　"앞으로는 나 외에 다른 사람들에겐 예의를 갖출 필요 없다."

　"그것참 마음에 드는 말씀이오."

독고향은 남궁장후 옆에 편한 자세로 주저앉아 삼층으로 올라오고 있는 궁거문 부자를 바라보았다.

"멈추시오. 하실 말씀이 있으면 여기서……."

실내의 중간쯤에 이르자 자웅쌍로는 궁거문 부자를 막아 세웠다. 이 장 이상의 거리가 떨어졌지만 더 이상은 남궁장후 가까이 접근시키지 않으려는 의도였다.

"이게 무슨 짓인가?"

궁거문의 노기 띤 시선이 자웅쌍로를 노려보았다. 명색이 삼대호가 중 한 가문의 주인이다. 그런데 얼굴조차 본 적이 없는 독고향보다 더 먼 곳에서 남궁장후를 만나야 한다는 게 기분 나빴다.

"방금 암습이 있었던 터라……."

웅로의 대꾸는 또 말꼬리가 없었다. 다분히 의도적인 듯했다.

사실 기분 나쁜 것은 궁거문만이 아니었다. 자웅쌍로도 삼대호가의 가주들을 대하는 것이 유쾌한 것만은 아니었다. 분명 자기들보다 어린 나이이면서 신분을 앞세워 너무 함부로 대하기 때문이다.

"감히 나를 의심한단 말인가?"

"그만! 무슨 일인가?"

남궁장후가 끼어들며 궁거문을 억눌렀다.

궁거문의 눈썹이 거꾸로 곤두섰다. 남궁장후의 방금 말은 종을 대할 때나 하는 것이었다. 그 아버지인 남궁영호도 감히 자기들을 저렇게 함부로 대하지 못했었다. 아니, 그가 살아 있을 때엔 남궁장후도 이렇게 행동하지 못했었다.

궁자엽의 심정은 더욱 착잡해졌다. 어릴 때부터 같이 크다시피 했던 남궁장후였다. 한때는 서로 호형호제했었던 적도 있었다.

　그러나 지금은 어떤가? 나이가 들수록 신분의 격차는 점점 더 커졌고, 전대 주공이 죽은 마당에 이 세가령은 남궁장후가 이을 게 거의 확실하다. 어떤 태도로 대하든 이쪽에서는 할 말이 없다.

　"큰일도 끝났으니 이만 돌아갈까 하고 인사차 들렀습니다."

　좀처럼 열리지 않던 궁자엽의 입이 열렸다. 극도로 공손한 어투였다.

　지금 아버지의 심정이 어떨지 잘 아는 궁자엽이었다. 그래서 대신 말했던 것이다.

　"그런가?"

　남궁장후의 태도는 어디까지나 오만했다. 어린 시절을 함께했던 기억 따위는 깡그리 잊어버렸는지 궁자엽을 대하는 태도 역시 엄격한 주종 관계에서 벗어나지 않았다.

　"좋아, 고생이 많았다. 돌아가 쉬고 있으라. 하지만 곧 내 취임식도 있을 것이니 부자가 함께 몰려다니면 여러 가지로 번거롭다. 자엽은 그때까지 남아 있도록!"

　궁거문의 얼굴에서 핏기가 싹 지워졌다. 방금 들은 남궁장후의 말이 뭘 의미하는지를 깨달은 탓이었다.

　'자엽을 인질로 남기라는 말인가?'

　전례가 전혀 없었던 일도 아니었다. 세가령 초기인 영락제 시절에 있었던 그 많은 북방 정벌, 그때 세가령에서도 많은 인마가 동원됐었고, 혹시 있을지도 모를 이탈을 막기 위해 삼대호가의 자제들을 인질도 남궁세가에 보냈어야 했다.

　하지만 그때뿐이었다. 그 이후로 남궁세가는 삼대호가의 일에는 거의 간섭하지 않았다. 그러던 차에 들은 방금의 말은 그냥 예사로 흘려버릴 수 없었다. 비록 표현이 완곡했고 이유가 있었지만, 딱 꼬집어 궁자엽을 남기라고 했으니 이건 분명해 인질 요구였다.

등줄기를 타고 흐르는 싸늘한 한기를 궁거문은 느껴야 했다.

'주공의 죽음과 작은 주공의 암습에 대해 우리 모두 의심을 받고 있다!'

기실 오늘 있었던 남궁장후의 암습에 대한 일은 벌써 연평부 전체로 퍼져 나갔을 터였다. 기녀들과 악사들이 악머구리 떼처럼 떠들고 다니기 때문이다.

그 참에 제일 먼저 남궁세가를 떠나겠다고 했으니 꼼짝없이 삼대호가 중 가장 많은 의심을 받을 터였다.

'그걸 피하기 위해 오히려 가장 먼저 출발하려 했거늘……'

이럴 때 오히려 가장 먼저 떠남으로써 궁가는 주공 시해와 남궁장후의 암습과는 무관하다는 당당함을 보이려 했던 의도가 완전히 무산되었다. 결코 거절할 수 없는 요구다. 따르지 않았다가는 주공을 시해하고 그 아들까지 죽이려 했다는 혐의를 고스란히 뒤집어쓸 판이었다.

"그래라. 너는 남아서 소주의 신변에 경미한 불상사도 없도록 철저히 보호해 드려라. 전송은 필요없다. 그럼 소인은 이만 물러가겠소이다!"

거절할 수 없으면 차라리 적극적으로 받아들이는 게 낫다. 아들에게 한마디 당부를 남긴 후 궁거문은 몸을 돌렸다.

"아, 잠깐! 한 가지만 더……."

내려가는 층계참에 이르렀을 때 남궁장후는 또다시 궁거문을 불러 세웠다.

딱딱하게 굳어진 표정으로 궁거문이 남궁장후를 쏘아보았다.

"어이, 마부! 비구가 부서졌지? 그걸 줘. 궁씨 일족은 솜씨가 좋으니 다시 만들어 줄 거야!"

이어진 남궁장후의 말에 궁거문의 표정이 조금 풀렸다. 무슨 또 다른 무리한 요구가 있으려나 했었는데 비구를 만들어 달라는 것인 모양이었다. 그거라면 쉬운 일이다.

이 말을 가장 반긴 사람은 독고향이었다. 재료 자체도 곤륜철로 써서 희귀했지만, 특수하게 제작된 것이라 쉽게 구할 수도 없었던 비구이다. 공가의 손을 빌리면 완벽하게 복원될 수 있을 터였다.

"재질은 곤륜철인 것 같고, 산서 연가(山西燕家)의 솜씨인 것 같군!"

궁거문은 확실히 뛰어난 장인(匠人)이었다. 한눈에 재질은 물론 어디서 만들었는지도 알아보았다.

"그리고 여긴 각각 한 자루씩 비수나 소도(小刀)가 들어 있었을 것

같군. 용수철로 발출과 회수가 자유자재로 되도록 만들었고, 이 안에
들어갈 무기를 줄 수 없겠나? 그게 있어야 정확하게 제작할 수 있을 것
같네만……."

"그럴 순 없소!"

독고향의 고갯짓은 단호했다. 지금 당장 몸에 지닌 무기는 한 쌍의
적염비뿐이다. 그걸 떼어놓을 순 없다.

"어쩔 수 없군. 최선을 다해보겠네만 혹시 안 맞더라도 원망은 말
게."

장인이기 이전에 궁거문도 무인이다. 몸에서 병기를 떼어놓기 싫어
하는 그 심정은 그 역시 잘 알고 있었다.

"내 취임식 때까지 만들어 오면 돼. 그러면 되지, 마부?"

남궁장후가 끼어들었다. 어쩌면 이 말속엔 궁거문더러 빨리 꺼져 버
리라는 의미가 담겨져 있는지도 모른다.

"그전에라도 천주부에 올 일이 있으면 본가에 들러 찾아가게."

남궁장후의 말에 대한 반발심 때문에 한 얘기는 아니었다. 궁거문은
장인의 자부심을 표출했을 뿐이다. 당장이라도 이 정도 물건은 만들어
낼 수 있다는, 오히려 그 이상의 것을 기대하라는 암시를 은근히 풍겼
다.

그렇게 궁거문은 가버렸고, 남궁장후는 궁자엽을 바라보았다. 지금
까지의 일은 자신과는 하등의 상관도 없다는 듯 멍한 표정이었다.

"정말 오랜만이구나, 자엽!"

남궁장후가 말을 걸었지만 궁자엽은 그저 고개만 까닥했을 뿐이었
다. 불손한 행동이었지만 원래가 그런 성격인 것을 모두가 아는 터라
책망하는 사람은 없었다.

"너에게 물어보면 알겠구나. 혹시 자른 걸 그대로 태워 버리는 병기가 있다는 얘길 들어봤나?"

순간 궁자엽의 입매가 미세하게 떨렸다. 얼굴도 조금 더 붉어졌다.

그러나 고개는 가로저어져 부정의 뜻을 표했다.

"좋아, 그럼 만들 순 있겠나?"

어디까지나 부드러운 남궁장후의 말이었지만 궁자엽은 가슴이 푹 찔린 느낌이었다.

이건 장인의 자존심을 절묘하게 건드리는 말이었다. 못 만든다고 한다면 능력이 없다는 걸 인정하는 셈이고, 만들 수 있다고 한다면 주공의 죽음에 연루됐다는 의심을 피할 수 없다.

하지만 의심은 이미 받고 있는 터, 궁자엽은 장인의 자존심 쪽을 택했다.

"얼마든지 만들 수 있소!"

'이미 한 자루 존재하기도 하오!'

물론 뒤에 것은 궁자엽의 뇌리 속에서만 떠올린 것이었다.

"좋아, 지금부터 시작해. 필요한 건 뭐든 갖다 써! 참, 그리고 설도도 남으라고 그래. 번거롭게 한꺼번에 우르르 몰려다니지 말고……."

이제 그만 나가라는 것과 진배없는 남궁장후의 말이었다.

여전히 고개를 한 번 까닥거리는 걸로 대답을 대신하고 궁자엽은 돌아섰다.

이젠 확실해졌다. 설마 했던 의구심도 완전히 지워져 버렸다. 남궁장후는 삼대호가의 소가주들이 인질로 남길 원하고 있다. 여빙운의 이름이 거론되지 않은 건 원래부터 여기는 연평부에 있었기 때문이리라.

계단으로 내려가기 직전 궁자엽의 색깔 없는 눈이 독고향의 얼굴에 잠시 머물렀다가 떨어졌다. 그의 비구에 남아 있던 탄 흔적과 남궁영호의 기이한 상흔은 서로 비슷해 보이긴 했지만 완벽하게 일치하지는 않았다.

'칼이 두 자루였던가?'

남궁장후가 만들라고 했던 것과 같은 칼을 궁자엽은 이미 한차례 본적이 있었다. 비구 쪽인지, 남궁장후의 시신 쪽인지는 모르겠지만 그둘 중 하나에 그 칼이 쓰인 건 분명하다.

어느 쪽이든 칼이 두 자루임은 틀림없다. 아니, 그보다 더 많을지도 모른다.

계단을 내려가는 궁자엽의 발길이 무거워졌다. 언제부턴가 세가령에 일기 시작한 암운은 근래 들어 피부까지 근질거릴 정도로 절실하게 느껴졌다. 근데 오늘 그 암운이 그저 막연히 느끼던 것보다 훨씬 짙고 두텁다는 걸 깨달았다.

단지 똑같은 칼이 두 자루 이상 있을지도 모른다는 걸 알았대서가 아니었다. 그 흉기가 일제히 남궁세가를 노리고 있다는 사실이 두려운 것이다.

그리고 그중 한 자루를 자신이 봤었다는 사실에 궁자엽은 두려움을 넘어선 전율을 느끼며 자칫 발을 헛디딜 뻔하다가 간신히 중심을 잡고 계단을 내려갔다.

"자, 이제 새판을 짜야지? 얘기들해 봐. 뭐부터 해야 되지?"

"그전에 이 늙은이의 질문에 답부터 해주시오. 삼대호가의 소가주들을 꼭 잡아둬야 할 필요가 있소?"

자로였다. 그 역시 남겨질 삼대호가의 소가주들이 어떤 성격을 갖고 있는지 아는 것 같았다. 말리지는 못했지만 찬성하지는 않는다는 표정이었다.

"난 단지 누가 내게 충성을 다하는지 알고 싶을 뿐이야."

"그걸 알아보려면 다른 방법을 택했어야 했소. 이건 삼대호가의 저항을 부를 뿐이오! 안 그래도 주공의 승계 문제가 남았는데 이러고도 그들이 쉽게 주공을 차기 영주로 인정할 것 같소?"

"내 선조들이 닦아둔 기업을 내가 잇겠다는데 누가 반대해?"

"벌써 잊으셨소, 전전대 주공께서 어떻게 물러나셨는지? 또 전대 주공은 어떻게 취임하셨는지를? 그때보다 삼대호가의 세력은 더 커졌고, 당연히 저항도 강할 거요!"

"그게 싫다는 거다! 세가령은 엄연히 본가의 것인데 왜 가신들의 눈치를 봐야 하는가? 조부와 아버지가 약했다는 증거, 나 남궁장후는 그 약해 빠진 구석을 뜯어고치겠다는 거다!"

"전전대나 전대 주공은 약하지 않으셨소. 다만 세가령의 안녕을 바라는 마음에서 양보를 하신 것뿐이오."

"양보? 양보라고?"

돌연 남궁장후는 몸을 반쯤 일으켰다. 말투나 그 몸짓이 한결같이 자로를 물어뜯을 듯 흉포스러웠다.

그러나 이내 생각을 바꾼 듯 바닥에 엉덩이를 붙였다.

"가신들에게 양보를 해야 한다면 그건 이미 주인이 아니다!"

말은 확실히 조금 전보다 부드러웠다. 그러나 눈만은 여전히 사나운 빛으로 자로를 쏘아보고 있는 남궁장후였다.

"만약 삼대호가에서 다른 사람을 세가령의 영주로 내세운다면 어쩌시려오?"

“흥! 누가 있어서? 내게는 그 흔한 이복형제도 한 명 없으니 말이야!”

남궁장후의 말은 사실이었다. 무리를 하면 남궁씨가 아닌 다른 사람으로 후계를 삼을 수도 있겠지만, 그건 어디까지나 무리다. 따르는 사람보다 반대하는 자들이 더 많을 게 뻔한 일이다.

결국 자기를 영주로 받아들일 수밖에 없다는 게 남궁장후의 생각이었다. 삼대호가의 마음에 들든지 말든지 말이다.

하지만 자로는 여전히 냉소적이었다.

“전대 주공께서 돌아가시기 전부터 무림맹에선 혼담을 청했었소. 현맹주의 딸과 작은 주공을 짝 지어주자는 것이었소. 만약 삼대호가가 마음만 먹는다면 작은 주공의 취임식은 무기한 연기할 수도 있을 것이오. 그동안 성혼을 시켜 작은 주공께 아들이라도 생긴다면 그분으로 후사를 잇게 하는 것도 하나의 방법…….”

“닥쳐엇!”

다시 남궁장후의 기세는 손에 잡히는 게 있으면 그대로 집어 던질 듯 난폭해졌다. 그건 자로의 예상이 충분히 실현 가능하다는 걸 스스로 인정한 것과 같았다.

“듣기 싫어도 들어야 하오. 귀가 간지러운 말만 하라고 붙어 있는 우리가 아니니…….”

“닥치래도!”

기어이 남궁장후의 손을 떠난 등받이가 자로의 얼굴에 가 꽂혔다. 물론 아프거나 다치지는 않았다.

하지만 분위기는 완전히 얼어붙었다. 자웅쌍로도 이런 식의 대우는 처음인 것이었다.

“내 생각에는 우선 남궁 대협의 사인부터 철저히 규명하고, 흉수를 잡는 게 급선무가 아닌가 싶소만!”

어색해진 분위기를 돌리기 위해 독고향이 급히 끼어들었다. 아직도 목적한 바를 이루지 못한 마당에 남궁장후의 기분이 더 이상 나빠져서 좋을 건 없다.

“좋아, 두 늙은이는 가서 아버님의 사인에 대해 상세히 알아봐.”

남궁장후는 시원스레 수긍하며 자웅쌍로에게 명을 내렸다.

그 후에 독고향을 돌아보며 한쪽 눈을 찡긋거리는 걸 보면 그도 돌발적으로 행한 자기 행동에 당혹스러워하고 있었던 모양이다.

독고향이 대견키는 자웅쌍로도 마찬가지였다. 어색해진 분위기를 환기시켜 준 것이 고맙다는 표정들이었다.

다만 두 사람만 두고 가기가 마음에 걸렸는지,

“자넨 여기 남아 있게. 나 혼자 갔다 오겠네!”

자로가 말했고, 웅로가 고개를 끄덕였다. 굳이 말로 표현하지 않아도 서로의 마음이 통하고 있기에 그것만으로 충분했다.

“가는 길에 교교도 데려가라. 누군가가 붙들고 질문을 해대면 그녀가 짜증을 낼 테니…….”

이어진 남궁장후의 말에 기다리고 있기라도 했었던 듯 교교가 휘장 뒤에서 걸어나왔다.

“나도 이만 가봤으면 좋겠소.”

독고향도 그만 돌아가고 싶었다. 남궁장후를 데려온 것으로 그의 일은 모두 끝났다. 다만 완전한 사면을 약속받지 못했기에 여태 같이 있게 되었다.

“아니, 넌 남아!”

항상 '좋아'를 연발하던 남궁장후의 입에서 단호한 거절의 말이 튀어나왔다.

"내 그림자가 되기로 했잖나! 실체를 떠난 그림자는 존재할 수가 없어."

"난 승낙한 적 없소."

"그건 중요한 게 아니지. 내가 결정한 일에 승낙 따윈 필요치 않아! 난 복종만을 요구한다."

당당하면서도, 어딘가 억지를 관철시키려는 어린아이 같은 고집이 엿보이는 남궁장후의 말투였다.

"내게 있어서도 당신의 결정은 그리 중요한 게 아니오. 중요한 건 내 삶이오!"

독고향도 완강했다. 어쩌면 그 역시 마음 한구석에서 고집의 칼날을 세우고 있는지도 몰랐다. 그건 순전히 한두 번 양보한 것으로써 너무 일방적으로 사람을 몰아붙이는 남궁장후의 태도에 기인한 것이었다.

남궁장후를 '당신'으로 부른 이상 웅로가 한마디 호통이라도 칠 만한데, 그는 조용했다. 오히려 재미있다는 표정으로 두 사람의 언쟁을 지켜보고 있었다.

"아니, 넌 여기서 한 발자국도 움직일 수 없어. 내 곁에만 있어야 돼!"

"꼭 그래야만 되는, 내가 납득할 수 있는 이유를 한 가지만 대보시오."

"오, 한 가지가 아니라 몇 가지라도 댈 수 있지. 네가 우리 세가령의 규칙을 어긴 것 따위는 집어치우고… 무엇보다 넌 나에 대해서 너무 많이 알고 있어. 그런 널 그냥 보내줄 것 같아? 내가 그렇게 어리석게 보여?"

그 말에 독고향은 가슴 한구석이 날카로운 칼날에 썩둑 베어져 나가는 듯한 서늘함을 느꼈다. 실제로 지난 며칠간 남궁장후는 세상을 속이는 짓을 했었고, 본의 아니게 자기도 가담했었다. 비밀이라면 큰 비밀일 수도 있는 그런 일들을 모두 알고 있는 자기를 그냥 두지 않을 거라는 말은 결코 공갈이 아닐 터였다.

독고향의 입매가 조금씩 일그러져 갔다. 이건 개똥 위에 주저앉은 게 아니라, 숫제 똥통에 빠진 기분이었다.

'만약 무리를 해서라도 달아나 버린다면?'

남궁장후는 반드시 추적해 올 것이다. 무림맹을 피해 들어온 세가령에서까지 쫓긴다면, 천하에 발 디딜 곳은 진정 아무 데도 없게 된다. 그래서는 산다고 할 수 없다.

또한 이들에 대해, 정확하게는 이들이 가진 능력에 대해 좀 더 알고 싶은 생각도 없지 않았다. 악사와 기녀들까지 초절정무공을 숨기고 있을 정도라면, 그들을 부리는 자들은 대체 어떤 사람들일까?

그래서 독고향은 남궁장후의 억지를 일단 받아들이기로 했다.

"좋소. 당분간 당신의 그림자 노릇을 해드리리다. 하지만 그림자에게도 합당한 대우는 있어야 할 터, 뭘 주시겠소?"

따지는 듯한 어투로 쏘아붙이며 독고향은 팔짱을 떡하니 끼고서 남궁장후의 면전에 털썩 주저앉았다. 협상은 이런 자세로 하는 게 좋다.

"당분간이란 말은 마음에 들지 않는데……. 좋아, 뭘 갖고 싶나?"

"하늘!"

이라고 대답한 건 순전히 독고향의 심술이었다. 이토록 자신만만한 남궁장후의 얼굴이 일그러지는 걸 한 번만이라도 보고 싶었던 것이다.

"좋아, 너 가져! 지금부터 저 하늘은 네 거야. 눈에 빤히 보이는 걸 설마 나더러 가져다 달라는 건 아니겠지? 가져가, 얼마든지 가져가!"

아무렇지도 않게 하늘을 가리키는 남궁장후의 말에 오히려 독고향이 멍청해져 버렸다.

"어이, 들었지? 이제부터 저 하늘은 이놈 거야. 그러니 영감도 허락 없이 쳐다보고 그러지 말라구."

웅로에게 한 소리 버럭 지르더니, 곧장 바닥을 뒹굴며 웃어 젖혔다.

"킬킬킬킬킬킬, 어리석은 놈!"

왈칵, 목을 타고 오르는 핏대를 독고향은 느껴야 했다. 놀려주려다 가 오히려 놀림을 당하고 있으니 당연한 반응이었다.

"앞으로 네놈은 바빠질 것이다. 허락없이 하늘을 쳐다보는 놈들을 일일이 잡아내야 하잖아. 나더러 도와달라고는 하지 마. 킬킬킬킬!"

'뭐 이런 자가 다 있어?'

만난 이후 처음으로 독고향은 남궁장후에 대한 반감을 느꼈다. 이건 도무지 심각해질 줄 모르는 언행에 또 너무 제멋대로다. 이런 자 옆에 있어봐야 인생이 피곤해질 뿐이다.

그러나 선뜻 떨치고 일어설 수도 없었다. 앞서 들었던 남궁장후의 공갈(?) 때문이었다.

갑자기 남궁장후의 웃음소리가 자르듯 그쳐졌다.

"그런 허황된 것 말고 좀 더 현실적인 것으로 요구해라. 너와 나에 게 모두 도움이 될 수 있는 걸로."

독고향은 생각을 수정할 필요를 느꼈다. 방금 들은 남궁장후의 어투 는 충분히 심각했던 것이다.

"정말 내 도움이 필요한 거요?"

어차피 머물러 있어야 될 거라면 중추적이고 핵심적인 역할을 해야 한다. 그렇지 않다면 남궁장후에게나 대외적으로나 들러리로밖에는 비치지 않을 터였다.

"나는 지금 지나가는 바람에게라도 손을 내밀고 싶은 심정이다. 너라면 그보다는 훨씬 낫겠지."

"나에 대해 전혀 모르지 않소? 과연 믿을 수 있겠소?"

"어차피 난 누구도 믿지 않는다. 때로는 나 자신도 의심하지."

"그건 마음에 드는군!"

"좋아, 그럼 뭘 요구할지 결정했나?"

"마운사를 주시오."

미리 준비하고 있었던 것처럼 독고향의 입에서 곧장 이 말이 튀어나왔다.

"좋아, 하지만 지금 당장은 안 돼. 좀 기다리도록 해."

미리 예상하고 있던 터라 독고향은 별로 실망하지 않았다. 아마 남궁장후의 취임 이후까지 기다려야 할 것이다.

"또 있소!"

"많군. 이번엔 뭔가?"

"그럴듯한 직책을 하나 주시오. 더 이상 잡성가의 간섭을 받지 않아도 되는 그런 걸로."

"내 그림자만으론 부족한가?"

"그건 우리끼리만 통하는 거 아니오. 난 세가령 전체에 통할 수 있는 그런 신분을 원하오."

"어떤 게 좋을까?"

남궁장후는 웅로를 돌아보며 물었다. 아직은 실권이 전무하다시피 한 그에겐 직책을 하나 만들어내는 것도 쉬운 일이 아니었다.

"친위대장(親衛隊長) 정도면 그럴듯할 것 같소이다만……."

"친위대? 내게 두 영감 말고 친위대가 어딨어?"

"이제 곧 생기지 않소."

"아, 비돈이!"

그제야 깨달았다는 듯 남궁장후는 탄성을 질렀다. 계남의 월향루에서 만났던 포금율에게 친위대를 뽑는 비무대회가 있다는 걸 알리며 오라고 했었던 기억을 떠올린 것이었다.

"그 정도면 되겠나? 그것도 좀 기다려야겠지만."

"좋소!"

"마운사에다 친위대장이라… 앞으로 내 발과 귀 노릇을 톡톡히 해야 한다!"

남궁장후의 말에 독고향은 또 한 번 흠칫해야 했다. 그가 마운사의 특성을 속속들이 알고 있는 것 같아서였다. 그래서인지 나오는 말도 저절로 퉁명스러워졌다.

"내가 잘하겠다고 하면 믿겠소?"

"안 믿지."

"그럼 내 맘대로 해도 되겠군!"

팔짱을 풀며 독고향은 몸을 일으켰다. 이제 얘기는 끝난 터, 지금부터는 각자의 자리가 정해져야 한다.

독고향은 남궁장후의 왼쪽 뒤편에 가 섰다. 한 발짝 떨어진 거리, 이게 실체와 그림자와의 간격이었다.

그 모습을 보며 남궁장후와 웅로의 입가엔 동시에 미소가 떠올랐다. 정말이지 쓸 만한 놈을 구했다는 만족감의 표시였다.

"아무래도 내가 없는 사이에 무슨 얘기들이 오간 것 같구먼."

때맞춰 자로가 나타나며 한마디 했다. 그에게도 바뀐 실내의 분위기가 느껴진 모양이었다. 누구도 자로에게 설명해 주지 않았다. 오히려 그의 말을 기다리는 표정으로 바라보았다.

자로는 남궁영호에 대해 조사한 것을 얘기하기 시작했지만, 독고향의 뇌리엔 전혀 다른 의문이 떠올랐다.

'정말로 전대 영주가 죽은 게 맞을까?'

보이고 들리는 건 남궁영호의 죽음이 확실하다고 얘기하고 있지만, 저들의 모습을 보면 그렇지도 않은 것 같다.

특히 남궁장후의 행동은 더욱 의혹을 부추겼다. 그 아비가 죽은 게 틀림없다면…….

'예사 인물은 분명 아니다!'

처음으로 남궁장후를 인정하는 독고향이었다.

비무대회(比武大會)

연평부의 주루와 객잔들은 때 아닌 호황을 만나 그 주인들은 입이 귀에까지 벌어져 걸렸다. 비무대회에 참가하러 왔다는 무림인들이 연일 밀려들었기 때문이다.

그들 중 대부분은 각 부로 파견되어 나가 있던 잡성가의 무사들이었다. 특히 은건대와 황건대가 주를 이뤘다. 드물게는 칠채색(七彩色) 머리띠를 두른 천건대원(天巾隊員)들도 보였다. 그들의 숫자가 세가령 전체를 통틀어 백여 명 남짓한 것을 감안하면 놀랄 만한 일이 아닐 수 없었다.

그러나 정작 비무대회가 벌어진다는 연평부 사람들은 거기에 대해 전혀 모르고 있었다. 도무지 갈피를 잡을 수 없는 이 일은 커다란 파문이 되어 세가령 전체를 술렁거리게 만들었다.

연일 밀려드는 사람들을 통제하기 위해 잡성가의 무사들은 눈코 뜰 새

없이 바쁘게 움직였다. 자연히 그들을 관할하는 여가의 일도 많아졌다.

"발바닥에 땀났구나!"

한창 일에 몰두해 있는 여빙운을 바라보며 설도는 이죽거리며 안으로 들어섰다.

갑자기 여빙운은 읽고 있던 서류들을 던져 버리고 설도를 마주 보았다.

"정신 나간 놈들! 비무대회에 참가하겠다고 또 몇 놈이 빠져나갔다는군!"

"장주부도 난리다. 도대체 작은 주공은 친위대를 새로 뽑아 뭘 어쩌자는 거야?"

의자를 끌어다 앉는 설도의 어조에도 불만이 가득했다.

"우리 삼대호가를 더 이상 믿지 않는다는 걸 대외적으로 선포한 거지."

읽고 있던 서류를 던질 만큼 격한 성미를 가진 여빙운이 아니었다. 하지만 바로 이 점, 남궁장후가 자신들을 불신하고 있다는 사실만 떠올리면 머리 꼭대기에서 뜨거운 피가 지글거리곤 했다.

"그러니 그 속을 모르겠다는 거야. 우리들을 못 믿는다면 대체 누굴 믿겠다는 거야? 근본도 모르는 어중이떠중이들? 그러고도 우리 삼대호가의 승인을 얻을 수 있다고 생각하는 건가?"

"말이 지나치다, 설도!"

"지나칠 것 없어! 나도 안타까워서 이러는 거야."

버럭, 언성을 높였지만 설도 역시 제 말이 심했다는 걸 알고는 입을 다물었다.

"백부(伯父)께선 아무 말씀 없으시던가? 널 남겨두라는 말에 화를 내셨을 텐데……."

"작은 주공의 심기를 건드리지 말고 신변 보호에 만전을 기하라고
하시더군."

제 아비와는 달리 아직까지 설도의 입에는 선뜻 주공이라는 말이 나
오지 않는 모양이었다.

"백부님다우신 말씀이군."

여빙운의 입가에 차가운 미소가 떠올랐다. 인질인 줄 뻔히 알면서도
인정하지 못하는 설립강이나 궁거문의 심정을 너무도 잘 알 것 같았다.

"그럼 세가령 내에서 조용한 곳은 천주부뿐인가? 거기야 장인들만
모여 있으니 이번 비무대회 때문에 동요할 일이 없잖아?"

몸이 뻐근한지 크게 기지개를 켜면서 설도는 중얼거렸다.

"그쪽으로 파견 나간 얼빠진 잡성가 놈들은 술렁거리겠지."

그리고는 곧장 손가락으로 코를 후벼 파기 시작했다.

"도대체 얼마나 많은 놈들이 모여들까?"

"글쎄… 천건대 중에서도 나선 놈들이 있다니 어느 정도나 몰릴지
짐작조차 할 수 없어."

"뭐가 아쉬워서 천건대 놈들까지 나서? 끝나고 나면 내 이 새끼들을
그냥 콱!"

"그러지 마라. 바로 그런 점 때문에 놈들이 이탈하는 거야. 놈들이
바라는 건 명예고 존중이야. 작은 주공의 친위대가 되면 그 모든 게 해
결되지."

"명예? 존중? 지랄들 말라고 그래! 하나같이 죄짓고 제 살던 곳을 떠
나 도망 온 주제에 무슨 얼어죽을 명예고 존중이야?"

막무가내인 설도를 바라보며 여빙운은 어쩔 수 없다는 듯 가볍게 고
개를 가로저었다. 하긴 저런 저돌성이 그의 큰 장점 중 하나이니 어쩔

수 없기도 했다.

"어쨌든 이 일로 잡성가의 절반 정도는 움직였다고 봐야겠지. 우리 삼대호가의 세력이 그만큼 줄어들었다는 거야."

심각한 여빙운의 말이었지만 설도는 대수롭지 않게 들었다. 삼대호가에서 빠져나간 인원이 남궁장후의 친위대로 가는 것뿐이다. 세가령 전체로 보면 자리 이동만 있었을 뿐 변한 건 아무것도 없는 것이다.

"그래서 말인데, 이번 비무대회에서 떨어진 놈들을 적극적으로 받아들여야 해!"

"받아들이다니? 그놈들이 어딜 가기나 한대?"

팅.

큼지막한 코딱지를 손가락으로 저만치 팅겨내며 설도가 의아한 시선을 들어 바라보았다.

코딱지는 여빙운이 앉은 책상 위에 떨어져 약간 구르다 멈췄다.

"생각해 봐라. 친위대가 되겠다고 위치를 이탈했던 놈들이, 떨어지고 난 후에 머라나 긁적거리며 돌아오겠냐? 너 같으면 그럴 수 있겠어?"

코를 후비던 설도의 손길이 뚝 멈췄다. 과연 그랬다. 그저 잡성가에서 빠져 친위대로 갔으니 전체로 보면 전혀 손실이 없다고 쉽게만 생각했었던 터다.

그러나 여빙운의 말을 듣고 보니 그리 간단한 문제가 아니었다. 떨어진 놈들은 체면상 원대 복귀할 수 없을 테고, 그러면 확실히 전력의 손실이 난다.

"그럼 어쩌자는 거야?"

종이로 설도가 팅겨낸 코딱지를 털어내고 있는 여빙운을 향해 설도는 웃음기 섞인 어조로 물었다.

"야, 제발 그 짓 좀 그만둘 수 없어? 당최 지저분해서 같이 있을 수가 없으니……."

"너무 그러지 마라. 네 콧속에도 다 들어 있는 거야. 그나저나 뭘 어떻게 하라는 거야?"

"코를 후비지 말라는 거다!"

여빙운은 신경질적으로 언성을 높였다. 어릴 때부터 쭉 지켜봐 온 설도의 습관이었지만 도무지 익숙해지지가 않았다.

"계집애처럼 삐치기는. 알았어, 그만두지!"

그제야 설도는 손가락을 빼냈고,

"이제부터라도 비무대회에 참가한 놈들을 적극적으로 지원해 줘야지. 잡성가뿐만 아니라, 신고하지 않은 무림인들도. 그래야 떨어져도 자연스럽게 돌아올 수 있을 테고, 또 등록되지 않은 자들 중에서 의외의 고수를 영입할지도 모르니."

"뭘 그렇게까지나? 끝나면 돌아와, 이 한마디면 충분하지!"

지극히 그다운 설도의 말에 여빙운은 어쩔 수 없다는 눈빛으로 쏘아보았다.

설도는 조금 미안해졌다. 자기가 물어놓고 그 입을 막아버린 꼴이 됐으니 그럴 만도 했다.

이럴 땐 화제를 돌리는 것이 최선, 설도는 아무도 없는 주변을 돌아보며 짐짓 목소리를 조금 높였다.

"그나저나 자엽이 놈은 대체 뭐 하는 거야? 있는 건 분명한데 코빼기를 볼 수 없으니, 이 자식도 작은 주공을 닮아가나?"

"작은 주공의 명으로 뭔가를 만들고 있는 것 같던데……."

호랑이도 제 말을 하면 온다고 했다. 혹시 그 말이 틀려질 것을 우려라도 한 듯 궁자엽이 거짓말처럼 안으로 들어섰다.

"어라?"

놀란 듯 설도의 눈이 둥그렇게 떠졌다. 방금 궁자엽에 대한 얘기를 했다는 것이 머쓱하기도 했다.

"형님께 부탁이 있소!"

"어라? 이놈 말문도 터졌네!"

설도는 더욱 얼떨떨해졌다. 하루 종일 같이 있어도 한마디 할까 말까 하던 궁자엽이 자기에게 부탁이 있다고 한다. 놀랄 일은 분명했다.

"뭔데?"

"나가서 얘기합시다."

제 딴에는 목소리를 낮췄지만 여빙운의 귀에도 확연히 들린 말이었다.

그러나 여빙운은 기분 상해하지 않았다. 원래가 말을 돌려 하지 못하는 궁자엽이다. 성격이 직선적이라서가 아니라 워낙에 말수가 적다 보니 표현력이 떨어지는 탓이었다.

그 점은 설도도 익히 알고 있던 바였다. 그래서 선뜻 몸을 일으켜 궁자엽의 뒤를 따라나섰다.

궁자엽이 설도를 데려간 곳은 진화궁 내의 지하 공방(地下工房)이었다.

칼을 한 자루 건네준 궁자엽은,

"잘라주시오!"

하며 제작대(製作臺) 위에 놓여진 어른 팔뚝만한 철봉을 가리켰다.

"뭘 하라고?"

설도는 귀를 의심했다. 쇠를 자르지 못해서가 아니었다. 궁자엽은 몰라도, 자기는 저것보다 더 굵은 철봉도 자를 수 있다.

그러나 지금은 아니다. 딱히 명검이나 명도가 필요한 것은 아니지만, 그래도 쇠를 자를 때는 적당한 병기가 있어야 한다. 궁자엽이 건네준 고철덩어리로는 아무리 무공이 입신의 경지에 이르렀어도 불가능한 일이다.

"이게 말문만 터진 줄 알았더니 농담도 늘었네. 이걸로 저걸 자르라고? 다른 놈에게 알아봐!"

설도는 손에 든 고철덩어리를 던져 버렸다.

그건 정말이지 다른 표현이 불가능했다. 간신히 칼의 형태를 띠긴 했지만 온통 벌건 녹투성이였다. 날[끼] 따위는 눈을 씻고 찾아봐도 없었다.

그러나 그 고철덩어리가 바닥에 떨어졌을 때 이번엔 설도가 자기의 판단을 의심해야 했다.

따앙!

녹투성이 고철에서는 절대로 날 수 없는 맑은 소리가 지하 공방에 울려 퍼졌다.

믿기지 않는다는 듯 머뭇거리는 손길로 설도는 고철덩어리를 집어 들었다. 그리고는 허공에 한차례 휘둘러 보았다.

아무런 소리도 들리지 않았다. 그러나 채 한 호흡도 쉬기 전에,

쐐액!

도저히 날 것 같지 않던 예리한 파공성이 대기를 할켰다. 소리가 미처 따라오지 못할 만큼 빠른 속도로 칼이 공기를 자르고 지나갔다는 의미였다.

"이, 이게 대체 뭐야?"

황망한 어조로 설도가 물었다.

"칼이오."

너무 간단해서 허탈하기까지 한 궁자엽의 대꾸였다. 오히려 너무 당

연할 걸 물어 이상하다는 표정이었다.

더 이상의 말은 필요없는 터, 설도는 그대로 철봉을 내려쳤다.

스팟!

쇠끼리 부딪쳤을 때 나는 그 흔한 소리마저 없었다. 하지만 철봉은
여지없이 잘려 나갔다. 마치 두부를 자른 것처럼 저항감이 전혀 없어
허탈해지기까지 했다.

"우와!"

설도의 입에서 탄성이 토해졌다. 만약 이 칼이 명도의 모습을 하고
있었다면 이렇게 감탄하지는 않았을 것이다.

그러나 실전에서 이런 칼을 뽑아 겨누면 누구라도 웃을 게 뻔하다.
상대의 방심을 유발시킬 수 있고, 또 그 안에는 어느 명도도 갖추지 못
한 예리함을 갖고 있는 이 칼이야말로 진정한 명도라 할 만했다.

설도의 심정이야 어떻든 궁자엽은 신경 쓰지 않았다. 지금 그의 관
심은 온통 잘려진 철봉의 단면에 쏠려 있었다.

"멀었군!"

뭐가 불만인지 궁자엽의 붉은 얼굴은 심하게 일그러졌다.

"뭐가 잘못됐나? 난 놀랍기만 한데……."

"이걸 보시오."

궁자엽은 철봉을 건네주었다.

설도도 절단면을 살펴보았다. 썩 잘 자른 것은 아니지만 이 정도면
괜찮은 편이다. 단지 한 가지 흠이 있다면 표면이 조금 거칠다는 것이
었지만, 이 역시 쇠를 자를 때 흔히 나타나는 현상이다. 어차피 나무나
고깃덩어리는 아닌 것이다.

하지만 궁자엽은 그게 불만이었다. 자기가 만든 이 칼은 외양도 날도

마음에 들지 않았다.

'아버지가 보여주셨던 칼은 이렇지 않았다!'

장인으로서의 솜씨로 아버지를 이기려는 건 아니었다. 그러나 지금 이 순간 비참한 자괴감이 드는 것만은 부정할 수 없었다.

한 달쯤 전인가의 기억이 궁자엽의 뇌리에 떠올랐다. 그때 아버지는 얼핏 왜도(倭刀)처럼 보이는 평범한 칼 한 자루를 들고 있었다.

그걸로 아버지는 지금 눈앞에 있는 것과 같은 굵기의 철봉을 잘랐었고, 그 절단면은 거울처럼 매끈했었다. 이렇게 거칠지는 않았었다.

그리고 보름이 지났을 때 아버지는 다시 불렀다. 똑같은 과정이 반복되었고, 그때는 잘려진 철봉이 절단면을 따라 타 들어갔었다.

놀란 눈으로 바라보는 자기에게 아버지는 그 비밀을 보여줬었다. 날이 두 겹이었고, 그 사이에 순도 높은 강산(强酸)을 머금고 있었다. 이 산(酸)에 의해 쇠가 타 들어갔던 것이다.

그러나 아버지가 말해 주지 않은 게 있었다. 바로 그 칼을 만든 쇠의 재질이었다. 안에 강산을 머금고 있으면서도 전혀 영향을 받지 않는 철을 만들어내는 제철법은 듣지 못했었다.

그 후로 궁자엽에겐 하나의 숙제가 생겼고 남궁장후가 그와 같은 칼을 만들라고 했을 땐 내심 쾌재를 불렀다. 전폭적인 지원만 있으면 못 만들 것도 없다는 생각이었고, 자신도 있었다. 그러나 결과는 이렇다. 심혈을 기울여 만든 칼은 강산을 견디지 못해 녹슨 것처럼 불그죽죽한 외양이었고, 날도 시원찮아 절단면이 이렇게 거칠다.

가장 큰 실패는 뭐니 뭐니 해도 자른 물건이 전혀 타지 않는다는 것이었다. 날에 심어둔 강산은 그 칼 자체에 벌써 스며들었기 때문이다.

"야, 이거 대단하다! 이 껍데기의 녹만 지우면 멋진 칼이 되겠……."

“나가주시오!”

감탄하며 말을 걸어오는 설도에게 궁자엽은 버럭 고함을 질렀다. 동시에 그의 손에 들린 칼을 빼앗아 저만치 던져 버렸다.

“짜식, 도와달라고 매달릴 땐 언제고…….”

머쓱한 표정으로 뒷머리를 긁적이며 설도는 밖으로 걸음을 옮겼다. 이럴 때 궁자엽을 건드려 봐야 좋을 건 아무것도 없다.

“오늘 일은 비밀이오!”

나가는 설도의 등에 대고 궁자엽이 한마디 했고,

“알아, 임마!”

대수롭지 않게 대꾸하며 설도는 나가 버렸다. 여빙운을 따돌리고 둘만 이 공방에 내려왔을 때부터 그는 궁자엽이 뭔가 비밀스런 일을 꾸미고 있다는 걸 눈치 챘다. 아무리 단순한 성격이라도 오늘 일을 남에게 얘기해선 안 된다는 것 정도는 알고 있었다.

설도가 나간 후, 궁자엽은 그 자리에 주저앉았다. 허탈감이 밀려들었다.

지금의 그의 뇌리에는 자기가 알고 있는 수만 가지 제철법이 하나씩 떠올랐다가 곧장 지워졌다. 지금까지 알고 있던 것으로는 안 된다. 전혀 새롭고 획기적인 방법을 찾아야 한다.

물론 그게 쉬울 턱이 없다. 하지만 찾아내야만 한다.

궁자엽이 그 칼을 만드는 데 이렇게 필사적으로 매달리는 건 자기만의 이유가 한 가지 더 있었다. 단지 남궁장후의 명에 의한 것이었다면 이렇게까지 할 필요는 없다. 그냥 아버지에게 제철법을 물어보면 되는 것이다.

하지만 그래서는 안 된다. 아버지와는 다른, 그러면서도 그때와 같은 칼을 만들어내야만 한다.

그는 봤었다. 남궁영호의 시신에 남아 있던 그 특이한 상흔, 그건 바로 아버지가 들고 있던 칼에 의한 것이라는 걸 한눈에 알아보았다. 그리고 또 독고향의 비구에 남아 있던 흔적…….

왜 아버지가 주공을 시해한 칼을 갖고 있었는지는 알 수 없었다. 다만 그 사실이 알려졌을 때 초래될 엄청난 결과에 대해서는 잘 알고 있다.

그전에 혼자만의 방법으로 똑같은 칼을 만들어내야 한다. 기필코 성공해서 그 제작법을 은밀히 유포시킬 생각이었다. 누구나 만들 수 있는 것이라면 아버지가 그 칼을 가졌다는 것만으로 의심을 받지 않아도 좋은 것이다.

돌연 궁자엽은 발작적으로 몸을 일으켰다. 그리고는 곧장 화로에 불을 지폈다.

생각만으로 할 수 있는 일은 아무것도 없다. 실패를 하더라도 끝없이 반복해야 한다.

화르륵!

맹렬한 불꽃이 피어올랐고, 궁자엽은 실패한 칼을 화로에 던져 넣었다.

갑작스런 열기가 공방을 후끈 달아오르게 만들었다. 화로 속의 쇠가 아니라 공방 자체를 녹일 듯 뜨거웠다.

그러나 궁자엽의 두 눈에 피어오른 불꽃은 그 모든 것들이 오히려 차갑게 느껴질 정도로 맹렬하게 이글거렸다.

*   *   *

"저 여자는 안 가나?"

양무각 앞, 경비를 서고 있던 은건대 무사 두 명 중 하나가 목소리를 낮춰 동료에게 말을 건넸다.

"쉿, 듣겠네."

"들리면 어떤가? 장례가 끝났으면 돌아가야지. 신경 쓰이게……."

"이 사람 정말 큰일 나겠구만. 생전에 주공과 깊은 관계였다는 소문일세!"

"뭐? 그게 사실인가?"

"그래, 이 사람아! 그러니 저 심정이 오죽하겠나? 신경 쓰이더라도 조금 참으세."

"허참! 그런 일이 있었구만."

처음 말을 건넸던 무사는 멋쩍은 듯이 시선을 진화궁 정문 쪽으로 돌렸다.

"저긴 아직도 야단이군."

멀어서 자세히는 볼 수 없었지만 그쪽 경계무사들이 부산스럽게 움직이고 있다는 것을 알 수 있었다.

"아, 말도 말게. 나도 어제 정문에서 경계를 섰는데 정말이지 곤욕을 치렀다네. 너도나도 친위대에 들겠다고 난리들이니……."

오늘도 진화궁에는 비무대회에 참석하겠다고 몰려든 사람들 때문에 각 문의 경계무사들이 곤욕을 치르고 있었던 것이다.

"아닌 게 아니라 나도 참석하고 싶을 지경이네. 친위대가 되면 적어도 이 짓은 하지 않아도 될 것 아닌가? 더구나 삼대호가에서 지원을 아끼지 않는다며? 떨어져서 돌아오는 사람들에겐 책임을 전혀 묻지 않고 원위치 시켜준다니 한번 해볼 만하지, 뭐."

"예끼, 이 사람아! 꿈도 꾸지 말게. 저렇게 어중이떠중이들이 다 몰려든 것 같지만, 내가 가만히 살펴보니까 그래도 다들 한가락씩은 하는 놈들만 모였더군. 우리보다 직위가 낮은 황건대 놈들도 무공은 나보다 월등하게 높은 것 같았네. 우리 실력으로 비무대회에 참가해 봤자 괜히 어디 부러지고 터져서 쫓겨날 것이 뻔하니, 그냥 일이나 열심히 하세!"

"쩝!"

말을 꺼냈던 무사는 입맛을 다셨다.

동료의 말대로 황건대라고 해서 은건대보다 무공이 낮은 것은 결코 아니다. 아주 유명한 무림고수들을 제외하고는 거의 대부분이 잡성가에 들어온 순서대로 서열을 정하니 당연한 일이었다.

"아, 저기 교대하러 오는군."

두 명의 은건대원이 반색을 띠었다. 한 시진의 근무가 끝나고 꿀 같은 휴식이 기다리고 있는 것이다.

"어? 근데 구귀(狗鬼) 놈이 안 보이네. 분명 아침에 나랑 교대하도록 짜여져 있었는데……."

"흥, 그 자식도 허파에 바람이 들어 친위대가 되겠다고 뛰쳐나갔겠지. 잘됐지, 뭐! 그 자식은 이 기회에 혼쭐이 나야 정신을 차릴 거야."

그 와중에도 근무 교대는 이루어졌다.

사람만 바뀌었을 뿐 아무런 변화가 없는 양무각 앞 드넓은 연무장은 여름 태양 아래서 지글지글 타 들어갔다.

모든 접견을 거부한 채 오늘도 남궁장후는 양무각 삼층에 틀어박혀 밖을 내다보고 있었다.

"비돈이가 일을 잘한 것 같군. 생각보다 많이 몰렸어."

그는 손가락으로 진화궁 담장을 따라 빼곡히 들어차 있는 사람들을 가리켰다. 그들 중에는 무턱대고 진화궁 안으로 진입하려는 자들도 없지 않았다.

"확실히 많구려. 저놈들을 다 어디다 쓰실 생각이오?"

웅로가 시큰둥하게 대꾸했다.

"추려내야지. 쓸 만한 놈들이라면 열 명으로도 친위대는 충분해."

"잠깐."

갑자기 뒤쪽에서 듣고 있던 독고향이 두 사람의 대화에 끼어들었다.

"친위대장은 나요! 이번 비무대회는 친위대원을 뽑기 위한 것, 즉 내

부하들을 뽑기 위한 것이오. 인원이 얼마가 됐든 어떤 방법으로 뽑든 모두가 내 소관이오."

"뭐?"

남궁장후가 몸을 돌려 딱 한 걸음 떨어진 곳에 있는 독고향의 얼굴을 노려보았다. 찍어 누를 듯한 눈빛이었다.

"너무 까불지 마라, 마부. 그리고 어디 가서 좀 씻고……."

남궁장후의 말대로 독고향의 얼굴은 지난 며칠간 씻지 못한 기름기가 번질거렸다.

하지만 실제로 가관인 것은 남궁장후의 모습이었다. 눈엔 눈곱이 가득했고, 지저분하게 자란 수염이 얼굴을 온통 뒤덮다시피 했다. 머리카락은 대충 묶기는 했지만 더러운 기름기가 자르르 흐르고 있는 건 마찬가지였다.

하긴 모두가 비슷한 몰골들이었다. 그나마 유일하게 봐줄 만한 게 독고향이었는데, 그건 순전히 얼굴 절반을 가린 머리카락 덕분이었다.

"내 일을 하는 것이 까부는 거라, 그럼 난 왜 붙들어두셨소?"

독고향도 지지 않았다. 어차피 머물러 있기로 작심했으니 기를 쓰고서라도 중추적인 역할을 해내야 한다. 이번 비무대회는 그 시발점이 될 것이다.

"그러니까 이번 비무대회는 친위대를 뽑기 위해 마련된 것이니 네 마음대로 하게 해달라 이거야?"

새삼 확인하듯이 남궁장후가 따지고 들었다.

"허어, 그 말은 독고 대장의 말이 맞는 것 같소. 자네 생각은 어떤가?"

독고향을 거들다 남궁장후의 매서운 눈초리를 받은 웅로가 재빨리 시선을 자로에게 돌려 버렸다.

"내 생각도 같다."

차갑지만 제 뜻에 동조해 주는 자로의 말에 웅로는 커다란 웃음을 지었다.

"허허허허. 그것 보시오, 주공! 다들 그렇게 생각하니 이번만은 주공께서 양보하셔야겠소."

자연스런 대화 속에 오가는 이들 사이의 호칭은 어느샌가 바뀌어져 있었다. 남궁장후는 당당히 주공이라 칭하고, 독고향은 대장으로 불렸다. 물론 아직까지는 이들 사이에만 통용되는 것이었다.

기실 자웅쌍로가 독고향을 거들고 나선 데에는 나름대로의 이유가 있었다. 근자 들어 남궁장후의 파탈(擺脫)이 너무 심하다는 생각에서였다.

물론 그게 필요했던 적도 있었다. 하지만 그건 암습의 위기를 무사히 넘긴 후부터는 그다지 필요치 않게 되었다.

지금은 분명 다르다. 이제부터는 당당한 세가령의 영주로서 아랫사람들을 포용해야 한다. 본격적으로 세를 늘려야 할 때란 말이다.

그러기 위해선 어느 정도 남궁장후의 파탈을 견제할 필요가 있다.

"좋아, 그럼 어떤 방식으로 할 건지는 말해 줄 수 있겠지?"

어쩔 수 없다는 듯 남궁장후는 한발 물러섰다.

"두고 보면 아실 거요."

독고향은 여전히 뻗댕겼다.

자기가 지금 억지를 부린다는 건 잘 알고 있다.

하지만 그럴 필요가 충분히 있다. 이런 것들을 하나하나 관철시킴으로써 자기의 입지와 발언권은 확대될 터였다.

"좋아, 그럼 언제부터 시작할 거야?"

"지금 당장."

대답해 놓고 독고향은 웅로를 돌아보았다.

"손이 비는 사람들이 있으면 백여 명만 모아주시오."

이번엔 웅로가 기가 찬다는 표정을 지었다.

"이놈이 오냐오냐했더니 아주 머리 꼭대기에 기어오르려는구먼. 이젠 내게 명령까지 해? 못하겠다, 이놈아!"

웅로는 버럭 언성을 높였다. 실제로 기분도 조금 상했다. 친위대장이 된 후로 독고향은 은근히 자기들과 맞먹으려 했다.

"나도 직접 명을 내리고 싶소. 하지만 일이 있어서……."

말꼬리를 삼키며 독고향은 남궁장후 뒤에 바짝 붙어 섰다. 그에게서 한 발짝 이상 떨어지지 않는 게 그의 임무라는 걸 은근히 강조한 행동이었다.

"이러니 친위대가 결성될 때까지 노인께서 수고 좀 해주서야겠소."

독고향의 어조에는 미안한 기색이 역력했다. 하지만 이 역시 치밀하게 계산된 행동이었다. 어차피 남궁장후의 측근에 머물기로 결심한 터였다. 이미 오랫동안 그를 모셔 기득권을 가지고 있는 자웅쌍로에게 밀리지 않으려면 처음부터 대등한 위치에 서야 한다.

"그래, 웅로. 시키는 대로 해줘봐. 어떻게 하나 두고 보자."

남궁장후의 어조도 무겁게 가라앉았다. 그의 생각에도 독고향의 행동은 지나친 감이 없지 않았다.

"만약 하는 짓이 시원찮다면 네놈의 볼기짝을 걷어차 줄 테다!"

한마디 남긴 후 웅로는 일부러 발 소리를 크게 쿵쾅거리며 아래로 내려갔다.

"나 역시 지켜보겠다!"

싸늘한 어조만큼이나 차가운 눈동자로 자로는 독고향을 쏘아보았다. 그의 시선 속에는 이 늦은 시간에 시작해서 뭘 어쩌겠냐고 따지는 빛이 역력했다. 벌써 미시 중반에 이르고 있었던 것이다.

독고향은 자로의 시선을 무시해 버렸다. 늦어도 비무대회는 치러질 것이고, 엉덩이를 걷어차겠다는 말은 들을 가치도 없었다.

'날 잡을 수 있다면 얼마든지!'

이러한 자신감이 그의 가슴속에서 꿈틀대고 있는 한 그들의 말은 그저 공허한 엄포에 지나지 않았다.

그러나 다음 순간 독고향은 자신의 엉덩이를 정말로 그들의 발길질에 내줘야 할지도 모른다는 막연한 불안감에 사로잡혔다. 아직도 이들의 능력에 대해선 제대로 모르고 있는 것이다.

독고향은 새삼스런 눈길로 남궁장후와 자로를 차례대로 훑어보았다. 이들을 이기기 위해선, 아니, 대등해지기 위해서라도 비상한 수단을 강구해야 될 것 같았다.

선출된 백 명의 황건대원들에게 독고향이 내린 명령은 간단했다. 양무각 앞의 연무장을 직경(直徑) 삼 보 크기의 작은 원을 그려 채우라는 것이었다. 원과 원의 간격 역시 삼 보였다.

엉뚱하고 이해하기 어려운 명이었지만 황건대원들은 따르지 않을 수 없었다. 명을 내린 사람이 다름 아닌 차기 영주가 될지도 모르는 남궁장후의 친위대장이기 때문이었다.

또한 웅로의 고함도 한몫 했다. 이해가 되지 않는 명에 망설이던 황건대원 둘이 그의 주먹에 반병신이 되기도 했다.

그 후에야 황건대원들은 눈썹이 휘날리게 움직이기 시작했다.

진화궁은 때 아니게 피어난 안개 때문에 몸살을 앓았다. 원을 그리느라 연평부에 있는 모든 횟가루가 총동원된 탓이었다.

*　　　　*　　　　*

—비무대회를 시작한다. 참가하려는 자는 모두 들여보내라!

이런 전갈이 전해졌을 때 안도의 한숨을 내쉰 측은 비무대회 참가자들보다 그들을 통제하느라 진을 빼고 있던 잡성가의 무사들이었다.

그러나 그들의 안도는 너무 빨랐다. 무단으로 진화궁에 들어가려는 자들을 막는 일에서는 해방되었지만, 안으로 들어선 자들을 다시 정렬시키는 일이 남아 있었던 것이다.

대오를 갖추게끔 줄을 세우는 게 뭐 그리 어려우냐 하겠지만 그렇지가 않았다. 너무 오래 기다린 뒤라 사람들은 저마다 앞줄을 차지하려고 설쳤고, 그 외중에 크고 작은 사고가 속출했다. 더러 군중들의 발길에 밟혀 중상을 당한 자들까지 생겼다. 제 약한 무공은 생각지도 않고 그저 바람에 쏠려 참석하러 온 자들이 대부분이었다.

간신히 정렬을 시켰다 싶었는데, 이번엔 또 사람들이 술렁거렸다. 명색이 비무대회를 연다는 곳에 그 흔한 비무대 하나 서 있지 않다는 게 그 이유였다.

오늘 진행을 명령받은 은건대 일조 조장 강우(姜宇)는 미간을 잔뜩 일그러뜨린 채 사람들 앞으로 나섰다.

순간 징 소리가 요란하게 울려 퍼졌고 사람들은 잠잠해졌다.

"본인은 오늘 비무대회의 진행을 책임진 은건대 제일조 조장 강우라 하오. 비무대회를 시작하기 전에 간단하게 규칙을 말씀드리겠소."

"이 대회의 주최자는 어디 계시오?"

"맞아! 자기 친위대를 뽑는 곳에 어찌 본인이 나타나지 않는가? 남궁 소가주는 어디 계시오?"

"와아~ 나오시오!"

또다시 사람들은 들끓기 시작했다.

이런 경우는 없다. 비무대가 없는 것까지는 그렇다 쳐도, 주최자가 모습을 보이지 않는다는 건 참가자 전원에 대한 커다란 실례인 것이다.

강우가 손을 번쩍 쳐들었고, 또다시 요란한 징 소리가 사람들의 소요를 진정시켰다.

"이 대회의 주최자이신 작은……!"

말을 하던 강우는 갑자기 입을 닫았다. 남궁장후를 지칭할 마땅한 호칭이 생각나지 않아서였다.

그러나 이내 결심한 듯 목소리를 높였다.

"주최자이신 주공께서는 지금 저 삼층에서 모든 걸 지켜보고 계시오. 그러니 뜻하지 않은 추태를 보여 주공의 실망을 사지 마시길 바라오!"

"와아!"

사람들 사이에서 환호성이 터져 나왔다. 저마다 삼층을 향해 손을 흔드는 걸 보면 강우의 말 때문은 아닌 게 분명했다.

"자, 그럼 규칙을 설명하겠소. 맨 앞 열부터 차례로 바닥에 그려진 원 안으로 들어가시오. 한 원에 두 사람씩이오. 징 소리가 나면 상대를 공격해 원 밖으로 나가게 만들면 승리하는 거요. 자, 앞 열부터 나오시오!"

강우의 설명이 끝났을 때 또 한바탕 소동이 일었다. 맨 앞 열은 꼼짝없이 원 안으로 들어갈 수밖에 없었지만, 나머지 사람들은 자리를 바꾸느라 난리도 아니었다.

덩치가 큰 사람이야 그럴 필요 없었지만, 상대적으로 왜소한 자들은 조금이라도 만만해 보이는 자를 찾아 우왕좌왕했다. 어차피 밀어내기 싸움인 것이다.

이런 혼란 속에서도 앞 열부터 차례로 사람들은 원 안으로 들어갔다. 줄을 설 때부터 한차례 있었던 자리 싸움에서 이긴 자들이라 나름대로 제 무공에 자신을 갖고 있는지 그들은 별 동요가 없었다.

그 속에는 포금율도 끼어 있었다. 비무대회를 알리며 연평부에 도착하기만 하면 곧장 불러주리라 생각했었지만 진화궁의 정문에서 막혀 남궁장후의 코빼기도 보지 못했었다.

그 사실에 화가 치밀기도 했지만 당당하게 비무대회를 통과하라는 뜻으로 해석하고 지금까지 기다렸던 것이다. 원 안으로 들어선 포금율은 제 손바닥을 내려다보았다. 돼지 다리뼈라도 있었으면 싶어서였다.

하긴 그게 없더라도 달라질 건 없다. 이런 비무대회라면 설사 무신(武神)인 관운장이 온다고 해도 이길 자신이 있었다.

"장주부로 파견된 은건대 소속의 이건(李建)이라 하오."

같은 원에 들어온 자가 불편한 자세로 포권을 해 보였다. 포금율의 몸이 워낙 비대해 상대적으로 그가 서 있을 수 있는 면적이 좁아진 탓이었다.

하지만 연신 교활한 눈빛을 번쩍이는 게 무공에 상당한 자신이 있거나, 아니면 그 비대한 몸으로 뭘 하겠느냐고 비웃는 것 같았다.

“비돈, 아니, 포금율이오!”

자기도 모르게 튀어나오려는 별명을 황급히 고치며 포금율도 정중하게 포권을 했다.

“어어어어어?”

갑자기 이건의 입에서 놀람에 찬 소리가 새어 나온다 싶더니 맥없이 원 밖으로 밀려 나갔다. 포권을 하며 내민 포금율의 손에 밀린 것이었다.

바로 그때 징 소리가 들렸고, 주변은 한꺼번에 벌어진 드잡이질로 뽀얀 먼지가 피어올랐다.

“이, 이건 무효요, 무효!”

억울하다는 듯 이건은 목소리를 높였다. 시작도 하기 전에 밀려났으니 다시 시작해야 되는 건 당연한 일이었다.

하지만 그건 이건의 생각일 뿐 대기하고 있던 은건대원 둘이 달려와,

“탈락이오!”

허망한 한마디를 뱉은 후 이건을 전권에서 끌어내 버렸다. 짧은 시간 안에 많은 시합을 치러야 하니 개개인의 사정을 봐줄 수가 없었다.

지잉!

징 소리가 울려 퍼지며 첫째 판이 끝났다.

“승자는 저쪽에 쳐진 차양 아래로 가서 대기하시오. 자, 다음 줄!”

차양 아래 들어가 앉은 포금율은 따가운 눈총을 견뎌야 했다. 세 사람이 앉을 자리를 차지한 것도 그렇고, 또 앞으로 싸워야 할 적으로서도 그리 달갑지 않은 존재였던 것이다.

“와, 예쁘다!”

"그보다 놀라운 실력인데?"

사람들 사이에서 탄성이 터져 나왔다. 지금 싸우고 있는 사람들 중 유난히 눈에 띄는 여인 때문이었다.

그녀는 새빨간 적색 경장 차림이었다. 비록 남장(男裝)이었지만 그걸로 인해 그녀의 미모가 손상되지는 않았다.

더욱 놀라운 것은 그녀의 발놀림이었다. 시작의 징 소리와 동시에 지면에서 떨어진 발은 이후 단 한 번도 떨어지지 않고 상대를 걷어찼다. 오른발이 내려오면 왼발이 그 역할을 대신했다.

상대도 만만치가 않았다. 빗줄기처럼 쏟아지는 그녀의 발 공격을 하나하나 정확하게 흘려버리고 있었다.

그러나 이건 어디까지나 작은 원 안에서의 싸움이었다. 줄기차게 퍼부어지는 그녀의 발차기에 밀려 한 발 벗어났을 때 이미 승부는 결정되고 말았다.

"여천랑 소저라고 하셨지요? 한 수 잘 배웠소이다."

그는 순순히 패배를 인정하고 은건대 무사들이 오기 전에 스스로 걸어나갔다.

'산동(山東) 비연각(飛燕脚)!'

포금율은 그녀의 발차기를 한눈에 알아보았다.

비연각은 특정한 문파에 전승된 무공이 아니었다. 단지 산동 지방 무림인들이 특히 절묘하게 잘 사용하기에 뭉뚱그려 그렇게들 불렀다.

당연히 정통한 사람이 드물다. 사승 체계로 배울 수 있는 게 아니었기에 이런저런 변종이 생겨났고, 그 모든 걸 섭렵해 자기만의 독특한 비연각을 만들어낸다는 건 지난한 일이 아닐 수 없기 때문이다.

차양 속으로 들어오는 그녀를 포금율은 새삼스런 눈길로 바라보았

다. 잡성가 소속은 절대 아니라고 장담해도 좋을 것 같았다. 무단으로
활동하는 숱한 무림인 중 하나이리라.

다음 판에도 눈에 띄는 청년이 있었다. 화려한 백색 장삼에 커다란
보석이 박힌 같은 색의 영웅건만으로도 눈길을 확 끄는데, 더하여 외모
까지 출중했다.

그의 무공도 외양만큼이나 현란했다. 손에 쥔 섭선(攝扇)으로 펼치
는 눈부신 변화는 눈이 열 개라도 따라잡지 못할 정도였다.

포금율은 시선을 돌려 다른 곳을 바라보았다. 저 상태라면 얼마 지
나지 않아 백색 장삼의 청년이 이길 터였다.

웃통을 벗어젖힌 자가 있어 포금율은 그를 주목했다. 무공이 특출나
서가 아니라 그의 등에 새겨진 문신 때문이었다. 멀리서도 확 눈에 들
어오는 용 문신이었다.

하지만 정작 용 문신의 주인은 볼품없었다. 벗은 상체는 갈비뼈가
앙상하게 드러났고, 얼굴은 햇볕에 타서 농사꾼처럼 보였다.

무공은 더욱 형편없었다. 열심히 손짓 발짓을 해대고 있긴 했지만
제대로 배운 흔적은 어디에도 보이지 않았다. 등에 새겨둔 용 문신이
아까울 지경이었다.

더 볼 것도 없다 싶어 시선을 돌리려는 찰나,

찌잉!

징이 울리며 그 판이 끝났다.

포금율은 의아한 표정을 지었다. 아주 형편없던 용 문신이 간신히
버텨 무승부를 기록했기 때문이다.

놀라운 사실은 또 있었다. 현란한 변초로 상대를 핍박하던 백의청년
역시 무승부를 이뤘다는 것이다.

포금율은 그들의 상대를 눈여겨보았다. 얼마나 대단하고, 또 얼마나 시원찮았으면 무승부를 이뤘을까 싶어서였다.

확실히 공통점은 있었다. 둘 다 별로 세 보이지 않았다.

'다음 판이 기대되는군!'

그 다음 판부터는 포금율의 눈길을 끄는 사람이 별로 없었다.

그렇게 한차례 돌아 일차전의 승자가 모두 결정되었을 때는 신시가 저물고 유시에 접어들기 직전이었다.

바야흐로 한낮의 열기도 한풀 꺾였고, 승자들에게는 잠깐 동안의 휴식이 주어졌다. 다른 이유가 있어서가 아니었다. 바닥에 그려진 원들을 지우고, 그보다 더 작게 그리기 위해서였다.

또 한 번 양무각은 안개처럼 날리는 뽀얀 횟가루의 공세를 견뎌야 했다.

이차전이 시작되었다. 순서는 일차전을 치른 그대로였다.

다른 사람은 몰라도 이차전의 조건은 포금율에게 더없이 유리했다. 직경이 삼 보가 됐을 때도 포권지례에 상대가 밀려났을 정도였다. 원이 더 작아졌으니 그가 들어서자 상대는 글자 그대로 발 디딜 틈도 없어져 버렸다.

시작도 하기 전에 포금율의 승리였다. 그래도 징을 칠 때까지는 기다려야 했다.

차양으로 돌아가면서 포금율은 한 가지 사실을 깨닫고는 아쉬움을 금치 못했다. 백의청년 역시 그와 같은 시간에 싸워 그의 현란한 무공을 다시 볼 수 없었기 때문이다.

대신 그는 그보다 훨씬 흥미로운 광경을 보게 되었다. 바로 용 문신의 사내가 싸우는 것이었다. 역시 볼품없었다. 그러나 아까는 보지 못했던 걸 발견하고는 포금율이 눈을 빛냈다.

'강단이 있는 자로군!'

정말이지 용 문신의 사내는 강단이 있었다. 부족한 무공은 맷집으로 버티면서 간간이 상대를 원 밖으로 밀어내기 직전까지의 위기로 몰아 붙이기도 했다. 하지만 워낙 실력 차이가 컸다. 간신히 상대를 한 번 공격했다 싶으면, 몇 차례의 반격을 허용해 금방이라도 꼬꾸라질 듯 휘청거렸다.

'그래도 발은 전혀 움직이지 않는군!'

그랬다. 상대의 가격에 상체는 마치 바람에 나부끼는 갈대처럼 위태로웠지만, 발만은 지면에 뿌리를 박은 것처럼 처음 디딘 자리에서 꿈쩍도 하지 않았다.

그러다 결국 그는 무너졌다. 하지만 결코 그냥 쓰러진 것은 아니었다. 손으로는 필사적으로 상대의 목을 껴안았고, 다리로는 허리를 바짝 감았다.

징이 울리고 이차전의 승부도 모두 끝났다.

결국 용 문신의 사내는 이번에도 무승부로 삼차전에 진출할 수 있게 되었다.

"자아, 시간 관계상 오늘의 비무대회는 이만 마치겠소!"

승자들이 모두 차양 아래로 들어갔을 때 강우가 다시 앞으로 나서며 소리를 높였다.

"이제 여러분들에겐 증표를 나눠 드리겠소. 내일 비무대회에 참가할 수 있다는 증표니 분실하지 않도록 주의하시오. 자, 그럼 다들 한 줄로 서서 이리로 오시오. 내일은 사시(巳時)부터 시작하겠소."

사람들 사이로 또다시 작은 술렁거림이 번져 갔다. 대개 비무대회란

첫날의 승자들에겐 주최 측에서 숙식을 제공하는 게 관례다.

그런데 강우의 말을 들어보면 각자 알아서 하라는 게 아닌가. 이런 경우는 정말이지 드물다. 하지만 그보다 더 큰 불만은 내일 또 싸워야 한다는 점이었다. 남은 자들이래 봤자 고작 오십 명, 도대체 친위대를 몇 명 뽑자는 것인지 모르겠다며 다들 투덜거렸다.

일리가 있는 불만이었다. 여기서 숫자를 더 줄이면 정말이지 친위대라는 이름이 우스워진다. 하지만 따르지 않을 수도 없는 노릇, 사람들은 강우가 건네주는 증표를 한 장씩 받고서 각자의 안식을 찾아 뿔뿔이 흩어졌다.

검붉은 노을은 내일의 열기를 예고하고 있었다.

"기막힌 방법이군!"

남궁장후는 진심으로 감탄했다. 독고향이 큰소리를 탕탕 칠 때만 해도 일말의 기대감이 없지 않았지만, 그보다는 '두고 보자'는 심정이 강했었다.

결과는 대만족이었다. 처음 오백 명이 훨씬 넘을 것 같던 참가자들이 불과 두 시진도 지나지 않아 쉰 명으로 줄어들었다. 만약 통상의 비무대회처럼 치렀다면 족히 열흘은 걸렸을 일이다.

게다가 여기 삼층에서는 비무자들의 움직임이 손에 잡힐 듯 환히 보였다. 구경하는 재미도 쏠쏠했다.

"하지만 단점도 있지요. 저래서야 제대로 실력을 발휘하지 못하는 자들도 있을 게요. 병기를 장기로 하는 자들도 있을 터이고…….."

웅로가 한마디 거들었다. 독고향의 엉덩이를 걷어차 주겠다는 말에 집착하고 있는지 어떻게든 흠집을 내려고 안달이었다.

"난 무기를 사용해서는 안 된다고 하지 않았소. 또 저 좁은 원 안에 있는 상대에게 장기를 발휘하지 못하는 자라면 쓸모도 없소!"

독고향은 한마디로 웅로의 말을 잘라 버렸다.

"아무리 그런 말은 없었다 하더라도 저 좁은 원 안으로 몰아넣은 것부터가 무기를 쓰지 말라는 말과도 같다. 너 같으면 처음 보는 상대에게 대뜸 무기를 휘두를 수 있겠느냐? 그것도 비무대회에서?"

"지지 않기 위해서라면 난 수단 방법을 가리지 않을 것이오. 화탄을 써서 동귀어진을 하는 한이 있더라도!"

"얼씨구, 잘도 그러겠다. 난 말 독하게 하는 놈치고 진짜 독한 놈은 보지 못했다. 네놈처럼 그렇게 말만 번지르르하게 앞세우는 게 아니다!"

말은 그랬지만 내심 웅로는 '지독한 놈' 하면서 혀를 찼다. 물론 독고향에 대해서 아는 건 별로 없다. 하지만 그는 충분히 제 말대로 할 것 같다는 느낌이 들었다.

"좋아. 그쯤 해둬라, 웅로. 근데 몇 명까지 추릴 생각인가? 저 정도 인원이면 적당할 것 같은데……."

웅로를 제지하며 남궁장후가 독고향에 물었다.

"내일 하는 거 봐서……."

"뭐? 그럼 네놈은 몇 명을 뽑을지 정해놓지도 않고 비무를 시켰단 말이냐?"

"내 소관이오. 영감은 끼어들지 마시오."

"뭐, 뭐라고?"

이때다 싶어 끼어들었다가 면박을 당한 웅로는 피가 거꾸로 튀는 기분이었다. 그야말로 노화가 불길처럼 훨훨 타올랐다. 남궁장후에게 듣는 영감이니, 늙은이니 하는 말에도 가끔 기분이 상할 때가 있다.

근데 이젠 어디서 굴러먹던 개뼈다귀인지도 모르는 놈까지 머리 꼭대기에 올라서려 한다. 말년에 이르러 정말 더러운 꼴을 당한 것이었다.

거기에 남궁장후는 기름까지 확 끼얹어 버렸다.

"마부의 말이 맞다. 웅로, 넌 끼어들 자격이 없어."

"어어억!"

괴상한 소리를 발하며 웅로의 입이 점차 벌어졌다. 얼굴까지 창백하게 질리며, 금방이라도 게침을 흘리며 넘어갈 것 같았다.

하지만 그는 간신히 정신을 수습한 후 남궁장후를 쏘아보았다.

"말씀 다 하셨소?"

평소의 웅로답지 않게 나직하게 으르렁거리는 어조였다.

"아니, 아직 남았다. 가서 매희가 아직까지 남아 있으면 데려와."

"이보시오, 주공!"

"그만 가보세!"

웅로가 본격적으로 남궁장후에게 대들 기미를 보이자, 자로가 재빨리 그를 끌고 아래층으로 내려갔다.

"늙었다고 봐줬더니 점점 위아래를 몰라봐. 저 늙은 귀신들을 그냥 콱!"

웃으며 내뱉은 남궁장후의 농담이었다. 그리고 곧장 독고향을 돌아보았다.

"내일도 같은 방법으로 비무를 시킬 건가?"

"그렇소."

"너무 단순하지 않나? 좀 더 재미있는 방법이 없을까?"

"가장 단순한 게 가장 확실한 거요! 난 흐릿한 부하는 원치 않소."

친위대를 뽑는 데 있어서 독고향의 의지는 확고했다. 전권을 맡긴 이상 남궁장후가 양보할 수밖에 없었다.

"다 좋은데, 우리가 이렇게 서로의 입 냄새를 맡아가며 얘기할 필요가 있나? 좀 더 떨어져도 괜찮을 것 같은데……."

아닌 게 아니라 한 발짝은 서로가 마주 보며 얘기하기에는 상당히 불편한 거리다. 서로 사랑하는 연인이라면 모를까, 남자끼리 이렇게 가까이서 이야기한다는 건 어색하기 짝이 없는 노릇이다.

"내가 안전을 보장할 수 있는 최대한의 거리요!"

말인즉, 더 이상 떨어지면 불의의 기습으로부터 남궁장후를 제대로 지킬 수 없다는 독고향의 대꾸였다.

"애용하는 무기가 있나? 궁가 늙은이에게 듣기론 비수나 소도를 비구 안에 숨겨두고 쓴다던데, 맞나?"

"맞소."

"보여줄 수 있나?"

"꼭 그래야만 하오?"

"만약의 경우를 대비해서 봐뒀으면 좋겠는데. 너와 내가 합격을 펼쳐야 할 경우도 생각해 둬야지."

일리가 있는 말이었다. 서로의 병기에 대해 알고 있다면 합격을 펼칠 때뿐만 아니라 남궁장후가 의외의 암습을 당했을 때 적절하게 피하는 데에도 도움이 된다.

독고향은 묵묵히 적염비를 꺼내 보여주었다.

"호오, 대단한데!"

적염비를 본 남궁장후의 동공이 급격히 수축되었다. 탐욕이었다.

그래도 그를 탓할 수는 없었다. 무인이라면 좋은 병기를 대했을 때 이 정도 탐욕을 갖는 건 지극히 당연한 일인 것이다.

마음과는 달리 남궁장후는 적염비를 만져 보려 하지 않았다. 남의 병기를 함부로 손대서는 안 된다는 예의 정도는 익히 알고 있는 탓이었다.

"가보(家寶)인가, 아니면 사문(師門)에서 전수받은 건가?"

"내 것이 아니오."

대답하는 독고향의 어조에는 찌르는 듯한 날카로움이 숨겨져 있었다.

"그럼 누구 건가?"

"찾아서 돌려줘야지!"

이젠 어조의 날카로움뿐만이 아니었다. 머리카락의 그늘에 가려져 있던 독고향의 두 눈에서 이제껏 보지 못했던 기괴한 살광이 줄기줄기 뻗어 나왔다.

순간 남궁장후는 심장을 쓰윽 베어내는 듯한 한기를 가슴 가득 머금어야 했다. 지금 독고향이 전신으로 뿜어내고 있는 기세는 그처럼 처절한 것이었다.

'원한이 있군!'

구체적으로 어떤 것인지는 알 수 없었지만 이 물건의 주인에게 독고향은 받을 빚이 있는 것 같았다.

새삼스런 눈길로 남궁장후는 적염비를 바라보았다.

이제 노을까지 완전히 잦아들고 푸르스름한 어둠이 깃들기 시작한 때다.

하지만 그 미약한 잔광 속에서도 독고향의 손에 들린 적염비는 스스로의 의지를 가진 불꽃처럼 새빨갛게 그 날[刃]을 번뜩이고 있었다. 문득 남궁장후는 가슴 한 구석에서 벌레가 꼼지락거리는 것 같은 간지러움을 느꼈다. 부정할 수 없는 살기였다.

아니, 단순히 살기라는 말로는 너무 부족했다. 저 붉은 혀를 날름거리는 날로 닥치는 모든 것을 마구 베어버리고픈 지독한 파괴 본능의 발로였다.

"흉물(凶物)이다!"

자기도 의식하지 못하는 말이 남궁장후의 입술 사이를 비집고 새어 나왔다. 그리고 그건 비수에서 느낀 그의 솔직한 심정이었다.

"맞는 말이오."

남궁장후의 말을 인정하며 독고향은 적염비를 갈무리했다. 거짓말처럼 그의 전신을 타고 흐르던 섬뜩한 살기가 사그라들었다.

"별로 기분이 좋지 않은 물건이다. 될 수 있으면 쓰지 않는 게 좋겠어."

"나 역시 노력하고 있소. 이놈만 빼 들면 꼭 피를 보게 되니 나도 지겹소."

사실이었다. 적염비가 등장한 싸움에서 살아남은 적은 단 한 명도 없었다. 죽일 필요가 없는 자들까지 포함해서 말이다.

"얘기해 줄 수 있나? 그 비수에 대해 할 말이 많은 것 같은데……."

별로 기대를 하지는 않았지만 그래도 이렇게 물어봐야 했을 만큼 남궁장후는 독고향과 적염비의 관계가 궁금했다.

"다음에!"

무참하다 싶을 정도로 독고향은 간단하게 거절해 버렸다. 대신 그는 다른 말로 남궁장후를 긴장시켰다.

"혹시라도 내가 이놈을 빼 들고 설치거든 조심하시오. 속절없이 당할 정도로 무른 사람은 아니겠지만, 이상하게 피만 보면 통제가 되지 않소. 나도 이놈도 눈이 없어져 버린단 말이오!"

피아(彼我)를 가리지 않고 한꺼번에 베어버린다는 말이었다.

"알았어. 한 걸음 이상만 떨어지면 되는 거지?"

심각하기 짝이 없는 독고향의 말을 남궁장후는 농담으로 받아들였다. 그만큼 자신이 있다는 얘기였다.

"어둡다. 불을 켜라."

아닌 게 아니라 천지는 이제 완전히 밤의 지배 하에 들어가 있었다.

실내도 어두웠다. 창을 통해 바깥의 불빛이 스며들고 있긴 했지만 그것만으론 턱없이 부족했다.

물론 어둡다고 불편해할 두 사람이 아니었다. 다만 밤이 되었으니 불을 밝힌다는 지극히 자연스러운 반응이었을 뿐이다.

"불이나 켜고 끄자고 친위대장이 된 건 아니오."

무뚝뚝한 어조로 독고향은 남궁장후의 명을 거절했다.

"뻣뻣한 놈! 그 점이 마음이 들긴 하지만 이번만은 시키는 대로 해. 내 손으로 할 수는 없잖아."

"사람들에겐 저마다 할 일이 따로 있소. 불을 켤 사람 역시 따로 있을 터, 잠시만 기다리시오."

"뻣뻣하기만 한 줄 알았더니 영악하기까지 한 놈이구나, 마부! 지금까지 내 그림자 노릇을 했던 자웅쌍로를 고작 불이나 켜고 끄는 늙은이 취급을 하다니……."

그동안 밤이면 불을 켜는 것을 비롯해서 사소한 일들은 모두 자웅쌍로가 했던 터였다.

"하나의 실체에 그림자가 두 개일 수는 없소."

"뭐?"

의외의 말에 남궁장후는 놀란 표정을 지었다. 하나의 실체에는 하나의 그림자밖에 필요치 않다는 말이 너무도 예리하게 그의 가슴속으로 파고들었다.

"너와 자웅쌍로 중 한쪽만 택하란 말인가?"

"거듭 얘기하지만 사람에게는 저마다의 역할이 있소. 나이 든 사람은 또 그대로 할 일이 있을 거요."

"흐음!"

손에 턱을 괴고서 남궁장후는 생각에 잠겼다. 직설적으로 바로 치고 들어온 것은 아니었지만, 독고향의 말은 새 시대를 열 때에는 새 사람이 필요하다는 서슬 퍼런 질타였다.

그렇다. 확실히 아버지의 시대는 가고 자기의 시대가 시작되려 하고 있다. 자웅쌍로는 구시대의 인물, 새 시대엔 새로운 사람이 필요한 것이다.

"그럼 이제 내가 널 전폭적으로 신뢰하는 일만 남은 건가?"

그 말에 독고향은 대꾸하지 않았다. 몇 마디 말로 신뢰를 줄 수는 없다. 설사 그게 가능하다고 해도 오래가지 못한다.

"좋아, 한 가지만 물어보자. 대체 넌 누구냐?"

가장 간단하고도 핵심적인 질문이었다.

"독고향이오."

이 역시 마찬가지였다.

"좋아, 가장 확실한 대답이로군. 아무튼 이제부터 좀 떨어져 있도록

해라. 마음대로 행동해도 상관없다. 네가 친위대장이란 건 벌써 세가
령 전체에 알려졌을 테니 함부로 간섭하는 놈은 없을 거다.”

“친위대가 완전히 결성될 때까지의 내 위치는 바로 여기요.”

“그럼 내가 똥 싸러 갈 때도 따라오겠다는 건가? 그러고 보니 지난
며칠간 한 번도 가지 않았군. 생각난 김에 가볼까?”

저속한 언사를 마구 해댔지만 그 속에는 남궁장후의 진심이 들어 있
었다. 아무리 자기를 지켜주는 것이라도 너무 심하면 귀찮아질 때도
있는 것이다.

정말 측소에라도 갈 것처럼 남궁장후는 어슬렁거리며 걷기 시작했
다.

그 뒤를 독고향이 바짝 따라붙었다.

“정말 이럴래? 네 말대로 쉽게 당할 정도로 내가 물렁해 보여?!”

참다못한 독고향이 버럭 언성을 높였을 때 층계를 올라오는 사람들
의 발자국 소리가 들렸다. 손에 등불을 든 자웅쌍로와 아직도 상복을
입고 있는 매희였다.

“뭐야? 아직 불도 안 켰나?!”

올라오자마자 웅로는 소리부터 질렀고, 자로는 실내에 있는 초들 하
나하나에 불을 당겼다.

“오셨소? 마침 측소에 갈까 했는데 또 참아야겠군. 자, 앉으시오!”

남궁장후는 매희에게 자리를 권했다. 물론 바닥이었다.

자로가 재빨리 방석을 갖다 놓았고, 가벼운 목례를 해 보인 후 매희
는 나비가 꽃잎 위에 내려앉듯 살포시 좌정했다.

“지난 며칠간의 내 행동 때문에 놀랐다면 사과하겠소.”

남궁장후의 입에서 나왔다고는 믿기 힘든 정중한 사과의 말이었다.

“피치 못할 사정이 있으시겠지요.”

매희의 중원어는 유창했다. 동영인들에게서 흔히 들을 수 있는 혀 짧은 발음도 전혀 없었다.

“너무 갑작스런 일이라 아버지의 죽음을 애도하지 못한 불효자가 되고 말았소. 혹시 생전에 아버지께서 남기신 말씀이라도 없으셨소?”

“다른 말씀은 없으셨습니다. 다만……”

“다만?”

매희의 말꼬리를 남궁장후는 급히 잡아챘다.

그 모습을 보며 독고향은 고개를 갸웃거렸다. 매희를 대하는 남궁장후의 태도는 지나치게 진지하고 정중했다.

“이건 지나가는 말처럼 하신 말씀이라 그분의 흉중을 그대로 드러내신 것인지는 모르겠지만, 근래 들어 삼대호가가 변했다고 하셨습니다.”

“어떤 식으로?”

“거기까진 잘 알 수가 없었습니다.”

매희는 살짝 고개를 가로저었다. 그 선연한 미태에 촛불의 광휘마저 튕겨 나가는 것 같았다.

“알다시피 일이 이 지경이오. 우리들 문제는 내 취임식이 끝난 후에 다시 생각하도록 합시다.”

“처분에 따를 뿐입니다.”

“그만 돌아가 쉬도록 하시오. 무리해서 탈이라도 난다면 지하의 아버님께서도 편치 않으실 거요.”

“예.”

가볍게 고개를 숙인 후 매희는 몸을 일으켰다. 그녀의 움직임 하나

하나는 물이 흐르는 것처럼 잔잔했고, 또 꽃잎이 벌어지는 것처럼 우아했다. 어쩌면 그녀가 입고 있는 화복 때문인지도 몰랐다.

잠시 옷의 주름을 바로잡은 매희는 자웅쌍로와 독고향을 한차례 훑어본 후 몸을 돌렸다. 그 동작은 마치 주인이 종을 살펴보는 것 같았다.

매희가 내려가고, 그녀가 남긴 향기만이 실내에 담담히 떠돌았다.

그 향기에 취해 독고향은 멍하니 생각에 잠겼다. 주로 매희와 남궁장후의 관계에 대한 것들이었다. 단지 몇 가지 질문을 하기 위해 그녀를 불렀다고는 생각되지 않았다. 그보다는 그녀의 상태가 어떤지 걱정하는 눈빛이 짙었던 남궁장후였다.

'남궁장후가 그녀를 이성으로 보는 건가? 소문으로는 전대 영주와 관계가 있었다던데…….'

"정신 차려라, 마부! 볼썽사납다."

거친 남궁장후의 언성에 독고향은 퍼뜩 정신을 차렸다. 그리고 싸늘한 어조로 쏘아붙였다.

"거듭 말하지만 내 이름은 마부가 아니오. 앞으로는 정확하게 불러주시오!"

"어떻게? 향이? 이건 너무 여자 이름 같지 않아? 고향이? 이건 더 우습고……."

재미있다는 듯 남궁장후는 이것저것 독고향의 이름을 조합해 불렀다. 자웅쌍로도 같이 킬킬거렸다.

이 점에 대해서는 독고향도 할 말이 없었다. 성과 이름을 같이 부르거나, 아니면 성만 따로 불러도 그럴듯하게 들린다. 하지만 그런 경우는 거의 드물다.

"이봐! 늙은이들에겐 뭐 좋은 생각 없나?"

난감해하는 독고향을 두고 남궁장후는 자웅쌍로에게 물었다.

"애송이라고 부르면 딱 어울리겠소! 어때, 애송이?"

웅로가 때를 만났다는 듯 한마디 거들고 나섰다. 정말로 독고향이 미워 할 수만 있다면 손톱으로 터뜨리고 싶다는 표정이었다.

"그만, 그만! 본인은 심각해 죽겠다는데 놀리면 쓰나? 다 같이 고민해 보자고. 좋은 게 생각나면 즉시 얘기해. 원하는 대로 불러줄 테니."

마치 큰 선심이라도 쓰는 것처럼 남궁장후는 웅로를 제지했다. 하지만 그건 독고향을 더 심하게 놀리는 것에 지나지 않았다. 목구멍에서 쓴 물이 넘어오는 걸 독고향은 참고 삼켜야 했다. 저들이 뭐라 놀리든 할 말이 없었다. 정말이지 지금부턴 좋은 호칭을 짓기 위해 머리를 쥐어짜야 할 것 같았다.

치직!

길 잃은 날벌레 한 마리가 촛불 속으로 뛰어들어 제 몸을 태웠다.

취임식(就任式)

친위대로 뽑힌 사람들과 함께 양무각 삼층으로 올라온 순간부터 여천랑의 고운 아미는 일그러진 채 펴지질 않았다.

'돼지우리가 따로 없군!'

여천랑의 눈에 비친 실내는 그야말로 인간이 기거하고 있다고 믿기에는 상당한 무리가 따랐다. 한바탕 격전이 있었는지 커다란 상은 잘려져 아무렇게나 처박혀 있었고, 사방으로 튄 음식들은 고약한 냄새를 풍기며 썩어들어 가는 중이었다. 파리가 한 마리도 보이지 않는 게 신기할 정도였다.

또한 그곳에 있는 네 사람, 마침 점심때라 한창 식사에 열중하고 있는 그들의 모습도 영락없는 짐승이었다. 땟국물이 줄줄 흐르는 외양이나 바닥에 차려진 음식을 마구 손으로 집어 먹는 광경이 보는 것만으로도 구역질이 치밀 것 같았다.

'그래도 사람다운 놈이 하나는 있군!'

게걸스런 식사에 끼지 않고 유일하게 서 있는 한 사람, 독고향에 대한 그녀의 첫인상이었다.

"아, 왔어? 모두 다섯인가? 아직 식사 안 했지? 이리 와, 같이 먹자구."

마치 오랜 친구를 대하는 것처럼 친숙한 손짓으로 남궁장후는 새로 친위대가 된 사람들을 불렀다.

"아니, 괜찮으니 많이 드시오. 그보다 우린 앞으로 모시게 될 분 뵈러 왔소. 남궁 가주께서는 어디 계시오?"

백의청년이 한 걸음 나서며 정중하게 말을 건넸다. 그 역시 섭선으로 입매를 가리고 있는 걸 보니 실내의 고약한 냄새에 비위가 상한 모양이었다.

"나야."

너무도 스스럼없이 대꾸하는 남궁장후의 말에 백의청년의 안색이 확 변했다.

"농담하지 마시오. 다시 한 번 말씀드리지만 우린 남궁 가주, 남궁장후 소협을 뵈러……."

"저분이 틀림없다!"

포금율이 앞으로 걸어나가며 남궁장후의 말을 확인해 줬다.

"어이, 비돈이. 넌 움직이지 마라. 무너지면 어쩌려고……."

"킥킥킥!"

남궁장후의 농담에 별안간 누군가의 입에서 웃음소리가 터져 나왔다.

인상을 험악하게 구기며 포금율은 웃은 자를 쏘아보았다. 등에 용 문신을 새긴 왜소한 사내였다.

"웃지 마라, 개귀신! 멀쩡한 아랫도리까지 부러지기 싫으면……."

"개귀신이라고? 그게 이름인가? 대체 누구야?"

남궁장후의 입에서 콩 볶는 듯한 질문들이 토해졌다.

의아해하면서도 재미있다는 표정이 된 것은 독고향과 자웅쌍로도 마찬가지였다. 어찌 사람의 이름이 개귀신일 수 있을까마는, 또한 그렇게 불리는 데는 그만한 이유도 있을 터였다.

사람들의 시선이 일제히 용 문신 사내에게로 향했다. 지금은 그의 멋드러진 문신이 보이지 않았다. 옷을 입어서가 아니라 상체를 온통 붕대로 휘감고 있었기 때문이다.

남궁장후를 비롯한 세 사람은 모두 그가 누군지 알고 있었다. 실제로 그는 이들 다섯 중 가장 눈길을 끌었다고 해도 과언이 아니다. 형편없는 무공으로 끝까지 비겨서 올라왔으니 그럴 만도 했다.

사실 비겨서 올라온 사람이 두 명 더 있었다. 백의청년과 칙칙한 회의(灰衣)를 걸친 파리한 안색의 사내였다.

"내가 친위대장 독고향이다. 각자 이름을 대도록!"

여전히 남궁장후의 뒤에 버티고 선 채 독고향은 다섯 명을 둘러보았다.

"포금율이오."

"여천랑."

"개귀신이오."

"이신(李信)이라 불러주시오."

회의사내까지 제 이름을 댔지만 백의청년은 머뭇거렸다. 아직도 남궁장후의 겉모습 때문에 의심하고 있는 것 같았다.

하지만 그도 이내 제 이름을 밝혔다.

"해남검파(海南劍派)의 진전을 이은 장처무(張處珷)라 하오."

그는 의도적인 듯 자기의 출신 문파까지 밝혔다.

지금은 거의 절전되다시피 했지만 해남검파라면 오십 년 전만 해도 강호에서 내로라하던 명문정파였다. 그걸 밝힘으로써 은근히 다른 사람과는 다르다는 걸 보이려는 기색이 장처무의 언행에 역력히 배어 있었다.

"개귀신, 본명은?"

"놔둬! 좋은 이름인데 뭘 그래? 모름지기 이름이란 저래야 돼. 부르기 쉽고, 기억하기 쉽고 얼마나 좋아!"

"개귀신, 본명은?"

어조에 더욱 힘을 실어 독고향은 똑같은 말을 반복했다. 대장으로서 처음으로 부하들을 대면하는 자리다. 여기서 밀리면 앞으로 저들을 통제하기 어렵게 된다.

남궁장후나 자웅쌍로야 이미 만성이 되었지만 친위대원들은 뜨악한 표정들이었다.

"아, 놀랄 것 없어. 원래 너희들 대장이 위아래가 좀 없는 편이야. 어이, 대장! 미안하다구. 네 부하들을 내 맘대로 이래라저래라 해서."

이제 친위대원들은 경악에 찬 시선으로 독고향을 바라보았다. 꼴이야 어떻든 남궁장후는 차기 세가령주로 거의 확실시되는 사람이다.

그런 남궁장후가 사과를 한 것이다. 비록 장난기 다분한 어조였지만 많은 사람들이 보는 앞에서 분명히 입 밖으로 내뱉었다.

"마지막으로 묻겠다. 개귀신, 본명은?"

"이름은 없소. 어릴 때부터 그저 구귀(狗鬼)라고만 불렸소."

튕기듯 구귀는 대꾸했다. 어떻게 불러도 개귀신일 수밖에 없었다.

독고향의 눈매가 사나워졌다. 이건 놀리는 걸로 간주해도 좋았다.

"넌 제명이다!"

싸늘한 어조로 독고향은 선언했다. 그리고는 곧장 개귀신에게서 시선을 떼고 여천랑을 바라보았다.

"잠, 잠깐만! 소, 소인의 말 좀 들어보시오. 제, 제발……."

붕대 때문에 제대로 움직여지지도 않는 손을 구귀는 필사적으로 휘저으며 앞으로 나섰다. 도저히 이대로 쫓겨날 수 없다는 간절함이 그의 어조에 배어 있었다.

독고향의 시선이 다시 그에게로 건너왔다.

"마지막 기회다. 날 설득하지 못한다면 넌 그대로 제명이다!"

"고, 고맙소!"

간신히 안도의 한숨을 내쉬며 개고기는 손목에 감긴 붕대로 이마의 땀을 닦았다.

그리고 얘기가 시작되었다.

구귀는 고아였다. 기억의 맨 처음은 다섯 살 언저리, 그때부터 그는 혼자 세상에 버려졌었다.

매일 매일이 그에게는 전쟁이었다. 단지 하루하루 살아남아야 한다는 지극히 간단한 사실이 그에게는 처절한 싸움의 연속이었다. 물론 그 당시엔 이름도 없었다. 그저 '무슨 무슨 새끼' 가 그를 부르는 유일한 호칭이었다.

그에게 구귀란 이름 아닌 이름이 붙게 된 것은 열세 살 때였다. 마을에 미친개 한 마리가 나타났었던 게 그 동기였다.

사람들은 모두 달아나기 바빴다. 때려잡고 어쩌고 하기엔 개가 너무 컸었다. 그 당시 이구(李九)의 집에 새로 태어났던 송아지보다 훨씬 더 컸다는 얘기가 있었으니까.

그러나 단 한 사람, 그만은 달랐다. 제 팔뚝보다 굵은 몽둥이 하나 들고 미친개에게 덤벼들었다. 그리고 사투였다. 개와 사람이 싸운다는 보기 드문 광경인지라 도망치던 사람들도 쭉 둘러서서 구경을 했지만, 이내 다들 눈길을 돌리고 말았다. 개중에는 토악질을 하는 사람도 있었다.

정작 당사자였던 그는 지금까지도 어떻게 싸웠는지 전혀 기억하지 못했다. 한동안 혼절해 있다가 정신을 차렸을 땐 저보다 훨씬 더 큰 개가 옆에서 혀를 빼물고 죽어 있는 걸 발견했을 따름이었다.

사람들은 그를 거들떠보지도 않았다. 한때 자신들을 공포에 떨게 했던 개의 사체에만 잠시 관심을 가졌다가 곧 그것을 갖다 버리려고 했었다.

그때 그는 거의 반광란에 가까운 발작을 일으켰었다. 광견과 싸우다 혹시 같이 미쳐 버린 게 아닌가 하고 사람들이 의심했을 정도였다.

미친개에겐 꼼짝도 못하고 달아났던 사람들이, 그러나 그에겐 매서운 구타를 감행했었다.

그의 저항은 오래가지 못했다. 개에게 입은 부상에 더해진 사람들의 몽둥이질은 진정 견디기 힘든 것이었다. 하지만 그가 절대로 양보하지 않은 게 하나 있었다. 바로 개의 사체였다. 사람들의 몽둥이질을 고스란히 몸으로 견디면서도 개의 사체만은 끌어안고 놓지 않았었다.

지친 건 오히려 때렸던 사람들이었다. 아무리 두드려도 결코 개의 사체를 놓지 않는 그에게 질려 그것(?)들을 그냥 버려두고 손을 털 수밖에 없었다.

꼬박 하루 뒤에야 그는 깨어났다. 간신히 숨만 붙어 있는 상태였지만 그는 움직였다. 나뭇가지들을 모아 불을 피우고, 날카로운 돌로 개의 가죽을 벗겨 구웠다.

그 후로 꼬박 닷새 동안 그는 개를 먹어치웠다. 고기는 물론, 껍질과 골수까지 모두 빨아 먹어버린 것이었다.

그 후로 사람들은 그를 구귀, 즉 개귀신으로 부르기 시작했다.

"재미있는 얘기였다, 개귀신."

얘기를 다 들은 독고향은 한마디 툭 던졌다. '개귀신'으로 불러줌으로써 친위대원으로 인정해 준 것이다.

"근데 대장, 왜 나처럼 형편없는 놈을 뽑으셨소?"

쑥스러운 어조로 개귀신은 물었다. 아직까지 대장이란 말이 입에 붙지 않은 탓이었다. 그래도 어조에는 친위대원으로 남게 된 안도감이 여실히 묻어 나왔다.

"너와 싸운 놈들은 더 형편없었으니까."

독고향의 대답은 간단했고, 확고했다. 개귀신처럼 형편없는 놈을 이기지 못한 자들은 더 형편없을 게 틀림없을 테니 말이다.

적어도 개귀신에게는 끝까지 버티겠다는 독기가 있었다.

반면 그와 싸운 자들은 반드시 이기겠다는 의지가 없었다. 그게 있었다면 저런 형편없는 자가 친위대로 뽑힐 리가 없을 터였다.

독고향과 개귀신의 대화로 뜨끔해진 두 사람이 있었다. 이신과 장처무가 바로 그들이었다. 비겨서 친위대로 뽑힌 건 기실 구귀뿐만이 아니었던 것이다.

장처무도 개귀신처럼 전판을 비겼었다. 삼층에서 연무장을 내려다본 사람들은 모두 그 사실을 알고 있었지만 그를 탈락시키지는 않았다. 너무도 특이한 그의 무공 때문이었다.

장처무의 무공은 강했다. 그것도 남궁장후가 감탄을 금치 못할 정도로 강했다.

그러나 장처무의 무공에는 살기가 전혀 보이지 않았다. 단지 검 대신 섭선을 들었다고 해서 그런 게 아니었다. 무공 자체가 철저히 비실전적인, 타인과 싸우기 위해서라기보다는 체조에 가까운 것이었다.

하긴 해남검파가 어떻게 강호에서 사라졌는지 아는 사람이라면 그 후인(後人)들의 무공이 왜 그렇게 비실전적인지 이해할 것이다. 너무 강하고 너무 실전적이라 정통검리(正統劍理)에 어긋난다며 구파일방에 의해 사파(邪派)로 규정되면서 엄청난 탄압을 받았었다.

이백여 년을 이어오던 거대 문파가 불과 오십 년 만에 그 흔적을 찾아보기 어려운 지경에 처하고 말았으니 그 박해가 어느 정도였는지 충분히 짐작이 갔다.

그 속에서 살아남아 해남검파의 진전을 이은 장처무의 무공은 싸워 이기기 위한 게 아니라 살아남기 위한 것이었다.

그래서일까?

가슴이 조금 찔리기는 했지만 자신이 비겼다는 사실에 대해 장처무는 그리 쑥스러워하지 않았다. 배우고 익힌 무공 자체가 그런데 뭘 더 바라겠는가.

"장기가 뭔가, 이신?"

독고향의 시선이 이신에게로 돌려졌다. 부하의 출신 성분은 몰라도 능력만은 알아둬야 한다. 그래야 제대로 부릴 수 있다.

"암기(暗器)요!"

의외라는 표정으로 독고향은 이신을 다시 봤다. 너무 솔직한 그의 대답 때문이었다.

암기를 장기로 삼는 자는 절대로 그런 말을 입 밖에 내지 않는다.

암기가 왜 암기인가? 말 그대로 은밀하게 사용하는 무기이기 때문에 그렇게 불린다.

그런데 만약 누군가가 '나는 암기술의 달인이오' 라고 말한다면 사람들은 아마 그와 상당한 거리를 두고, 그의 손을 날카롭게 주시할 것이다. 충분한 대비를 한다는 얘기다. 한마디로 암기가 장기라 밝히는 건 발가벗고 적과 맞서는 것에 다름 아니다.

'요주의 인물이군!'

독고향은 이신을 위험 인물로 찍었다. 비실전적이란 점만 빼면 막강한 장처무와 마지막 판에서 동수를 이뤘고, 암기가 장기라고 당당하게 밝히고 있다. 아직 내보이지 않은 뭔가가 더 있다는 얘기였다.

무겁게 가라앉은 눈길로 독고향은 이신을 쏘아보았다. 뭔가를 숨기고 있는 자를 중용할 수는 없다. 친위대로 남겨는 두되, 거리를 두고 감시를 해야 할 자였다.

이신에게서 떨어진 독고향의 시선은 포금율을 그냥 지나쳤다. 그와는 벌써 손속을 나눠본 터였다. 무공에 대해서는 더 알아볼 필요가 없었다.

대신 그는 아까부터 말을 걸고 싶었던 여천랑을 향해 입을 열었다.

"용케도 들어왔군. 여천랑이라고 했던가?"

"예?"

의외의 말에 고개를 쳐들어 독고향을 바라본 여천랑의 눈에 놀라움의 파문이 번져 갔다. 세가령에 들어온 첫날 구봉산에서 우연히 지나쳤던 마부의 얼굴이 거기 있었기 때문이다.

"내가 친위대장이란 사실은 그리 놀랄 게 못 돼! 정작 놀란 건 나다. 설마 친위대원이 되려고 세가령으로 은밀히 들어오진 않았을 테고, 왜 왔나?"

"뭐야? 아는 사이인가?"

묵묵히 먹고 마시는 데 열중해 있던 남궁장후가 끼어들었다.

독고향은 여천랑을 만나게 된 경위를 간단하게 설명해 줬다. 계속 이어질 게 뻔한 그의 질문을 미리 차단하기 위해서였다.

"그 질문엔 대답하지 않겠어요."

"왜지?"

"다른 사람들에겐 묻지 않은 걸 나만 대답할 순 없어요."

요컨대 자기에게 친위대에 들려는 이유를 물으려면 다른 사람에게도 똑같이 물어보라는 여천랑의 말이었다.

고개를 끄덕여 독고향은 수긍했다. 이들의 출신이나 친위대가 된 이유 따위는 몰라도 괜찮다. 중요한 건 앞으로 이들이 어떤 행동을 하느냐라고 여겼기에 묻지 않았었다.

그러나 벌써 독고향은 이신에 이어 여천랑도 위험 인물로 찍어버린 뒤였다.

"그럼 다른 걸 묻겠다. 뭐가 장기인가, 여천랑?"

독고향은 질문을 바꿨고 이번엔 여천랑도 순순히 대답했다.

"아무거나!"

그녀의 어조는 자신에 차 있었다.

하지만 독고향의 눈썹은 살짝 곤두섰다. 모든 병기를 다 잘 다룰 수 있다는 건 정작 한 가지 한 가지 파고들면 조금씩 부족하다는 걸 의미한다. 결정적인 순간이 되면 그 미세한 차이가 생사를 결정짓곤 한다.

'팔방미인은 글에서나 가능한 것……!'

생각을 매듭지으며 독고향은 다시 한 번 다섯 명의 친위대원들을 찬찬히 바라보았다. 충분한 의미를 실은 눈빛이었다.

"이제 너희들은 여기 계신 남궁세가주의 친위대원이 되었다. 목숨을 다해 모시도록!"

말을 하면서도 독고향은 내심 간지러움을 느꼈다. 충성이란 강요한다고 해서 우러나는 것이 아니다. 그건 자기가 상대에게 심복했을 때 저절로 발현되는 것이다.

그러고 보면 충성이란 아랫사람이 윗사람에게 하는 게 아니라 그 반대일 수도 있다. '충성'이라는 글자를 떠올리기 전에 몸이 저절로 따르게 만들려면, 윗사람은 부단하게 노력해야만 한다. 그래서 얻는 아랫사람의 복종만이 진정한 충성이라 할 수 있다.

"옛!"

"알았소!"

대답한 사람은 겨우 둘, 포금율과 개귀신뿐이었다.

그래도 독고향은 실망하지 않았다. 첫 대면에서 두 사람의 대답을 끌어냈다면 성공한 셈이다. 남은 자들의 입까지 열리게 하는 건 순전히 자기자신의 책임이다.

"질문있나?"

"저……."

독고향의 말이 끝나자마자 개귀신이 어색하게 손을 들었다.

"뭔가?"

"공자(工資:월급)는 얼마나……?"

아무래도 개귀신은 돈에 가장 관심이 가는 모양이었다. 대뜸 그것부터 입에 올렸다.

"나도 모른다. 하지만 한 가지 약속할 수 있는 것은 내가 갖는 모든 것을 너희들과 똑같이 나누겠다는 것이다. 더 필요한가?"

아무도 말이 없었다.

그제야 독고향은 남궁장후에게 말을 건넸다.

"내 상견례는 끝났소만, 하실 말씀 없으시오?"

"아, 됐어. 독고 대장 말이 곧 내 말이니까 난 신경 쓸 것 없어."

남궁장후는 음식 기름이 가득 묻은 손을 홰홰 내저었다.

"다들 아직 식사 안 했지? 우선 먹고 개귀신은 치료를……!"

말을 잇던 독고향의 미간이 갑자기 크게 일그러졌다. 한 떼의 사람들이 진화궁 정문으로 난입하고 있었기 때문이다.

"아니, 저놈들이?"

그 광경을 본 사람은 독고향뿐이 아니었다. 사방이 온통 유리로 되어 있기 때문에 보기 싫어도 실내의 사람들은 모두 보았다. 그중 웅로는 노호를 터뜨리기도 했다.

방음이 잘된 덕에 난입자들이 지르는 소리는 잘 들리지 않았다. 하지만 그들은 한결같이 양무각 삼층을 향해 불만을 담은 팔뚝질을 해대며 고함을 지르고 있었다.

그들이 누군지 독고향은 한눈에 알아보았다. 바로 기상천외한 비무대회의 결과에 불만을 품은 자들이었다.

이해가 되지 않는 것은 잡성가 무사들의 태도였다. 오백이 넘는 비무대회 참가 희망자들도 잘 통제했던 그들이 고작 백 명 남짓한 자들을 막지 못하고 있는 것이다.

하지만 그건 나중에 따져도 될 일, 그보다 먼저 처리해야 될 일이 있었다.

"너희들에게 첫 번째 임무를 주겠다. 최대한 빠른 시간 내에 저들을 해산시키도록! 있는 재주를 다 발휘해라. 죽이지만 않으면 병신을 만들어도 좋다."

독고향의 말이 끝났을 때 벌써 세 사람은 그 자리에서 사라지고 없었다. 여천랑과 장처무, 그리고 이신이었다. 명령을 수행하기 위해서라기보다는, 불결하기 짝이 없는 실내에서 어서 벗어나고 싶었는지도 모른다.

"개귀신은 남아라. 그 몸으로 뭘 하겠다고……."

부상당한 몸으로도 오히려 포금율보다 앞장서서 층계를 내려가려는 개귀신을 독고향은 불러 세웠다. 밀어내기 시합에서는 간신히 버텼는지 몰라도, 이제부터 시작될 난전에 휘말리면 그의 실력으로 견디기 어려울 것이다. 죽을지도 모른다.

포금율의 머리가 계단 아래로 사라졌을 때 연무장에서는 벌써 한바탕 어지러운 싸움이 벌어지고 있었다.

"다 죽여 버리라고 하지 그랬나?"

여느 때보다 심각한 어조로 남궁장후가 말을 건네왔다.

"죽은 자는 말이 없소. 하지만 병신이 된 자들은 두고두고 친위대원들의 무서움에 대해 얘기할 것이오."

이 기회에 대외적으로 친위대에 대한 인식을 강하게 심어두자는 독고향의 대꾸였다.

파뜩, 순간적으로 남궁장후의 눈에 서늘한 냉기가 감돌았다. 한 가지 일을 시키면서 그 이면까지 철저히 계산하는 독고향의 심계(心計)에 대한 노골적인 경계심의 표출이었다.

그러나 입에서는 전혀 다른 말이 나직이 비집고 나왔다.

"쌍로, 잡성가 놈들을 어떻게 해야 좋을까?"

남궁장후의 눈에도 잡성가 무사들의 태만은 확연히 보였다. 진화궁 안으로 외인들을 난입시킨 건 화살만 쏘지 않았을 뿐 반역이나 다름없었다.

"잡성가를 두들겨 봐야 머리에서 비듬을 터는 것에 다름 아니오. 치려면 그 뒤에 웅크리고 있는 여가(呂家)를 쳐야지!"

자로가 한 것치고는 드물게 긴 말이었다. 그 속에 실린 냉기도 더 강해져, 저만치 떨어져 있는 개귀신이 저도 모르게 몸을 부르르 떨었을 정도였다.

"그렇다면?"

"우선 취임식부터 서둘러야 하오. 약간의 무리를 감수하더라도."

"좋아!"

남궁장후는 몸을 일으켰다. 그리 빠른 움직임은 아니었다. 하지만 여태 볼 수 없었던 기도가 두 어깨에 실려 있어, 흡사 산이 하나 분출되어 솟구치는 것 같았다.

"따라왓!"

한마디 한 후 남궁장후는 빠른 걸음으로 계단을 내려갔다.

연무장에서는 어디선가 나타난 은건대 무사 십여 명이 친위대를 도
와 난입자들을 마구 까부수고 있었다.

향일대로를 오가는 사람들은 하나같이 미간을 찌푸렸다. 어디서 왔는지 모를 거지노인이 떡하니 버티고 앉아 구걸을 하고 있었기 때문이다.

빈민들은 있어도 거지는 없는 곳이 바로 세가령이다. 이 둘은 서로 비슷한 것 같으면서도 확연히 다르다.

빈민들도 때때로 구걸은 한다. 하지만 그들에게는 일하고자 하는 의욕이 먼저다. 그게 안 됐을 때 생존의 한 방편으로, 또 최후의 수단으로 구걸을 한다.

그러나 거지들에겐 애초부터 일하고자 하는 의욕 따윈 없다. 그저 편하게 먹고 살기 위한 방법으로 그들은 구걸을 택한 것이다.

그러니 거지들을 바라보는 세상 사람들의 시선이 혐오감으로 가득 차는 것도 당연한 일이다.

그것도 연평부의 중심부라 할 수 있는 항일대로에 버젓이 앉아 구걸을 하고 있는 거지를 발견했으니, 사람들의 시선이 고울 리 없었다.

사람들의 따가운 시선에는 아랑곳없이 거지노인의 눈은 졸음을 못 이기겠다는 듯 연신 끔뻑거렸고, 고개도 쉼없이 끄덕거렸다.

하지만 거지노인은 자고 있는 게 결코 아니었다. 잠길 듯 끔뻑거리는 그의 눈은 항일대로 끝에 있는 진화궁을 훑듯이 살피는 중이었다.

진화궁 입구에서 한 무리의 사람들이 마치 개미 떼처럼 이리저리 흩어지고 있는 게 보였다. 비무대회의 결과에 불만을 품고 난입했다가 친위대와 몇몇 은건대원들에 의해 쫓겨나고 있는 탈락자들이었다.

'난데없는 친위대 선발이라. 여기도 거친 바람이 부는구먼!'

거지노인은 몰면개였다. 개봉에서 매타자와 이별한 후 곧장 세가령으로 들어왔던 것이다.

여기 와서 몰면개가 처음으로 접한 소식은 친위대원 선발에 대한 얘기였다. 그러려니 하고 흘려버릴 수도 있었겠지만, 몰면개는 그 이면에 도사린 것들을 예리하게 집어냈다.

'하긴 남궁세가가 예전처럼 막 부리기엔 삼대호가가 너무 커버렸지. 한바탕 내전이 일어나려는가……?'

쿡쿡!

돌연 뭔가가 생각에 몰두해 있는 몰면개의 어깨를 아프게 찔렀다. 눈을 뜨고 바라보니 점소이 복장을 한 자들이 기다란 작대기를 함부로 휘둘러 대고 있었다.

몰면개는 꿈쩍도 하지 않았다. 이런 경우는 너무도 많이 겪어온 터였다.

어딜 가나 거지라는 존재는 환영받기 힘들다. 더구나 지금처럼 객점

앞에 앉아 있을 때는 더욱 그렇다. 장사에 지대한 장해가 되니 그냥 둔다면 오히려 이상한 일이다.

많이 겪었던 만큼 이럴 때의 대처 방법도 잘 알고 있는 몰면개다. 앞에 내려둔 쪽박을 집어 들고 점소이들을 향해 불쑥 내밀며 몸을 일으켰다.

"왜? 한 닢 주시려오?"

입가에 히물쩍한 미소까지 떠올리면 상황은 으레 역전되기 마련이다.

"으헉!"

아니나 다를까, 몰면개가 몸을 일으키자마자 점소이들은 후닥닥 저만치 물러서 버렸다. 만에 하나 서로 닿기라도 한다면 저 지저분한 때가 묻는 것은 물론이고, 더러운 병까지 옮겨오지 않을까 하는 두려움 때문이었다.

몰면개는 다시 원래의 자리로 돌아가 앉았고, 점소이들은 더 이상 그를 귀찮게 하지 못했다.

다시 담장에 편안하게 등을 기댄 몰면개의 시선은 예의 진화궁 쪽으로 향했다. 이리 뛰고 저리 뛰던 사람들의 모습도 이젠 어느 정도 정리가 되어가고 있었다.

'남궁영호의 아들이 과연 이 바람을 헤치고 나갈 만한 인물이 될지 어떨지……?'

듣자니 남궁영호가 죽은 이후로 그 뒤를 이을 후계자인 남궁장후는 기행만 일삼고 있다 한다. 그 심정을 알 것도 같으면서, 한 켠에서는 미간이 찌푸려지는 몰면개였다. 적어도 아비의 장례만은 제대로 치러야 했지 않았을까.

지금 남궁장후에겐 그 어느 때보다 힘이 필요할 터, 그의 파격적인 기행이 적으로 여겨질 자들의 의표는 확실히 찔렀는지 몰라도 전체적으로 보면 그에 대한 반감만 가중시켰을 뿐이다. 그의 편이 되어줄 수도 있는 힘은 세가령 안에만 있는 것이 아니다.

문득 몰면개의 눈이 가늘게 뜬 눈꺼풀 사이에서 예리한 한광을 쏟아냈다. 길 건너편, 상점에서 쳐둔 차양의 그늘 속에서 이쪽을 파뜩 살피고 총총히 걸어가는 한 사람을 발견한 탓이었다.

'저자는?

개봉에서부터 누군가가 뒤를 쫓고 있다는 건 벌써부터 알고 있던 몰면개였다. 행보를 멈추고 그들이 누군지 알아볼까도 싶었지만, 세가령으로 들어오면 자연스게 떨어지지 않을까 싶어 그냥 두고 있던 참이었다. 그들이 까다로운 입령(入領) 조건을 충족시키지 못하는 한 그 생각은 잘못된 게 아니었다.

그런데 세가령 안에서도 꼬리가 붙었다. 이는 미행자들이 결코 가볍게 여길 상대가 아니라는 의미, 몰면개는 스르르 몸을 일으켰다. 이젠 놈들에 대해 본격적으로 알아봐야만 할 것 같았다.

"으어억!"

어쩔 줄 몰라 그저 주변만 맴돌고 있던 점소이들이 일제히 놀라며 황급히 물러섰다.

그들을 향해 한차례 히물쩍 웃어 보인 후 몰면개는 어슬렁거리며 향일대로를 따라 걷기 시작했다.

햇살 뜨거운 한낮인지라 오가는 사람들이 있을까 싶었지만, 그래도 향일대로는 연평부 제일가는 번화가답게 북적거렸다. 그 사이를 헤집고 몰면개는 유유히 걸어갔다.

몰면개를 발견한 사람들의 반응은 한결같았다. 우선 놀랐다는 외침을 발하고, 다음에는 길 한 켠으로 황급히 비켜서는 것이었다. 하여튼 그와의 거리를 최대한 떨어뜨리려고 눈물겨운(?) 노력을 하고 있었다.

그 바람에 향일대로는 때 아닌 작은 소동이 일었다. 심지어 바쁘게 달리던 마차들 중에서도 한 켠에 멈추고 이 희귀한 거지 구경에 나선 자들도 없지 않았다.

삐이잇, 삐잇!

당연히 황건대원들이 정리하기 위해 뛰어들었고, 그 작은 소동이 가라앉았을 때 몰면개의 모습은 이미 어디에도 보이지 않았다.

몰면개가 다시 모습을 보인 곳은 연평부 외성곽에 붙은 빈민가, 바로 독고향의 집 근방이었다.

물론 몰면개가 그런 것까지 알 턱이 없었고, 다만 미행자를 잡아챌 조용한 장소를 찾다 보니 여기까지 오게 된 것이었다. 미행자가 따라오지 못하는 게 아닌가 하는 걱정 따윈 하지 않았다. 향일대로에서 홀연히 사라져 버린 걸로 따돌릴 수 있다고 여기지는 않았다.

만약 그 정도로 꼬리를 자르는 데 성공했다면 오히려 실망했을 터였다. 누군지 아직 알 수 없지만 상대는 그리 호락호락한 자들이 아닌 것이다.

외성 벽을 따라 걸으며 주변을 살피던 몰면개의 눈빛이 반짝 빛을 발했다.

'저기가 적당하겠군!'

몰면개는 마침내 추적자를 잡아챌 적당한 장소를 찾아냈다. 성곽 보수용 자재들을 쌓아둔 곳이었다.

아마 처음엔 정연하게 쌓아뒀으리라. 그러나 지금은 온통 흐트러져 있었고, 그나마 맨돌들밖에 남아 있지 않았다. 목재나 다른 가벼운 자재들은 이 근처 빈민들이 모두 훔쳐 내어 팔아먹었을 것이 뻔하다.

이런 곳에 자재를 쌓아뒀다는 것 자체가 고양이에게 생선을 맡긴 거나 진배없는 행위였다.

사방을 한차례 둘러본 몰면개는 곧장 자재 더미 뒤로 돌아 들어갔다. 그리고 미행자가 나타나길 기다렸다.

몰면개의 기다림은 그리 길지 않았다. 한 사람이 모습을 보인 것은 자재 더미 속에 은신한 지 채 한 식경도 지나지 않아서였다.

미행자는 마흔을 훌쩍 넘긴 사십 대 중반의 사내였다. 제 딴에는 이 근처에 사는 빈민들처럼 보이려고 누더기까지 걸친 모습이었지만, 그자는 흡사 물에 들어간 기름처럼 이곳과는 확연히 다른 분위기를 풍기고 있었다.

그자는 노련한 미행자였다. 사방을 두리번거리지도 않고 곧장 자재 더미로 다가와 살피는 척했다. 모르는 사람의 눈에는 자재 관리인으로 보일 만한 행동이었다.

물론 그 모든 게 자신이 누군가의 뒤를 미행하고 있다는 걸 숨기기 위함이었다. 설사 정통으로 미행 대상자와 맞닥뜨려도 할 말이 있는 것이다.

하지만 그건 또 몰면자를 돕는 결과가 되기도 했다. 이것저것 잡다한 것에 신경 쓰지 않고 곧장 두들겨 잡으면 됐고, 또 실제로 그렇게 했다.

"어헉, 누, 누구요?"

미행자는 몰면자가 예상했던 것 이상으로 놀라며 경악성을 질렀다.

하지만 그런 잔수에 넘어갈 몰면자가 아니었다.

"쉿, 한 번만 더 소릴 지른다면 우선 그 입부터 확 찢어놓겠다!"

이 순간 몰면자는 사람이 달라 보였다. 원래가 사람들에게 호감을 주지 못하는 외모였지만, 지금은 거기에 더해 상대로 하여금 으스스한 공포를 던져 줄 만큼 위압적이기도 했다.

"대, 대체 왜 이러시오?"

몰면자의 협박이 충분한 효력을 보였다. 미행자의 목소리가 대뜸 낮아졌던 것이다.

"질문은 내가 하겠다. 괜한 고통을 당하기 싫다면 첫 번째 질문 때 솔직히 얘기하는 게 좋다."

미행자의 곡지혈(曲池穴)과 견정혈(肩井穴)을 제압한 손에 힘을 가하며 몰면개는 나직이 으르렁거렸다.

"끄으으, 이, 이것부터 좀 노, 놓고……."

미행자의 입에서 고통에 찬 신음성이 터져 나왔지만 몰면개는 더욱 세차게 손아귀를 움켜쥐었다.

"왜 나를 미행했느냐?"

"미, 미행이라니 무슨 말씀을, 흐아악!"

"이대로 반 각만 더 있으면 너의 오른팔은 불구가 되고 만다. 평생 왼손으로 밥을 먹어도 좋다면 대답하지 않아도 된다."

이건 단순한 엄포가 아니었다. 견정혈이나 곡지혈은 모두 팔을 움직이는 중추가 되는 혈로, 몰면개에겐 미행자의 그 요혈을 파괴해 버릴 용의도 충분했다.

"명, 명을 받았소. 영내에서 귀하의 움직임을 감시하라는, 흐어어억!"

대답하는 미행자의 음성은 흐느낌에 가까워졌다.

"영지 내에서라고? 그럼 너는 누구냐? 세가령의 사람인가?"

몰면개가 손에서 힘을 약간 뺐고,

"연평부 잡성가의 천건대 소속 오가흥(吳可興)이오."

스스로를 오가흥이라고 밝힌 미행자의 목소리가 조금 편해졌다.

"그럼 네게 명을 내린 자는 누구냐?"

"이걸 좀 놔주시오. 이왕 이렇게 된 마당에 무얼 더 숨기겠소. 다 말씀드리리다!"

몰면개는 오가흥의 눈을 들여다보았다. 거짓말 같지는 않았다.

그렇다고 완전히 믿을 수는 없는 노릇, 곡지혈을 제압했던 손만 풀어주었다.

"어제 아침 소생은 여 가주에게 불려갔었소. 거기서 귀하의 뒤를 미행해 세가령 안에서 뭘 하는지 낱낱이 보고하라는 명을 받았소."

"여 가주? 그럼 여상절이 직접 명을 내렸단 말인가?"

"그렇소."

"이유는 말하지 않던가?"

오가흥은 고개를 가로저었다.

"고통에 굴복할 자로 보이지는 않는데, 이렇게 순순히 얘기하는 이유가 뭔가?"

몰면개의 어조는 여전히 냉랭했다. 오가흥의 말을 믿지 않는 건 아니었다. 다만 갑자기 고분고분해진 그의 태도가 의심스러웠다.

"그건 여 가주가 무림맹과 손을 잡은 것 같은 낌새가 보였기 때문이오. 어제 아침에도 여 가주는 무림맹의 사람과 함께 있었소. 귀하를 미행하라는 것도 무림맹의 사주를 받은 게 아닌가 싶소."

‘역시 무림맹인가?’

제 뒤를 미행했던 배후에 무림맹이 있다는 말에 몰면개는 별로 놀라지 않았다.

그러나 여상절이 무림맹과 손이 닿아 있다는 말은 놀라운 것이었다. 대대로 세가령과 무림맹의 사이는 별로 좋지 않았고, 전대 영주인 남궁영호 때엔 그 적대감이 노골적으로 드러났었다.

오가홍도 무림맹에 대한 감정은 좋지 않은 모양이었다. 그러니 여상절이 그들과 손잡고 있다는 사실에 불만을 품고 이렇게 순순히 모든 것을 얘기하고 있는 것이다.

전적으로 다 믿어선 안 되는 상대임에도 불구하고 몰면개는 오가홍의 말을 믿고 싶었다. 모든 정황이 맞아떨어졌고 얘기도 조리에 닿았다.

“또 다른 미행자는 없는가?”

몰면개의 어조는 어느새 부드러워져 있었다.

“내가 알기론 없소.”

오가홍은 부정했고 몰면개는 고개를 끄덕여 수긍했다. 이 말은 믿어도 좋을 것 같았다.

“이대로 풀어주고 싶지만 그럴 수 없다는 건 자네도 잘 알고 있을 터, 자네의 뇌호혈(腦戶穴)에 약간의 금제를 가해놓겠네. 정확히 사흘 후에는 아무 일 없이 깨어날 테니 너무 걱정하지는 말게.”

“몸조심하시오.”

오히려 오가홍은 몰면개의 신변을 걱정해 줬다.

“고맙네.”

말과 동시에 몰면개는 오가홍의 뇌호혈을 가볍게 찔렀다.

맥없이 쓰러진 오가홍을 자재 더미 사이에 안전하게 뉘인 후 몰면개
는 밖으로 나갔다. 동시에,

'웃!'

몰면개는 경악성을 삼켜야 했다. 자재 더미 바로 앞에 청년 한 명이
서 있었기 때문이다.

순간적으로 몰면개의 눈빛이 복잡하게 일렁거렸다. 오가홍과의 대
화를 모두 들었을 게 분명한 이자를 어떻게 처리해야 할지 갈피를 잡
을 수 없었다.

가장 확실한 방법은 죽여 버리는 것이다.

그러나 그냥 지나가던 사람이라면, 단지 대화를 들었다는 이유만으
로 죽인다는 건 너무 무참한 짓이다.

돌연 그 사람이 손을 들어 올려 허공에 맹렬하게 휘두르기 시작했
다.

"벙어린가?"

자기도 모르게 몰면개는 소리 내어 말하고는 뜨끔해졌다. 대개의 벙
어리들은 듣지도 못하지만 그렇지 않은 사람도 종종 있다.

"도대체 뭐라는 거야?"

일부러 몰면개는 목소리를 높여보았다.

그러나 상대는 막무가내 허공에 어지러운 손짓만 해댈 뿐 몰면개의
말을 들은 건 같지는 않았다.

몰면개는 내심 안도의 한숨을 내쉬었다. 듣지도 말하지도 못하는 사
람이라면 굳이 조치를 취할 필요는 없을 터였다.

마주 손을 저어 벙어리의 손짓을 제지한 후 몰면개는 걸음을 옮겼
다. 오가홍이 실종되었으니 곧장 그 뒤를 이을 자가 다시 따라붙을 것

이다. 그전에 세가령에 들어온 목적을 달성하고 나가야 한다.

황급히 걸어가던 몰면객은 돌연 몸을 돌렸다. 그리고 버럭 고함을 질렀다.

"이봐, 벙어리!"

그러나 벙어리 청년은 묵묵히 제 갈 길만 가고 있었다. 꾸민 흔적은 전혀 보이지 않았다.

비로소 마음을 놓은 몰면개는 다시 걸음을 재촉했다.

*　　　　　*　　　　　*

그날 밤!

향일대로에 면한 자검림(紫劍林)으로 은밀한 그림자 하나가 스며들 었다.

이름만으로 본다면 숲을 연상시키는 자검림은 기실 설가의 연평부 분가(分家)였다.

원래부터 연평부에 적을 둔 여가야 상관없겠지만 장주부의 설가나 천주부의 궁가는 한 번씩 불려올 때마다 불편한 점이 한두 가지가 아 니었다. 당장 인마(人馬)가 맘 놓고 편히 쉴 수 있는 장소가 없었다.

남궁세가의 식솔들과 함께 머물면 되지 않느냐고 할지 모르지만 '맘 이 편하게' 가 되면 그건 가장 불편해진다. 객잔에 머무는 것도 마찬가 지다. 작은 인원이 일 년에 한두 차례 움직이는 것이라면 모르겠지만 거의 매일이다시피 장주부 사람들이 연평부를 오간다. 그들이 안정적 으로 머물다 갈 수 있는 공간의 필요성에 따라 설가는 일만 평의 대지 를 온통 건물로 채운 자검림을 지었다.

같은 이유로 길 건너 바로 맞은편엔 같은 규모의 연공지(研工池)가 있다. 천주 궁가의 연평부 분가를 이르는 말이다.

워낙 건물이 많아 자칫 길을 잃을 것만 같은 자검림 내를 은밀한 그림자는 서슴없이 헤치고 나갔다. 간혹 석등이나 높이 매단 장명등(長明燈)이 환한 불을 밝히고 있었지만 그는 전혀 개의치 않았다.

그리고 보니 담장을 넘어 들어올 때는 노출을 꺼리는 듯 은밀하게 행동하던 그가 일단 안으로 들어서자 언제 그랬냐는 듯 대담하게 움직였다.

무슨 소리를 들을 것일까. 돌연 그가 걸음을 멈추며 고개를 돌렸다. 그때 장명등 불빛 아래 그의 얼굴이 드러났다.

만약 이 자리에 몰면개가 있었다면 아마 거품을 물고 꼬꾸라졌을 것이다. 그는 다름 아닌 사흘이 지나야 온전하게 깨어날 수 있다던 오가홍이기 때문이었다.

잠시 주변을 살피던 오가홍은 별다른 이상을 발견하지 못하자 다시 걸음을 옮겼다. 지금 그가 향하는 곳은 자검림의 중심, 바로 설립강이 연평부에 올 때면 머무는 숭무전(崇武殿)이었다.

숭무전에 가까워질수록 오가홍의 움직임도 다시 신중해졌다. 처음 자검림으로 들어올 때처럼 여기서도 남의 눈에 띄어선 안 된다.

숭무전 입구에는 경비원들이 서 있었다.

더욱 밝아진 불빛을 피해 오가홍은 담장의 그늘 속에 주저앉았다. 같은 편의 눈까지 피해야 하는 이런 상황이 언뜻 한심스러웠다.

그러나 충분히 그럴 가치는 있다. 세가령의 안존(安存)을 위한 일이라면 이보다 더한 일도 할 수 있다.

'시간이 됐는데……'

하늘의 별자리를 살펴 오가홍은 시간을 가늠해 보았다. 그리고는 언제라도 뛰쳐나갈 수 있도록 준비를 단단히 했다.

갑자기 숭무전 안에서 커다란 고함 소리가 들려왔고, 놀란 경비원들은 안으로 달려들어 갔다.

팍!

때를 같이 해 숭무전의 수많은 방 중의 한 군데서 불이 켜지면서 창이 열렸다.

오가홍의 신형이 바닥을 박차고 달려나간 것도 동시였다. 열려진 창 안으로 그가 빨려들어 가기까지 걸린 시각은 그야말로 순식간이었다.

방의 불이 다시 꺼졌고 경비원들도 돌아왔다.

자검림의 밤은 아무 일도 없었던 것처럼 마냥 깊어만 갔다.

여명이 트기 전부터 자욱한 안개가 천지를 가득 채웠다.

진화궁도 예외는 아니었다. 더러 창밖으로 새어 나오는 등불이 대해를 항해하는 배처럼 점점이 떠 있었고, 그중 양무각은 휘황하게 밝혀진 불로 인해 커다란 섬처럼 보였다.

그 양무각의 일층, 얼마 전까지 남궁장후의 장례가 거행되었던 곳에 오늘은 아들과 마주 앉은 여상절이 얼굴을 붉히고 있었다.

"안 된다. 이런 일방적인 행태는 전례도 없었을 뿐더러 납득할 수도 없다!"

평소의 그답지 않게 잔뜩 흥분한 여상절은 수중의 종이를 더욱 힘주어 구겨 쥐었다. 방금 친위대라는 자에 의해 전달된 남궁장후의 명령서였다.

그 내용은 간단했다. 내일 사시를 기해 남궁장후가 새로운 세가령주로 취임할 터이니 그 준비를 하라는 것이었다.

여상절의 말대로 이백 년을 지속해 온 세가령의 역사에서 이런 경우는 없었다. 시조인 남궁홍건에 의해 삼대호가로 책봉된 이후, 대대로 세가령주는 삼대호가주들의 추대를 받아 계승한다는 형식을 취해왔었다. 혹시 있을지도 모를 남궁세가만의 횡포와 전횡을 막기 위함이기도 했지만, 그만큼 삼대호가의 공을 인정해 준다는 측면도 강하게 작용한 조치였다.

그런 만큼 여상절이 이렇게 흥분한 것도 충분히 이해가 가는 대목이었다.

하지만 여빙운에게는 아버지의 이런 모습이 생소하게 비쳤다. 아니, 지금 이 순간만이 아니었다. 근래 들어 여상절은 지나치게 흥분한 상태가 잦았었다.

이건 확실히 예삿일이 아니었다. 평소 냉정하기 이를 데 없었던 아버지의 성품이었다. 그런 사람을 이렇게 변하게 만든 데에는 분명 자신이 모르는 뭔가가 있다고 여빙운은 생각했다.

'그게 단지 무림맹과의 연합 때문만은 아닌 거 같고…….'

아버지가 무림맹과 손을 잡았다는 건 확실하다. 그리고 그건 오래전부터 준비를 해왔던 듯 자연스럽고 빠르게 진행되었다. 전혀 모르고 있었던 일이라 여빙운도 깜짝 놀랐었다.

'뭘 더 숨기고 계시는 걸까?'

얼음장처럼 차가운 시선으로 여빙운은 아버지를 바라보았다. 자신을 속였다고는 생각지 않았지만, 그래도 서운한 감정은 못내 씻어버릴 수 없었다.

돌연 여상절이 몸을 일으켰다.

"소주를 만나야겠다. 만나서 따져야겠다!"

"헛걸음하실 겁니다."

발작적으로 몸을 일으킨 여상절에 비해 그 아들인 여빙운은 어디까지나 냉정했다.

"그럼 넌 이대로 묵과하잔 말이냐?"

아들의 비상한 두뇌는 벌써부터 인정하고 있던 터, 여상절은 진심으로 여빙운의 의견을 구했다.

"먼저 아버님의 의중부터 정확하게 알고 싶습니다. 만약 일이 그 종이에 적힌 그대로 진행되고 다른 호가주들도 말없이 따른다면, 그땐 어떻게 하시겠습니까?"

여빙운의 반문에 여상절의 어깨가 아주 잠깐 격렬하게 물결쳤다. 그러나 이내 눈빛에 힘을 실으며 대꾸했다.

"어떤 경우든 난 승복할 수 없다!"

"그 말씀은, 여차하면 남궁씨에게 칼을 겨누는 일도 불사하겠다는 의미로 해석해도 되겠습니까?"

이어진 여빙운의 질문은 조금 전보다 더 차갑게 가라앉아 있었다.

대답에 앞서 여상절은 주변을 살폈다. 혹시라도 이 대화를 듣고 있는 자라도 있으면 곤란해지기 때문이다.

다행히 아무도 없었지만 여상절은 목소리를 한껏 낮추었다.

"이건 정도(正道)가 아니다. 정도를 세우기 위해서라면 이 아비는 피를 보는 걸 두려워하지 않겠다."

"자신은 있으시구요?"

"정도를 세우는 일에 승패에 연연할 이 아비가 아니다. 설사 천하를 상대로 싸워야 된다고 해도 망설이지 않겠다."

"천하까지 상대할 배짱으로 정하신 정도라면 든든한 힘이 뒤를 받치고 있겠지요? 만약을 대비해 들어뒀으면 합니다만."

이 질문에 여상절은 대답을 잠시 망설였다. 혹시라도 아들이 따르지 않을까 하는 두려움 때문은 아니었다. 얘기를 들은 후 아들이 겪게 될 갈등이 안쓰러워서였다.

하지만 이왕에 진심을 모두 밝힌 마당이다. 아들의 말대로 만약을 대비해서라도 모든 걸 얘기해 줘야 할 것 같았다.

"무림맹."

낮고 짤막한 아버지의 대답에 여빙운은 그럴 줄 알았다는 듯 고개를 끄덕였다. 아들의 심적 고충을 염려한 여상절의 부정이 기우로 돌아가는 순간이었다.

"알겠습니다. 이제 아버님의 심중을 속속들이 알았으니 저 역시 그에 맞춰 마음의 준비를 단단히 하겠습니다."

파르르!

여상절의 눈꺼풀이 격렬한 경련을 일으켰다.

"너, 너는 이 아비를 원망하지 않느냐?"

세가령과 무림맹은 서로 감정의 골이 깊다. 둘 사이에 피를 본 원한이 맺혀서가 아니라, 두 마리 맹호는 결코 한 산에서 함께 살 수 없다는 그런 이치에 기인한 것이었다.

그걸 잘 알기에 무림맹과 손을 잡았다는 사실은 마지막 순간까지 숨기고 싶었던 여상절이었다. 냉정하지만 아직은 가슴속에서 뜨거운 열기가 들끓고 있을 젊은 아들인지라 행여 아비를 원망할까 두렵기도 했었다. 그런데 아들은 그 모든 걸 이미 짐작했던 듯하고, 돕겠다고 나서기까지 했다. 아비에게 있어 이보다 더 든든한 힘이 되는 지원이 어디 있겠는가.

"원망은 일이 끝난 후에 해도 늦지 않습니다. 물론 아버님의 의도가 실패했을 때 말이지요."

"오냐, 됐다. 이걸로 이 아비는 지금 당장이라도 남궁씨에게 칼을 디밀 수 있게 됐다. 그러나 그전에 소주는 꼭 만나야 된다. 이 일의 부당성을 한 번 더 간한 후에야 세상에 대한 명분이 서게 된다."

"소자도 따르겠습니다."

"그렇게 해주겠느냐?"

"아버님께서 하시는 일입니다. 세상의 어느 아들이 뒷짐 지고 방관만 하겠습니까?"

"오냐, 됐다. 됐어!"

기어이 여상절의 눈자위는 벌겋게 충혈되었다. 그러다 스스로 화들짝 놀라 소매 깃으로 눈매를 찍어 누르며 앞장서서 계단을 오르기 시작했다.

이층으로 올라온 여상절 부자는 하나같이 미간을 찌푸렸다. 삼층으로 올라가는 계단 앞에 친위대 한 명이 지키고 서 있는 걸 본 탓이었다. 그러나 여상절은 그를 무시하고 계단을 오르려 했다. 친위대 자체를 인정하지 않는 마당에 그에게 구애될 필요가 없는 것이다.

"멈추시오!"

친위대원은 두 사람을 가로막았다. 그사이 부상이 많이 회복된 개귀신이었다.

두 사람을 막아서긴 했지만 개귀신의 심정도 그리 편한 건 아니었다. 얼마 전까지만 해도 은건대에 몸담고 있던 그라 한때의 상전이었던 두 사람을 어떻게 대해야 할지 난감하기만 했다. 사실 아직 완전히 회복되지 않은 개귀신이 이런 야간에 경비를 설 필요는 없었다. 실제로 친위대원들은 말리기도 했었다.

그러나 부상 때문에 마냥 쉬기만 했던 개귀신은 이 야간 경비를 스스로 자청했다. 이런 일이라도 해야 면목이 설 것 같으니 제발 말리지 말라고. 근데 야간 경비를 선 이후 처음으로 상대해야 될 사람이 여상절 부자이고 보니 고집을 세웠던 자신이 오히려 원망스러워졌다.

하지만 임무는 임무, 지금은 달라진 위치에서 최선을 다해야만 한다.

"감히 내 앞을 막겠다는 건가?"

"용무를 밝히고 주공의 답변을 기다려 주시오."

"내가 이대로 올라가겠다면?"

"막는 게 내 임무요."

"어디 막을 수 있는지 보겠다."

여상절은 곧장 계단 쪽으로 걸음을 옮겼지만 채 두 걸음도 걷지 않아 다시 멈춰야 했다. 꿈쩍도 않고 버티고 서 있는 개귀신에게 막힌 탓이었다.

"죽고 싶다면 그렇게 해줄 수도 있다!"

여상절이 떠올린 살기는 진심이었다. 다시 걸음을 옮겼을 때 여전히 막아선다면 베어버릴 작정이었다.

개귀신의 눈빛도 서서히 흉포해졌다. 자기 임무에 충실했다는 이유만으로 죽여 버리겠다는 여상절의 말은 사람의 목숨을 얼마나 가볍게 여기는 것인가.

"아버님, 올라가십시오. 이자는 소자가 상대하겠습니다."

제 아비를 말리는 투로 여빙운이 나섰다. 지금의 여상절은 지나치게 흥분한 상태다. 정말로 친위대원을 죽이기라도 한다면 그 수습이 여간 곤란해지는 게 아니다.

"그만 됐다, 개귀신. 올려 보내라."

갑자기 삼층에서 남궁장후의 커다란 고함 소리가 들려왔다. 지금까지의 시비를 모두 듣고 있었던 모양이다.

그제야 개귀신은 길을 열어줬고, 여상절 부자는 삼층으로 올라갈 수 있었다.

그러나 개귀신을 통과했다고 해서 여상절 부자에 대한 대우가 달라진 것은 전혀 없었다. 삼층으로 올라가자마자 그들은 또다시 제지를 당했다.

"지참한 무기가 있으면 맡아두겠소. 몸 수색을 하는 실례를 범하고 싶지는 않으니 협조해 주시기 바라오."

여상절 부자를 대하는 장처무의 어투는 어디까지나 정중했다. 그러나 그 내용은 듣는 사람의 노기를 한껏 자극하는 것이었다.

"소주, 대체 언제부터 이 늙은이가 소주를 만날 때 몸 수색을 당해야 했소?"

더 이상 친위대원을 상대하지 않기로 작정한 여상절은 곧바로 남궁장후를 향해 언성을 높였다. 늘 냉정을 유지하던 그의 두 눈이 지금 이 순간만은 순수한 분노로 훨훨 타오르고 있었다.

여빙운의 시선도 남궁장후에게로 향했다. 다만 아비와는 전혀 다른 눈빛이었다.

'저 여인은 죽로각의 주인이 아닌가?'

남궁장후의 머리카락을 빗어주고 있는 여인은 다름 아닌 매희였다. 지난밤에 불려와 쭉 여기 머물고 있었던 것이다.

왜 그녀가 여기 있는지, 또 왜 남궁장후의 머리를 직접 빗어주고 있는지 여빙운은 혼란스럽기만 했다. 그건 부부나 시비(侍婢)가 하는 일, 두 사람의 관계에서는 있을 수 없는 일이었다. 어쨌든 매희는 죽은 남궁영호가 마음에 두었던 여인이 아닌가.

'내가 잘못 생각한 건가? 아니면 내가 모르는 뭔가가 있는 것인가?

제 생각에 잠겨 있느라 여빙운은 아버지와 남궁장후 사이에 오고 간 대화를 깜박 놓쳐 버렸다. 황급히 정신을 차렸을 때 아버지가 남궁장후를 향해 걸어가고 있는 게 보였다.

뒤를 따르고자 여빙운도 움직였다. 그러나,

"여기서 기다리시오."

장처무의 제지에 의해 그 자리에 멈춰 서야만 했다.

"이게 사실인지 확인하러 왔소."

구겨 쥐었던 명령서를 여상절은 눈앞에서 펼쳐 보였다.

"그 얘기라면 돌아가라. 더 할 말이 없다!"

남궁장후의 어조는 무거웠다. 자웅쌍로나 친위대를 대할 때의 장난기는 어디에서도 찾아볼 수 없었다.

"이건 부당하오. 이런 일은 전례도 없었을 뿐더러, 세가령의 분열만 조장……."

"전례라는 건 만드는 자부터 시작되는 거다. 난 새로운 전례를 남기겠다는 거다!"

튕기듯 쏟아져 나온 남궁장후의 말에 여상절은 그저 멍하니 입만 벌리고 있을 뿐이었다.

"또 세가령의 분열을 조장한다고 했는가? 세상 어느 주인이 제가 다스리는 곳의 분열을 원하겠는가? 분열은 어디나 있기 마련인 불순분자들이 일으키는 것이다. 분열을 원치 않는다면 내게 복종해라!"

남궁장후의 어조는 강하기 이를 데 없었다.

'끄흠!'

목구멍을 타고 넘어오는 쓴 물을 여상절은 애써 눌러 삼켰다. 이 문제에 대해선 더 이상 따져 봐야 헛일, 그는 급히 화제를 돌렸다.

"다른 가문은, 설가와 궁가는 이 일을 알고 있소?"

"전서구로 이미 알렸고, 설가는 벌써 출발했다는 전갈까지 받았다. 궁가는, 좀 늦어지는 것 같더군."

'설가가 벌써 출발했다면 이건 축하 사절이다. 그렇다면 궁가만 남은 셈인데……'

"그만 물러가는 게 좋을 것 같습니다, 아버님."

복잡한 계산에 빠져 있던 여상절에게 있어 아들의 말은 구원에 다름 아니었다. 지금은 조용히 생각을 정리할 시간이 필요했다.

"설 가주가 당도하면 이 문제를 상의해 보겠소. 소주께서도 다시 한 번 재고해 주시길 바라겠소. 이건 세가령의 앞날이 걸린 일이니 부디 신중히……. 이 늙은이는 이만 물러가겠소."

결과적으로 아무것도 건진 게 없이 물러가는 여상절이었다. 그러나 발걸음은 그리 무겁지 않았다. 마지막까지 최선을 다했다는 세상에 대한 명분도 섰고, 남궁장후의 독단으로 일을 처리했을 때 생기게 될 불상사에 대해서도 충분한 경고를 한 셈이다.

"어떻게 생각하나, 자로?"

여상절 부자의 모습이 사라지자마자 남궁장후는 자로에게 질문을 던졌다. 목소리가 터무니없이 커진 게 장난기가 다시 도진 모양이었다.

"의심스럽소."

"내 말에 거역해서?"

“그렇소. 하지만 순순히 취임식에 참가하겠다고 곧장 달려온다는 설가도 의심스럽소. 두꺼비처럼 웅크리고 있는 궁가도 마찬가지고.”

“쓸데없는 소리 마랏. 내 주변엔 믿을 만한 자가 하나도 없단 말인가?”

“여기 있잖소.”

자로를 대신해 웅로가 대답하며 실내에 있는 사람들을 손으로 쭈욱 가리켰다.

“아무래도 난 한심한 영주가 될 것 같다. 믿고 부릴 만한 자가 고작 아홉뿐이라니……. 어쨌든 좋아, 내일 취임식 준비는 다 됐나?”

“준비랄 게 뭐 있겠소? 우리끼리 후닥닥 해치울 건데.”

“킬킬킬킬!”

웅로의 대꾸에 남궁장후는 음침한 웃음을 터뜨렸다.

“아룁니다.”

남궁장후의 웃음을 방해해서 송구하다는 듯 잔뜩 움츠러든 목소리가 끼어들었다. 개귀신이었다.

“뭔가?”

“주공의 조부께서 오셨습니다.”

개귀신의 어조는 공손하기 짝이 없었다. 사실 남궁장후를 가장 깍듯이 대하는 사람도 그였다. 은건대 시절의 습관을 아직 버리지 못한 탓인지도 모른다.

“뭣이? 조부님이? 어서 모셔라!”

늘 여유있고 장난스럽던 남궁장후도 이때만은 당황했다. 손짓으로 머리카락을 정리하던 매희를 물리치며 몸을 일으켰다.

매무새를 고치며 남궁장후는 실내를 둘러보았다. 미리 청소를 시켜

놓았었기에 망정이지 그렇지 않았더라면 추한 꼴을 보일 뻔했다.

"가장 든든한 원군께서 오셨군."

웅로가 웃으며 한 말이었고,

"가장 든든한 원군일지, 가장 강력한 적이 될지는 아직 이른 판단."

칼날처럼 싸늘한 자로의 응대가 이어졌다. 실제로 남궁영호가 죽은 지금 남궁세가를 이을 적통 혈족은 남궁장후와 그 조부인 남궁걸, 두 사람뿐이다. 결코 방심해서는 안 될 상대인 것이다.

누구도 자웅쌍로의 그 대화를 귀담아듣지는 않는 것 같았다. 하지만 단 한 사람, 여천랑만은 표정이 묘하게 굳어졌다.

하지만 그것도 남궁걸의 모습이 보이기 전까지였다. 그가 삼층으로 올라오자 여천랑의 신색은 원래대로 돌아갔다.

"조부님!"

달려가 안길 것처럼 남궁장후는 서너 걸음 남궁걸에게로 끌려갔다. 그러나,

"크험!"

나직한 자로의 헛기침에 발을 멈추고 가슴을 활짝 폈다. 육친 간의 끈끈한 정도 함부로 표현하지 못하는 권좌(權座)는 이래서 슬픈 것이다.

"자식을 먼저 보낸 죄인이라 나서지 않을까 했다만, 네가 꼼짝도 않는 것 같아 이렇게 나섰다. 앞으로 어쩔 작정이냐?"

남궁걸의 입에선 대뜸 질타 어린 질문이 튀어나왔다.

자식을 먼저 보낸 죄인이라 자중하고 있었다는 남궁걸의 말을 믿는 사람은, 적어도 그를 아는 사람들 중엔 없었다. 오히려 자다가 암습을 당해 죽은 남궁영호를 부끄러워하고 있었다면 이해가 간다. 그게 그의 성격이었다.

"내일 사시에 소손(小孫)이 남궁세가령의 십삼대 영주로 취임할 예정입니다."

"삼대호가주 놈들은 뭐라고 하더냐?"

"내 선조의 가업을 잇는 데 외인의 말을 들을 필요는 없습니다."

당당한 남궁장후의 대답에 남궁건의 노안이 대번에 축축해졌다.

"그래, 그 말이 듣고 싶었다!"

떨리는 한마디를 남긴 후 남궁걸은 그대로 몸을 돌렸다. 정말이지 손자의 말 한마디에 천하를 모두 얻은 기분인지 그의 어깨 위에 유난히 힘이 실린 걸 알 수 있었다.

"저래도 저분이 우리의 적인가?"

희희낙락한 표정으로 웅로는 자로의 어깨를 두드렸고,

"아직까진 한편이라고 해도 되겠군."

자로는 여전히 회의적인 시각을 완전히 벗어버리지 못했다.

내일이 취임식이라고 정해뒀지만 할 일은 별로 없었다. 격식대로의 의식을 갖추는 것도 아니고 그저 세가령의 진정한 주인이 누군지만 만천하에 공포하면 되는 것이니만큼 그저 시간이 흘러가길 기다리면 그만이었다.

그래서 독고향은 아주 오랜만에 집에 들러볼 수 있게 되었다.

〈第一部 第一卷 끝〉